史说唐诗

史仲文——著

中国书籍出版社
China Book Press

图书在版编目（CIP）数据

史说唐诗 / 史仲文著. -- 北京：中国书籍出版社，2019.1

ISBN 978-7-5068-7128-0

Ⅰ.①史… Ⅱ.①史… Ⅲ.①唐诗—诗歌史 Ⅳ.①I207.209

中国版本图书馆CIP数据核字（2018）第271516号

史说唐诗

史仲文　著

图书策划	武　斌
责任编辑	牛　超
责任印制	孙马飞　马　芝
封面设计	东方美迪
出版发行	中国书籍出版社
地　　址	北京市丰台区三路居路97号（邮编：100073）
电　　话	（010）52257143（总编）　　（010）52257140（发行部）
电子邮箱	eo@chinabp.com.cn
经　　销	全国新华书店
印　　刷	北京睿和名扬印刷有限公司
开　　本	710毫米×1000毫米　1/16
字　　数	320千字
印　　张	18.75
版　　次	2019年4月第1版　　2019年4月第1次印刷
书　　号	ISBN 978-7-5068-7128-0
定　　价	48.00元

版权所有　翻印必究

序

书有 N 种写法，亦有 N 种读法。

鉴于本书的体裁所致，本人既是写者，也是读者，故而上面那两句话，也算是经验之谈。

虽有 N 种读法，但一个人精力有限，用不了那许多。我这里叙说的五种读法，其阅读对象只是唐诗。写出来，供读者朋友参考。

其一，文化阅读。

文化阅读即以文化作视点，欣赏唐诗。

其实欣赏一切文学艺术，都可以用文化作视点。然而，这视点或许特别适合对唐诗的欣赏。

此无它，因为中国的盛唐，正是一个最具文化包容性的时代。

中国的先秦时代，原本是最开放的。彼时的大人——知识分子，最多自由，最少顾忌。齐国不用，可以去楚；楚国不用，又可去秦；东西南北，何处不风流；上下左右，何事无智者。然而，到了秦始皇时，就要"焚书坑儒"了；到了汉武帝时，又要"独尊儒术"了。虽说秦皇汉武，皆雄才大略，讲到那个时代的文学自由，却不免大打折扣。

汉武帝"独尊儒术"；文学受到限制，艺术也受到限制。这限制直到盛唐时期，才瓦解冰消。如果说，先秦时代是一个百家争鸣的时代，那么盛唐时代就是一个百花齐放的时代。盛唐文明，无需争论，只看表现，而最能代表这时代的表现之声的，就是唐诗。

最典型的例证，则是李白、杜甫、王维。李白酷喜道教，以"谪仙人"

自命，诗风浪漫通达，人称"诗仙"；杜甫最敬儒学，远佛远道，诗风沉郁顿挫，人称"诗圣"；王维偏重佛学，诗风恬淡清远，人称"诗佛"。

唐诗人的三大代表，各有文化依归，正是盛唐文化极具包容性的绝好体现。

其二，风格阅读。

诗是最讲究风格的。虽然散文也讲风格，如庄子与孟子就截然不同"风"；戏剧也讲究风格，如《窦娥冤》与《西厢记》又截然不同"格"。但比较起来，还是诗的风格更多样，也更鲜明。

以唐诗而论，读边塞诗，最宜戎装铁马；读田园诗，最宜小舟独钓；读李白诗，最宜豪饮狂歌；读杜甫诗，最宜晓月西风；读小杜诗，最宜兵书在手；读李商隐诗，最宜女人香气兰花指，杜鹃声声春寒里；读王维诗，虽不惧大漠孤烟，却更宜残阳薄酒青山；读白居易诗，最宜以茶当酒，朴讷如闲；读李贺诗，最宜瑰丽彩云天。

此外，读王昌龄诗，须爽；读崔灏诗，须正；读王之涣诗，须简；读陈子昂诗，须捷；读贺之章诗，须清；读张若虚诗，须寂；读贾岛诗，须瘦；读孟郊诗，须寒；读严武诗，须急；读张巡诗，须恨；读温庭筠诗，须放达无羁；读刘禹锡诗，须烈士情怀；读韩愈诗，须仁心师范；读柳宗元诗，须锐志弥坚。

总而言之，有了风格而后有诗，知晓风格而后知诗，诗人有风格，才能讲诗品；读者有风格，更能知诗味。

其三，绝品阅读。

绝品欣赏，尤其与唐诗对路。曾有前贤说过，中国古代诗歌，已经被唐人写完了。这实在是对唐代诗歌的最高赞赏。

中国古诗，早有《诗经》之传统，又有汉代四言、五言古诗之风范，加上六朝诗的绮丽、柔美与精致，可谓代代有英贤。然而，都不及唐诗的雄浑博大，无所不能。古诗到唐朝，已极尽文言诗歌之能事。唐之后，虽然不能说从此就没有诗了，但在古诗歌这个范畴内，确实难有质的突破。宋人也有好诗，总体不如唐人；元人也有佳作，成绩犹不如宋人；明人诗歌地位不高，主要成绩在民歌；清人诗歌似有复兴之势，但毕竟远逊唐诗气象。至少就其独创性而言，宋人成就，不在诗而在词；元人成就不在诗而在曲，明、清时代，诗、歌、词、曲都不具统帅性，最具代表性的乃是古代白话小说。

有人说，聪明人的选择，总是选择最好的。如果此话不虚，那么，欣赏古诗，请首选唐诗。

其四：历史阅读。

诗歌中，也有历史。如杜甫的一些诗歌就可以称为中国式史诗。

与西方诗歌比，中国古诗最具有抒情传统、言志传统，而且抒情、言志，几不可分。最美妙的不是长诗，不是哲理诗，更不是叙事诗，而是短诗，律诗，抒情诗。屈原的《离骚》在中国诗中，就够长了，白居易的《长恨歌》，在中国诗中，也够长了。但和荷马的史诗相比，和但丁的《神曲》相比，和弥尔顿的《失乐园》相比，就太短了，不但其短，而且短而又短。所以有人就此下结论说，中国无史诗。

其实，老杜的诗，完全可以称为史诗，虽然它不是长篇巨作，而是风霜雨雪积水成河。但他的妙处在于，他所论所歌所吟，正是那些最典型的环境，最典型的事件，最典型的人物和最典型的情感。例如《北征》，例如《三吏》《三别》。它们是独立成篇的，又是前后贯通的，甚至是有机构成的。当把它们当作一个整体阅读的时候，那形态，那效果，那风范，分明就是"一部"史诗。

诗歌中有历史，诗歌本身也有历史。

诗歌历史给我们的启迪是：不知是历史在写人类，还是人类在写历史；

诗歌历史给我们的昭示是：虽然创造也有规律，但唯有创造，才有历史。

其五，个性阅读。

个性阅读，内容极多，诚如西方人所言，一万人看"哈姆雷特"，就会产生一万种形象。

其实未止于"哈姆雷特"，元曲如是也，宋词亦如是也，唐诗犹然如是也。

这里讲我的几个观点：

观点之一：喜欢读什么，就读什么。

个性阅读，首先是个性。你喜欢杜甫，就读杜甫；他喜欢王维，又何妨专读王维。另有人什么都有兴趣，"文武昆乱不挡"，那就广阅博收好了。

过去有人贬抑李白杜甫，韩愈不同意，说："李杜文章在，光焰万丈长。不知群儿愚，那用故谤伤。蚍蜉撼大树，可笑不自量。"这当然也有道理，但不是普适性道理。因为，你伟大，我不一定喜欢。有喜欢伟大超远的，也有喜欢小巧玲珑的；有喜欢苍松翠柏的，也有喜欢荷花芍药的；有喜欢大象的，也有喜欢蜻蜓的。好像男女之情，宋江固然是梁山泊第一条好汉，人家阎婆惜就不喜欢他，这也是没有法子的事。而且绝不因为不喜欢伟大，甚至不以伟大为然，就会变成蚂蚁的。

观点之二：不必跟着古人走。

后现代主义有一妙法，简称"解构"。它的特色就是专门和主流传统、主流文化、主流话语过不去。你要建构，他偏解构；你讲理性，他就解构理性，你讲现代主义，他就解构现代主义；你讲历史决定论，他就解构历史决定论。

古人今已矣。古人有古人的天地，今人有今人的天地。古人未必胜过今人，正所谓"弟子不必不如师"。事实上，不但"古人可以教我"；而且，"我也可教古人"。古人教我，为了知晓历史，我教古人，为着创造未来。未来终究大于历史，所以我教古人理应高于古人教我。

观点之三：不必那么严肃。

欣赏诗歌，尤其欣赏古代诗歌，不必那么严肃，不必那么正襟危坐，更不必那么累。一字一句，细细品来，很好；随手翻翻，喜欢就读，也不错；就算拒绝阅读，也是读者的权利。怎么着，你唐诗固然伟大，本人兴趣没了，不和你玩了，不可以吗？

五种阅读之外，至少还有"另类阅读"，在我想来，另类阅读虽然属于超常规读法，但那价值自在，而且乐趣当更多。不过，因为本人现在还不够另类，虽然心向往之，争奈我资格不够，只好暂付阙如。

不好意思啦。

史仲文

2004年12月9日下午

写于北京石景山寓所

— 目录 —

第一章 唐代诗歌及文学概述

第一节
前瞻后顾，牵动中国文学 1500 年 / 2
——唐文学的历史地位

唐人上承魏晋诗风。魏晋诗风首先是建安文学的影响。建安文学发达于二、三世纪之交。以此观之，唐代诗歌可以说是 500 年诗史之总结，又影响中国诗苑 1000 年的历史发展，更表现出它的不凡魅力。

第二节
盛大恢弘，兼容并蓄，百花齐放 / 7
——唐文学时代的三大特征

隋唐气象，盛大是其主旨，丰厚的文化沃土是其根基。从文化建筑而言，中国最伟大的建筑，一个是长城，一个是大运河，大运河就出在隋唐；中国古代王宫建筑杰作，一个是阿房宫，一个是长安城，长安城就出在唐代。

第三节
积新而盛，由盛而变 / 16
——唐文学的四个发展阶段

唐代文学是一个由创新走向繁荣，又由繁荣走向分流和变化的时代。这种变化没有因为唐王朝的灭亡而停止或中绝，而是当它把自己的历史责任完成之后，便顺流而下，转到另外的艺术尝试中去了。

第四节
缘机而发，穷奢极欲 / 19
——唐文学繁荣昌盛的两大成因

自从唐人风流后，但寻旧路已无诗。

第二章 初唐文学

第一节
宫廷主导，上下努力，为诗苑兴旺调音 / 24

"秦门十八学士"：杜如晦、房玄龄、于志宁、苏世长、薛收、褚亮、姚思廉、陆德明、孔颖达、李道玄、李守素、虞世南、蔡允恭、颜相时、许敬宗、薛元敬、盖文达、苏勖。

第二节
诗坛"四杰"的新人效应 / 34

"初唐四杰"即王勃、杨炯、卢照邻、骆宾王。

第三节
沈、宋体的诗歌创作与宫廷诗人时代的结束 / 44

沈佺期、宋之问二人都是武后时宫廷诗人的代表人物。他们并非不聪敏多慧，可惜人品不好，甘心为宫廷权贵效犬马之劳，甚至投靠武则天的面首张易之兄弟，所作所为，为时人所不耻。

第四节
站在文学历史阶梯上的陈子昂 / 49

陈子昂是一位斗士，不但与权贵弊政斗争，终不妥协，而且在转变初唐文风诗风方面，起过重大作用，斗士形象尤其鲜明。

第三章 盛唐诗苑

第一节
张九龄、张说及其相关诗人 / 57

开元、天宝之间，还有几位有才能又有诗情的宰相，如姚崇、宋璟、张九龄、张说，都是上品诗家。

第二节
"吴中四友"之贺知章、张旭、张若虚及包融 / 63

吴中四友，可以看作盛唐之始的一个颇具特点的诗歌群体。吴中四友不以群体效应胜，而以个人才情能力胜。

第三节
诗佛王维 / 70

王维是盛唐时代第一颗出现在遥远天边、苍穹之上的文学巨星。

第四节
孟浩然与山水田园诗派 / 89

人在山林，心有所思，意有所想，情有所钟，志有所向，虽然以山水田园诗名重一时，却强调山水田园的动态与气势。

第五节
诗仙李白 / 101

李白是盛唐第一星，是盛唐文化时代最杰出的代表；在整个中国文学史上，他也是最有魅力和影响的大诗人。

第六节
高适、岑参及其他边塞诗人 / 128

边塞诗人，首推岑参、高适，俗称"岑高边塞诗"。岑高之外，也有把王昌龄、王之涣算在其内的，加上李颀、崔颢等位，确实可称名家荟萃、阵容强盛。

第七节
盛唐诗苑名家王昌龄、王之涣及其他 / 140

七绝圣手王昌龄，以少胜多王之涣及常建、李华、刘方平等诗人。

第八节
诗圣杜甫 / 147

在中国唐代有成就的诗人当中，只有杜甫最合乎儒家传统。楚有屈原，唐有杜甫，二人之外，怕再也找不到这么理想的"圣人"级诗苑人物了。

第四章 中唐诗流

第一节
大历诗人 / 178

这是一个不需要巨人也没能产生巨人的年代，这是一个纷纷扰扰一时找不到新大陆也无须找到新大陆的年代。大家好像都在追求，结果却没有追求到真正的理想。

第二节
韩愈、孟郊诗派 / 191

韩愈无论在唐代，还是在整个中国文学史上，都堪称奇才。他在大唐时代，做到了三个第一：诗文成就第一；创立诗歌流派第一；领袖地位、才能与风度第一。

第三节
游离于韩、白之间的诗人：张籍与王建 / 204

虽同为韩、孟诗派，张籍、王建与孟郊、贾岛十分两样。如果我们对韩、张、王和孟、贾作个比较，可以这样说，韩是诗怪人不怪；孟、贾是诗怪人也怪；张、王是诗不怪人也不怪。

第四节
白居易与元和体 / 208

历史表明，人品并非人生的唯一因素。而且元、白的相交，主要不在其事而在其诗。以诗而言，两个人的心是相通的。

第五节
韩、白诗派之外的重要诗人刘禹锡、柳宗元与李贺 / 219

诗中豪杰刘禹锡，山水大家柳宗元，奇人"鬼才"李贺。

第五章 晚唐诗人

第一节
晚唐诗坛概览 / 232

晚唐诗人中，无志的便消沉，醉眼不看天下事；有志的便愤世嫉俗，嘲讽以至谩骂；无情的便归隐，隐于山野丛林之间；有情的便放荡，但将喜怒哀乐，注于嬉笑怒骂之间。

第二节
晚唐三位诗坛代表：杜牧、李商隐与温庭筠 / 237

杜牧是一位奇士。他能文能武能诗能政，又喜风流、善交际，不仅诗人而已；李商隐才高八斗，独步晚唐，但却命途多舛，终生不幸；温庭筠才是真正风流才子，他自由如闲云野鹤，放荡如花花公子，散漫如山野村夫，荒唐如王公贵胄。

第三节
值得一提的《诗品》及其作者司徒空 / 250

24种诗品：雄浑，冲淡，纤秾，沉著，高古，典雅，洗练，劲健，绮丽，自然，含蓄，豪放，精神，缜密，疏野，清奇，委曲，实境，悲慨，形容，超诣，飘逸，旷达，流动。

附录 唐五代词

第一节
词的成因 / 255

第二节
唐人词 / 262

第三节
五代词人 / 269

第四节
民间词 / 283

第一章 唐代诗歌及文学概述

中国唐代文学史是一段伟大的文学乐章。这乐章留给后人的，是无穷的魅力与回想。它的文化品格与精神，是中国古代文化的美好象征与光荣。

中国古代文化虽然连绵不绝，却并非总是高潮，也并非总在低潮。其发展水平有高也有低，其发展态势有波峰，也有波谷；既有光芒万丈，也有危机四伏。后人回首历史，有快乐也有痛苦，有兴奋也有沮丧，也有歧见纷纭、莫衷一是的不休争论。但有两个时代，人们对它们的看法总是接近的。

一个是先秦，诸子百家，百家争鸣的时代。

一个是大唐，文苑诗坛，百花齐放的时代。

先秦以思想而鸣，如同古希腊的哲学辉煌，令多少后人神往、敬仰、追寻与陶醉。

大唐以诗文而鸣，文化昌盛，独步一时，同样令多少后人神往、敬仰、追寻与陶醉。

中国唐代文学特别是盛唐文学，堪称中国文学史上的伟大时代。这里且从四个方面阐释它足称伟大的种种表现和因缘。

第一节
前瞻后顾，牵动中国文学 1500 年

——唐文学的历史地位

唐代文学取得了辉煌成就，但它的成就不是没有历史根据的"天外来客"。一方面它是继承者，另一方面它又是开拓者；先继承，后发展。以

开拓者的勇气，革新者的精神，发展前人，改造旧观，又以新的历史风貌，新的创造成就，证明自身的不朽价值。

唐代文学在彼时历史条件允许的限度内，在所有文学艺术形式尤其是诗歌方面，都有自己的独特贡献。后人研究唐代文学首言唐诗，唐诗固然伟大，但伟大的不仅是唐诗。唐代散文，唐代传奇，唐代变文，唐五代词以及唐代某些骈体文，都有重大成就。

唐诗自是百花之冠。说它是百花之冠，一是因为各类诗体无体不备——全面发展；二是因为各类诗体无体不精——类类均有显赫成就。

各体皆备，而且各体皆妙，正是唐诗本色。

单以诗体而论，律诗、绝句属于唐人。但唐诗的成就，岂止律诗绝句而已。中国古代诗歌，大体上可以分为七种体裁。唐人自己也有分为古体诗、乐府诗、今体诗三大类的。古乐府也是古体诗，不过乐府又与古诗有别。罗根泽先生说："诗有两种，一是曾经入乐的，一是未曾入乐的。曾经入乐的诗是'选词以配乐'。换言之，就是先选诗词，然后再依词制谱。这一种我们可以名之为'乐诗'。未曾入乐的诗，各家诗集里多得很，不必举例，亦无须说明。这一种可以名之为'徒诗'。乐诗徒诗都有诗、行、咏、吟、题、怨、叹、章、篇九种。"[①]

但我们读唐诗，除去诗、行、咏、吟、题、怨、叹、章、篇九种之外，还有许多"歌"。那就是说，诗虽然包括徒诗与乐诗，但诗与诗仍然有区别。实际上，唐人所谓的"歌"，其实也是一种诗，也是乐诗的一部分。歌与诗的区别，在于"歌"是"由乐以定词"的诗。"就是先有曲谱，然后再依谱作词；操、引、谣、讴、歌、曲、词、调八种，是也。"[②]

---

① 罗根泽：《中国文字批评史》，第二册，上海古籍出版社，1984年3月，第79页。

② 同上。

唐人诗既有古乐府诗和古体诗，又有今体诗。今体诗又分为五言绝句、七言绝句、五言律诗、七言律诗和排律。其实，除去五言、七言诗以外，还有六言诗和由三、四、五、六言混合构成的杂言诗——古人将杂言也列入七言古诗。这就是说，唐代诗人不但对诗的体裁有自己的独特创造——绝句与律诗，而且有创造性继承——唐人乐府和古体诗。换个角度说，唐代诗人不但在诗体上有自己的独到贡献，擅长以新瓶装新酒；而且在对前人的诗歌体裁的继承上，又擅长以旧瓶装新酒。以新瓶装新酒，也有继承成分在内；以旧瓶装新酒，新酒比旧酒味道更清醇。这是唐人的风格，也是唐人的骄傲。

唐人上承魏晋诗风。魏晋诗风首先是建安文学的影响。建安文学发达于二、三世纪之交。以此观之，唐代诗歌可以说是500年诗史之总结。

律诗与绝句是唐人的骄子，但这骄子不是十月怀胎，一朝分娩；而是集500年诗家的努力，才得以诞生的诗界之精华。它上承500年，已经具备不同凡响的高贵出身。此后，又影响中国诗苑1000年的历史发展，更表现出它的不凡魅力。鲁迅先生曾有"古诗都被唐人做完了"的感喟，并非真的优秀古体诗全然做完，后人已没诗可作，而是唐诗已经达到历史高峰，在古代诗歌体裁这个范围内，后人已经很难超越了。

唐诗上承500年先人对音韵、格调、体裁等等的诗歌创造成果，下及1000年，直到"五四"运动之前，它的影响都是首屈一指的。无论宋、元、明、清哪一个朝代，无论小说、散文、戏剧、诗词哪一种文学形式，都可以看到唐诗的色彩与斑斓。别的不讲，只消看一看元杂剧《西厢记》中有多少唐人诗句，就可以知道唐诗的巨大作用了；只消读一读《红楼梦》中的诗句与诗评，就可以知道唐诗的永久魅力了。

唐诗之外，又有散文。散文在唐代的发展不仅是一种历史性创造，而且成为一场影响深远的文化运动，即唐代古文运动。唐代古文运动并非一味复古，而是以复古为旗帜，向六朝骈体文开战，一改南北朝以来绮靡不振的文风，走出骈体文的天地。不但解放文体，而且扳正人心。唐代散文，上承三代两汉之传统，其出身比唐诗根须更远，基础更深，而且取得卓越成就。这成就一直影响到宋元明清。前有唐宋散文创造，后有明清散文流脉，足见唐代散文的历史内涵之丰富。唐代散文是完全可以与先秦两汉散文媲美的散文高峰。

还有唐代传奇。传奇也有自己的传统。其直接传统，可以直追六朝志怪；间接传统，可上溯先秦文学性散文和寓言。一方面它继承了先人，另方面它又超越了先人。它用自己时代的语言，写出自己时代的风格和特征。唐代传奇不仅数量多，尤其质量高。它对后世的影响，同样不能小觑。宋代传奇，不用说就是唐代传奇的继续，而且似乎不如唐代传奇高明。就是宋代话本小说、元代杂剧，也有唐人传奇的贡献在内。凡喜爱中国文学的，谁不知道《西厢记》的大名。《西厢记》成就巨大，因为它有深厚的文化基础和创造源流。先有唐人《会真记》，后有金人《董西厢》，然后才有元人《西厢记》，再有后来的《南西厢》《北西厢》，直到京韵大鼓《大西厢》和传统京剧《红娘》。当然不能把功劳都归之于唐传奇，但毕竟唐传奇开了一个好头，准备了一篇好故事。唐人传奇影响，于此可见一斑。

再有唐代变文。变文古已流传，后来从敦煌石窟中重新发现，可说宝物重归。变文作为一种成熟之体，主要是唐人的贡献。它通俗易懂，夹白夹韵，或者全用白话写成。它的内容丰富，语言通俗明白，纯然唐人白话。若无唐代变文，便没有唐人白话；并非唐人不讲白话，而是后人无法得知他们的讲法。现在既知唐人白话，就可以说：宋代白话文学杰作——话本小说，其源于唐。一个诗词，一个传奇，一个变文，是造就元代杂剧、明清白话小说的三大文学因素。直到民国之后，乃至流传至今的许多曲艺形式，如快板书和各类鼓曲里，还有浓重的变文色彩与痕迹。

诗歌、散文、传奇、变文之外，还有唐五代词。词是诗之余，又是诗的继续和发展，无论从哪个角度看，唐五代词都有重要历史地位。即使唐代骈体文，也有自己独到的风格。不过唐代文学已经远远超越骈体文的规范，它已经不屑于把骈体文作为自己的发展主体；虽不作为主体，并非没有驾驭这文体的才能，而是偶一为之，便成精品。这也是令多少文学后辈无可奈何的事情。

第二节
盛大恢弘，兼容并蓄，百花齐放

——唐文学时代的三大特征

唐代文学，主要是盛唐文学，而盛唐文学，又特别是盛唐诗歌，非常典型地表现出上述三大特征。

先说"盛大恢弘"。何为盛大恢弘？盛者，兴隆繁茂，兴旺发达也；大者，巨细咸宜，无所不容也；恢弘者，气象万千、内涵丰厚也。唐代文学虽然也有自己的发展阶段，也有自身的兴衰际遇，但从总体上讲，首先就体现了这样一个特征。

唐文学之所以有盛大恢弘的特征，因为那本身就是一个盛大恢弘的时代。中国古代社会中，最为强大的王朝，首推炎汉、盛唐。但总体比较，盛唐更为强大，也更加兴旺。正如汉袭秦制，唐朝也全面继承隋的遗产，而且有所完善，更有所发展。魏晋南北朝是中国第一个大分裂时期，也是第一次与人为、制度等原因密切相关的大动乱时期，然而又是炎黄各个民族和各类炎黄文化与外来文化相融合的时期。魏晋以来国家分裂久矣，国家蒙受苦难，人民颠沛流离。然而，人心思定，民族思和，隋文帝顺应历史潮流，承先人成果，真正取得了国家的统一。后来虽有短时动荡，很快又归于一统。于是，久不见家国繁荣的历史场面结束了。随着唐王朝的兴起，不但使苦难深重的百姓得以重见汉家威仪，而且取得了超越炎汉先人的历史业绩。

中国自古就是一个大国，大国最需要统一，统一才有大气象、大举措、大发展。自汉末动乱，到隋唐统一，其间大约经过500年时间。500年必有王兴者，此一番王者气象，既得来不易，必定大有作为。

隋唐气象，盛大是其主旨，丰厚的文化沃土是其根基。从文化建筑而言，中国最伟大的建筑，一个是长城，一个是大运河，大运河就出在隋唐；中国古代王宫建筑杰作，一个是阿房宫，一个是长安城，长安城就出在唐代。

建筑工程巨大，人文工程也宏伟。中国古代科举制度就发端于隋，成熟于唐。科举制是中国历史文化的一大变革。这变革的意义没有专著不能尽述。简而言之，科举制打破了贵族门阀对政权的垄断，尤其形成了中华古帝国的人文信息系统。从而以新的形式，凝聚了全国的力量，所谓用混凝土方式，弥补了马铃薯式的小农经济的先天缺陷。

顺应历史需求，隋唐国家管理体制也发生了巨大变化。隋唐三省六部制的确立与完善，标志着中国古代管理体制进入一个新的历史阶段。

凡此种种，都是魏晋南北朝无法想见的，也是先秦两汉无法实现的。于是经济繁荣，政治清明，对外开放，对内宽松，才出现人类历史上少见的儒学时代的大帝国。

这样的帝国必定产生与之相匹配的文学成就。唐代文学与南北朝文学的不同之处，首先在于它的气势磅礴，不受束缚。大唐时代的诗人和文士，大多是一些敢想敢说、能想能说、善想善说的人物。他们不像汉儒那样循规蹈矩；不像魏晋南北朝文士那样吞吞吐吐、曲曲弯弯；不像宋明理学家那样一味讲理讲气讲心讲性；不像明清文人那样提心吊胆惧怕文字狱。他们甚至不屑于如同先秦诸子百家那样相互争鸣。

盛唐以诗而鸣，首要的不是思考，而是表现。与其思之、辩之、争之、论之、诘之、驳之，不如歌之、咏之、唱之、和之、不平则鸣之，既平则颂之。大唐气象，包六合，振环宇，天上地下，举世无双，无须乎争吵鸣放，但凭君肆意张扬。

先秦是中国古代文化的第一次辉煌，但那是争鸣的辉煌，争鸣表现了中国古代历史的自由精神与独创精神。

大唐的文化辉煌却是一种充满自我表现的辉煌。唐以诗文而鸣，不是证明别人不行，而是证明自己伟大。

再说"兼收并蓄"。历史证明，凡大国文化必须兼收并蓄；凡强国文化，亦必须兼收并蓄。固步自封等于夜郎自大；夜郎自大等于自取灭亡。

唐代文学具有极强的包容性，什么文化都不排斥。愿意信奉孔夫子也行，愿意信奉佛祖道祖也行；愿意入仕也行，不愿入仕也行；愿意做诗也行，愿意作文也行；愿意写古体诗也行，愿意写今体诗也行；愿意作古文也行，愿意作骈体文也行。大家无拘无束，所谓"海阔凭鱼跃，天高任鸟飞"。没有狂风骤雨，正好百花盛开。

大唐文学的兼收并蓄，可以从方方面面展现，简而言之，可以概括为：不同民族间的共融，不同文化模式的共兴，不同文学流派的共鸣。

民族共融。魏晋以降，民族矛盾激烈。华夏各族人民均为此付出极大代价。一方面民族冲突剧烈，民族间的矛盾有时势如水火，有你无我；另一方面，民族冲突的惟一出路，是走向和解和文化融合。唐代文化的兴旺发达，在于其能熔各个民族于一炉，融万家百姓于一体。少数民族可以顺畅自然地接受汉文化，汉民族也从少数民族文化中学到了许多有价值的内容。民族共融，气象一新，无论哪个民族出身，凡士人皆可入仕，贫民也可以因仕为官。所谓唐人有胡气，实在是中华民族的一大幸事，因为有这样的基础，唐文学才得以超越前人。

文化共兴。中国先秦时期，有一段文化自由——百家争鸣，诚为中国思想上的黄金阶段。由此生发，终于使中国成为中央集权的封建大帝国。秦虽短暂，贡献巨大；汉室兴旺，强国强民。但真正强大的还是文、景、武、昭、宣这个阶段。汉武帝废黜百家、独尊儒术，可以说是顺应历史潮流的历史性选择。但这个选择无异于一把双刃剑，一方面，独尊儒术的文化政策有利于国势强大，思想统一；一方面又形成文化专制，不利久后发展。后来王莽篡位；后来桓灵致乱；后来道教兴起；后来玄学盛行；后来佛学东来；后来中原大乱；后来南北分治；后来隋朝统一。隋朝的统一是国家的统一，并非儒家文化的一元化，不仅并非一元化，而且真正地实现多元化。大唐王朝，是儒、道、佛共兴共存的王朝，因为它具有多元文化的共存共兴，才产生极大的包容性。因为有极大的包容性，才有可能最大限度地把民族文化的潜力发掘出来。

虽说儒、道、佛共存，也有争论。但争论归争论，并没有完全限制谁的发展。不但没有限制，而且共同发达。表现在文学上，就产生了诗佛王维、诗仙李白、诗圣杜甫。唐代文学之所以成就历史的大繁荣，和他们兼收并蓄的品格有直接关系。他们不自满，不排外，也不压抑别人。他们不但继承儒家传统，而且也敢于藐视儒家传统。藐视也是一种继承，区别是不再神化罢了。李白"凤歌笑孔丘"，就是一种藐视。因为敢于藐视，才敢于创造。李白信奉道教，对"谪仙人"称号，沾沾自喜。虽然信道而不纯，但想象丰富，自有仙家气派。因为有这样一种文化契机，才产生了李太白浪漫色彩浓烈的瑰丽诗章。

道教影响很大，给盛唐诗苑以推动。佛教影响更大，而且其影响广度不仅限于诗苑。

佛学东来，至唐而波澜壮阔。一些释家子弟，如寒山、如拾得、如皎然，都是诗国重镇。其影响，不但流传至今，而且走向世界，远播四方。寒山、拾得，新旧唐书无传，《唐才子传》亦无传。虽无传却有诗。不但有诗，而且诗题、诗意皆有心得。既有佛学之博大精透，又有释者之平易自然。寒山有《杂诗》十首，皆为五言。其一曰：

> 吾心似秋月，
>
> 碧潭清皎洁。
>
> 无物堪比伦，
>
> 教我如何说。

　　风情高致，立意新颖。虽讲心，又比月；虽比月，却不是一般天上明月，而是秋潭之月。潭中月已然令人神往，心中月尤其令人清新。心中月，天上月，潭中月；潭中月胜似天上月，天上月何如心中月。心中有月即非空，心中无月何论月？所以寒山又说："无物堪比伦，教我如何说？"寒山既不知如何说，后人又该如何读之？后人不知如何读之，毕竟天上月在，潭中月在。好一个寒山和尚，能把深奥的释家意旨化作形象思维。这样的诗作怎能不产生永久的魅力？然而不仅如此，其《杂诗》十首第九首又云：

> 家有寒山诗，
>
> 胜如看经卷。
>
> 书放屏风上，
>
> 时时看一遍。

　　这一首另有奇趣。佛学讲四大皆空，佛学立意在"空"，要诗何用？寒山确是中国化和尚，不但要作诗，而且可以要诗不要经。不但要诗不要经，还要广告一下，告诉诸位一声，如果您有意信佛，就读寒山诗好了。家有寒山，胜似佛经，天天一读，一样修证。看这般意思，寒山确是一位不合格的和尚——真正佛教徒，有主张不读经的吗？殊不知在中国禅宗看来，明心见性才是佛家根本。甚至连讲佛家根本也不确。佛家本无本。佛家既无本，信佛又何必读经？何况说，万物皆有佛性，任你读什么都可知佛意。

万物皆无佛性,纵然读经又有何用?

单以诗论,他的那种消闲,那种漫不经心,那种消闲中的意味深长;那种漫不经心中的深刻哲理;那种并不追求哲理而漫"诗"之曰的精神境界,若无佛学东来,若无包容共存的文化精神,又怎能物化为诗呢?

与寒山齐名的拾得和尚,另具诗眼如真。其《题林间叶上》二首之二云:

无去无来本湛然,
不拘内外及中间。
一颗水精绝瑕翳,
光明透满出人天。

这诗另有释家意味,但似乎更具普遍精神。现代人常说,一滴水可以映出整个世界。殊不知我们中国的大唐和尚讲得更其妙欤?

唐代佛学的影响,不但及于僧,而且及于俗;不但及于官,而且及于民。王维的诗意境高远,主要得益于佛学的博大精深。

有佛有道还有儒,而且公道地讲,儒的影响总是主流。虽然在大唐宏观世界里,儒、道、佛都有自己的地位,但儒的主导作用是任何人也无法否定的。你可以藐视儒学,但你无法否定儒家文化。实在李白也并非纯道,王维更非纯佛。他们身上的功名利禄、仁义道德的色彩都十分浓重。盛唐诗坛,影响巨大的人物,首推李白、杜甫,但讲到影响后世,则李白不如杜甫,因为李白虽非纯道而近道,杜甫则是典型的儒学诗人。有唐一代,前有陈子昂,后有杜工部,又有韩愈、柳宗元、元稹、白居易、刘禹锡、李商隐、杜牧,都是儒家主力,这样的阵容,使儒家地位日益提高。特别是韩愈,更是以卫道者面目出现,以他为主将的古文运动恰恰反映了安史之乱后中国社会走向一元文化的历史性转变。

唐代文学兴旺发达，不但因为他们善于从儒、道、佛等不同模式的文化中汲取营养，还因为他们善于向各类民族文化学习，向民歌学习，向两汉特别是建安诗人学习，也向六朝前辈诗人学习。没有道家文化固然没有李白，没有民歌也没有李白。没有古诗固然没有李贺，没有民歌同样没有白居易和刘禹锡。

除去上述内容之外，许多唐人诗人注重彼此学习。或许可以这样说，唐代文坛是一个最讲友谊和相互扶植、借鉴的时代，这也是中国历史少有的所谓盛唐气象。

文学共鸣。文学共鸣既是唐代文化共存共兴的一个组成部分，也是隋唐文学时代的一个显著特点。或者换句话说，因为盛唐社会赞赏文学共鸣，所以才有文圃诗苑的百花齐放。

盛唐文学的百花齐放，可以从以下四个方面体会。

其一，诗文题材，无所不有。以唐诗而论，其内容，或田园，或山水；或宫廷，或边塞；或庙堂，或梨园；或闺房，或战场；或一花一草，或千军万马；或春，或秋，或冬，或夏；或风，或雪，或雷，或雨；或名山大川，或小溪流水；或白头翁，或清谈客；或才子佳人，或农夫农妇，或莘莘学子，或张狂酒徒；或仙境，或鬼境，或人境，或物境；或赞赏不已，或直抒胸臆；或柔情似水，或怒发冲冠；其方式，或扬之，或抑之；或评之，或论之；或梦之，或戏之；或言简言赅，或滔滔不绝；或四处张扬，或含蓄蕴藉；或长歌当哭，或漫语谐谑；或白描，或工笔；或写有我之境，或写无我之境；或独吟，或唱和；或身在江湖心怀朝阙，或浪迹天涯情长万里。如此等等，中国唐诗可以说是一部有音有韵的百科全书。其中有人物，有自然，有宗教，有政治，有经济，有哲学，有习俗，有历史，还有许许多多我们至今仍非常需要的极有价值的文化遗产。

其二，唐诗风格，无所不能。风格不是流派，但论及诗风，已近乎流派。今人好讲浪漫主义与现实主义，两个主义，未免少些。唐诗诗风，千姿百态。有现实风格，也有浪漫风格；有浓妆艳抹，也有一片天然；有一川碎石大如斗，也有野渡无人舟自横；杜工部沉郁顿挫，变化莫测；白乐天平易近人，喁喁而谈；郊寒岛瘦，贺鬼白仙。从唐初四杰到唐末李商隐、温庭筠、杜牧、韦庄，可以说有唐一代，有多少著名诗人，就有多少风格。同是边塞诗，高适不同于岑参；同是田园诗，王维不同于孟浩然。同是咏史，有悲壮，有沉重，也有喟然长叹；同是叙事，有简捷，有缜密，也有夹叙夹议。风格代表了诗人的个性，诗人的个性又塑造了各自的风格。有人说风格即人。我们辉煌大唐的先人们，虽不懂也不必懂得这么繁复的文学理论，却实实在在地以自己的实际创造，启发着我们这些人类文化的后来人。

其三，诗歌体裁，无所不备。本书前面简单介绍过唐诗的形式。粗分起来，可以有今体诗和古体诗。细分起来，可以有五言古诗、七言古诗、乐府诗、五言绝句、七言绝句、五言律诗、七言律诗，以及排律等体裁。单单古体诗一项，就可以分为诗、行、咏、吟、题、怨、叹、章、篇；乐府诗又可以分为操、引、谣、讴、歌、曲、词、调。于是北风行、长街行、少年行、琵琶行、老将行、从军行；白雪歌、石鼓歌、长恨歌；塞上曲、塞下曲、长干曲、江南曲、听莺曲；凉州词、横江词、贫妇词、采莲词；邺都引、箜篌引，以及古剑篇、齐宫词、田翁叹怨、胡马诗、巴女谣，等等。唐诗佳作，各种体裁，无所不名。李白的七古和绝句，杜甫的七古与七律，王维的绝句和五律，加上李贺的古乐府，白居易的新乐府，李商隐的七律、七绝与五绝，都有许多千古名篇，不但为大唐文苑大争光彩，直到今天，尤为千千万万读者所喜闻乐见。

其四，诗歌创作主体，无所不在。唐王朝是一个诗的王国。帝王将相、宫妃民妇、士农工商、黄童白叟、秦楼楚馆、庵堂寺院，可说人不分老幼，地不分南北，无人不能诗，无处不能诗。而且，有唐一代，289年时间，不论繁荣衰微，大治大乱，总能诗兴不减。在很多情况下，一个优秀诗人，他得到的荣誉极大极大，他的知名度也极高极高，有诗为荣，无诗为耻，诗好为荣，诗劣为耻。正因为诗歌的创作主体无所不在，才给唐诗的发展提供了无比雄厚的创作基础。诚如鲁迅所言，需要好花，先育好土。如果没有千千万万如潮如流的诗歌创作基础，盛唐文学时代，无论如何不能取得这样伟大的历史成就。

特别值得一提的是，唐代文人，相轻者少。纵有二三小人，不伤大雅之气。初唐时，还有相互倾轧的现象，以后慢慢淡化，风气一变。很多情况下，他们不问出身，不看年龄，不计名利，不重地位，不贬低对方，不搞小动作，也不进行宗派活动。真可谓自由来往，君子群而不党。以至我们翻看《全唐诗》，会发现有那么多唱和之作；字里行间，又洋溢着那么多真挚的友情。这种情形，在盛唐时期表现尤其突出。盛唐诗人中，祖咏与王维为诗友，刘慎虚与孟浩然、王维有酬唱集，李颀与高适、王昌龄有唱和；王昌龄与王之涣、高适、王维、李白、岑参均有友谊；岑参与杜甫是好朋友；特别是杜甫与李白，同为诗界双峰，但相互友爱，成为一段诗苑佳话。对比后来中国文坛种种现象，又岂止佳话而已。而且大诗人并不以诗名而轻视同仁。李白就曾盛赞崔颢黄鹤楼诗，道是："眼前有景道不得，崔颢题诗在上头。"杜甫也十分尊重王翰，以"王翰愿卜邻"为荣耀。

因为唐文苑唐诗苑尤其盛唐诗坛有这样的风格和经历，所以盛唐文学时代才成为产生文学巨匠的时代。实在说，衡量一个文学时代的优劣，至少应该有两个标准：一个标准，看它是否产生过名篇名作；另一个标准，看它是否培育出文学巨匠。

盛唐文学时代正是一个产生了大量名作又培育出文学巨匠的时代。

第三节
积新而盛，由盛而变

——唐文学的四个发展阶段

唐代文学可以分为四个阶段，即：初唐、盛唐、中唐和晚唐，合称"四唐"。"四唐"的分法，历史上有不同意见。文学史分期也有不同的选择。有主张只分初唐、中唐、晚唐三个阶段的，也有主张把初唐、盛唐合起来，把中晚唐也合起来，分为两个阶段的。笔者认为，初唐起于唐高祖武德年间，止于开元；盛唐起于开元，止于大历初年；中唐起于大历初年，止于大和年间；其后为晚唐。变成公元纪年，初唐始于公元618年，止于712年；盛唐始于713年，止于766年；中唐始767年，止于828年，晚唐始于829年，止于907年。但文学如流，具体年限的划分只是一个大略的说法。

晚唐之后，是为五代。五代的文学成就主要表现在词的创作上。但词的创作不始于五代而始于唐。最早的词是民间创作，经文人学士加工，成为比较成熟的文学形式。"词乃诗之余"，这种说法不免偏颇，但以其创作主流而言，在唐还不过如此。五代词上有唐为滥觞，下有宋为大潮，五代夹在中间，属于"起承转合"的"承转"阶段。这个阶段可以归于宋，也可以归于唐。归于唐的理由更多些。好比一只金钱豹，唐代文学加上五代，是为这个伟大的文学时代成就了一条美丽的尾巴。

初唐文学主要属于继承、开拓和探索时期，这是一个广泛产生新人与新作的文学时代。

盛唐文学是唐代文学、特别是唐诗的高峰阶段，是它的历史丰收期。此时的唐诗苑，百花盛开，竞相争艳。这是一个需要诗坛巨星也产生诗坛巨星的时代。

中唐文学是唐代文学的分流与转变时期。中唐文学虽然不比盛唐文学更繁荣，但它反映的社会内容却更深刻，而且古文运动由此兴起，唐代传奇由此成熟。这是一个产生各种文学理论与文学流派的时代。

晚唐文学是唐代文学的总结与回声。晚唐文学没有盛唐文学的繁荣，也不如中唐文学的深刻，它已经形不成强大的阵容。但它没有停止自己的创作，它有自己的代表人物和代表作品。这些人物往往表现得更具个性细腻，而完成这些作品的技艺也更臻于成熟。这是一个诗歌技艺登峰造极的时代。过了这个时代，中国古诗已经没有多大发展余地，诗歌体裁只好随之一变。而此后的文学才子便花更多气力向词的创作方面去努力了。

于是，就有了一段新鲜别致的唐五代词。

单就唐诗而言，它在诗风特别是诗歌体裁方面也随着历史阶段的演进而发生了莫大变化。真正代表唐代诗歌体裁的当然是律诗与绝句。虽然这不等于说唐诗的最高成就只是律诗和绝句。但从它的发展过程看，律诗与绝句必然会慢慢取代古体诗歌在唐代诗苑的主导地位。我国著名古代文学史家沈祖棻先生引用过施子愉先生的一个统计资料。施先生的这个统计，是将《全唐诗》中存诗一卷以上诗人的作品予以分类，从中找出唐诗体裁的发展线索。其统计内容如下表：[1]

---

[1] 沈祖棻：《唐人七绝诗浅释》，上海古籍出版社，1981年3月第1版，第20页。

从表中可知，唐诗体裁的历史演化轨迹十分明显：

①总的发展趋向。越至晚唐，古体诗数量越少，今体诗的数量优势越为明显。

②今体诗中，五律、七律与七绝的数量优势更为明显。

③初唐品种未全，古体诗占有优势，盛唐趋于均衡；中唐古体诗尚有作为（这大约和古文运动也和新乐府运动有密切关系），晚唐已成为向今体诗数量优势一面倒的局面。

从这个发展线路中，可以明显看出：唐代文学是一个由创新走向繁荣，又由繁荣走向分流和变化的时代。这种变化没有因为唐王朝的灭亡而停止或中绝，而是当它把自己的历史责任完成之后，便顺流而下，转到另外的艺术尝试中去了。何况说，中国本有"诗穷而后工"的传统，越是历经战乱，一些大手笔的作品才更加显出其英雄本色。

第四节
缘机而发，穷奢极欲

——唐文学繁荣昌盛的两大成因

  唐代文学兴旺发达，有众多原因。简而言之，一是历史条件，二是主观努力。历史条件成熟了才能缘机而发，主观努力升华了便又穷奢极欲。

  所谓缘机而发，其实内容也很多，不是几句话可以概括的。缘机而发的"机"，自然是指机会，但不是一般机会，而是历史机遇。这个机遇，也包括两部分，一个是"流"，一个是"源"。

  所谓"流"，就是历史发展达到一定程度后所提供的条件。唐诗是诗之盛者，它最有时代特色的部分，一个是"七言"，一个是"绝"、"律"。七言诗，曹丕的时代已经有了，但高峰在唐。绝句主要讲音律，律诗则兼讲音律与对偶，音调对偶也不萌发于唐，但同样也是在唐代才达到登峰造极的水平。

  这就是说，不是唐之先人没有天才，而是他们所处的时代机遇火候不够。比如庄子能文，曹雪芹也能文，庄子虽能文写不出《红楼梦》来，并非庄子天才不够，非不为也，势不能也。

  历史本身就是一股洪流，历史的展示就是这"流"的过程。然而，历史自有规律，"不为尧存，不为桀亡"。古代文学史尤其是诗的历史，特别厚爱唐人，将一个千载难逢的大好机遇交给了他们。这种幸运，简直无法用语言来表达。

还有"源"。历史的发展是"流"，现实生活则是"源"。隋朝统一天下，唐代进入昌盛兴旺，为唐代文学的发达准备了肥田沃土。这块肥田沃土就是唐文学的"源"。

首先，诗歌文学的发达需要社会稳定，天下太平，这一点，唐王朝做到了；又需要政治清明，国势强大，这一点，唐王朝也做到了；还需要社会物质生活优裕，人民安居乐业，人们有心思有时间去吟诗作诗，这一点，唐王朝又办到了；更需要社会给文人学士以实现自身价值的渠道和方便，这一点，唐王朝同样办到了。"诗穷而后工"，诗歌需要深刻的社会生活内容，从而激发其社会参与意识、忧患意识，这一点是大唐王朝的统治者们所不愿看到的，然而"世事不遂尔心愿"，安史之乱触发的社会动荡成为诗人深刻而痛苦的社会生活经验，于是，啼血杜鹃也开始大声鸣唱了。

远有长流，近有沃土，可以说一切条件都具备了。但也可以说还有一半乃至一多半条件没有具备。因为诗歌不是自然生成的天然物质，而是人类创造的历史文明。唐人的骄傲在于：好机遇唤来了大手笔，多少唐人为诗为文终生奋斗，经300年努力，使得唐代文苑如夏夜晴空，群星灿烂。

唐人作诗，可谓前赴后继，不懈奋斗；很多杰出诗人又可谓废寝忘食，呕心沥血。

前已说过，唐代文学特别是唐诗之发达，因为无人不作诗，无处不作诗，这里还要加上一条无日不作诗。唐人重视诗歌，用现代接受美学的语言讲，就是接受者是最有力量的导向者。因为人人重视，所以人才济济。

诗人爱诗，愿意为诗歌创作贡献自己的毕生心血。当然，也不能一概而论。这中间或有为功名而作诗的，或有为爱情而作诗的，或有为愤世嫉俗而作诗的，或有为民间疾苦而作诗的，或有为身心快乐而作诗的，或有为表现才能而作诗的，或有为闲极无聊而作诗的，或有为诀别这世界而作诗的。但其中的骨干与菁华，确确实实做到了鞠躬尽瘁、死而后已。如李贺，在生命弥留之际，他还幻想着到天上为玉皇大帝去作诗哩！又如孟郊、贾岛，都是肯于为一句诗而殚精竭虑的人物。白居易人称"诗魔"，可知其用功之苦。李白、杜甫同样为诗歌创作穷尽了毕生精力。李白临终，想到的是诗。杜甫体弱，作诗更苦。李白明白杜甫，曾有《戏赠杜甫》一诗：

> 饭颗山前逢杜甫，
> 头戴笠子日卓午。
> 借问别来太瘦生，
> 总为从前作诗苦。

作诗苦了杜甫先生。我们的诗圣辛苦为诗，纵然有某种人生理想在内，也有一大半原因不为别的，就是为"诗"。不是说杜甫为诗而诗，而是说为了作诗也劳心。

所谓穷奢极欲，是说唐人把历史厚赐给他们的一切优裕条件都充分用尽了；他们把自己的毕生精力也充分用尽了；他们把那个历史时代所能提供的创作天地充分用尽了；甚而至于把彼时彼地能产生诗的一切潜能都充分用尽了。

自从唐人风流后，但寻旧路已无诗。

第二章 初唐文学

初唐文学究竟在隋唐文学史或者唐代文学史上应占有什么位置，历来有不同看法。大体说来，后人对初唐文学的评价不高。一些著名文学史家干脆将隋与初唐并在一起，作些简要介绍而已。

笔者认为，初唐文学历时较长，人物众多，作品也多，完全可以看成唐代文学的奠基时期。初唐比起盛唐、中唐文学成就自然小些，但我们不能苛求前人。盛唐文学气象非凡，成就巨大，文学史家难免情有独钟，然而千里之行，始于足下，没有开拓者的劳动，哪来丰收者的微笑。初唐从头到尾经过三四代人的努力，历时约一个世纪的时间，这是一段朝气蓬勃的发展时期。这个时期，出新人，作新诗，立新论，完成了盛唐文学所需要的一切历史性准备工作，同时，也加速并大体完成了由宫廷诗人集团主导诗坛向着社会中下层诗人集团主导诗坛的历史性转化过程。

第一节
宫廷主导，上下努力，为诗苑兴旺调音

按照元人辛文房编撰的《唐才子传》的说法，唐代有诗作留传于世的皇帝共有六人，他们是唐太宗、唐玄宗、唐宪宗、唐德宗、唐文宗、唐僖宗，但这个结论和《全唐诗》上的诗作者有出入。《全唐诗》上有名的皇帝也是六人，不过没有宪宗、僖宗，而有肃宗和宣宗。这大约是印刷流传之误。其实，能诗的皇帝并不止六位，至少还有武则天呢。唐代共有23位皇帝，除去短命者外，真正有影响的不过十数人，影响重大的首推李世民、武则

天和唐玄宗。刚好这三位都雅好诗歌。玄宗列入盛唐，此处不论。那么，唐太宗、武则天对于初唐文学有哪些贡献呢？

唐太宗其人，可谓英才盖世，是中国历史上少有的英雄人物。所谓秦皇汉武唐宗宋祖，他就是其中的一位。其实论唐太宗的家庭关系，他却是一位大不幸者。他的前期，因为权力之争，终于阴谋起于宫阙，差不多亲手杀死了乃兄乃弟；到了晚年，又为儿子们的争权夺位而苦恼不堪，终于废掉太子，选了一位并不太中意的儿子作皇太子。而且他在文才方面也大大不如杨广，杨广能诗，太宗也爱诗，不但爱诗，而且好文，不但好文，而且非常喜欢书法，可以说他是一位对文学艺术情有独钟的人物。可惜的是，他在这些文学艺术中的表现，却样样平庸。他爱诗、作诗，可作来作去，不出齐梁旧格，平平板板，阴柔有余，阳刚不足。他好作文，也曾亲自撰写《晋书》中的宣帝、武帝、陆机、王羲之四个人的传记，《晋书》也因此而身价倍增，号称"御撰"。其实，这四个人的传都不能算上乘之作，个个显得纤弱单薄，材料固然不少，但运用不佳，只见小巧，缺乏雄浑。可谓拙妇好为有米之炊，就是做不出上等味道。他好书法，尤其推崇王羲之的字，为了得到《兰亭序》，不惜使用阴谋。后来遗命《兰亭序》随葬，无疑做了一件对不起中华民族的错事。我希望它将来有一天会成为一件幸事。他喜爱书法，如痴如醉，而本人书法，却实在不能差强人意。有一天，他自己先写好"戬"的左半边，留下"戈"字请初唐书法家虞世南补写。虞补写后，他拿这个字给魏徵看，问魏徵感想如何，魏徵告诉他说："惟戈字笔法逼真。"他身边的一群诗人，也大体陈隋旧物，没有多少新的创造。然而正是唐太宗，对唐代文学做出了巨大贡献。这不是指他本人的文学才能，而是说他雅好文学艺术，对初唐文学的崛起，与有力焉。

初唐时期，主要是在唐太宗时，没有什么大诗人。虽然没有大诗人，却有一批旧诗人。如长孙无忌、杜如晦、房玄龄、李义府、于志宁、苏世长、魏徵、王绩、上官仪、陈叔达、虞世南、李百药、欧阳询、杜之松、褚亮、杨师道、蔡允恭、许敬宗等人。他在秦王府时，就首开文学馆，延揽天下英才。当时就有"秦门十八学士"之称。这十八位学士是：杜如晦、房玄龄、于志宁、苏世长、薛收、褚亮、姚思廉、陆德明、孔颖达、李道玄、李守素、虞世南、蔡允恭、颜相时、许敬宗、薛元敬、盖文达、苏勖。

秦王府的十八学士也好，做皇帝时的一大批文人诗人也好，总而言之，是要提倡文明，尊重文学。上有所好，下必效之。何况这些文人学士中，很有几位开国功臣，地位显赫，一人之下，万人之上的。其中元老有之，重臣有之，宰相有之，六部首脑有之，闲官虚职亦有之。由这样一批人组成的宫廷诗人队伍，成就可能不大，影响却不能不大。

但仔细研究起来，李世民的诗人队伍，其实是一支杂牌军，他们之间，因为经历、地位、学识、价值追求等种种不同，所以诗风、文风以及对诗文的看法也千差万别。但其主流，还是齐梁旧体。

虽是旧体，已有新人。其中比较特殊的，一位是魏徵，一位是王绩。魏徵的风格与陈子昂有某些相似之处。王绩则是太宗时期，一群官僚贵族诗人之外少有的中下层诗人。因为他的地位低下，当时的影响也不大。虽然诗的质量大大超过那些宫廷诗人，可惜孤掌难鸣，他的真正影响在初唐后期才慢慢显露出来。

王绩（585～644年）本世家子弟，绛州龙门（今山西河津）人，他哥哥王通是隋末著名哲学家。王绩少年英雄，年十五，游长安，谒见杨素，给杨素留下很深的印象，被杨素称为神仙童子。隋末，举孝廉，后来做过秘书正字。但他不愿在朝做官，称病而退。以后又做过一段六合县丞，因为嗜酒过度，妨碍了公事，加上天下大乱，于是又假称得了风症，"轻舟夜遁"。自感叹曰："网罗在天，吾将安之？"① 由此可见，他虽早熟，仕途并不顺利。入唐后，依然做官，依然不遂意。唐武德中，朝廷下诏征以前朝官待诏门下省，他前往应召，他弟弟问他感受如何，他说：待诏没有几个钱，况门庭冷落，没什么意思。不过每天有好酒三升，让人留恋啊！这事被当时的一位贵人知道了，说："三升良酝，未足以绊王先生。"每日供酒一斗给他，人称"斗酒先生"。

王绩居官好酒，归隐依然好酒。但也好读书，读《易经》，读老、庄，自然也爱作诗。他一生以饮酒、弹琴、读书、作诗、成文为乐。人称"高情胜气，独步当时"。诗文之外，另有《酒经》《酒谱》各一卷。

王绩是初唐诗人中的一个例外。因为他早慧，所以诗名也早；因为他仕途不得意，也就不大受宫廷诗风的束缚。他常居村野，性好黄老，加上他哥哥王通是一位不守陈经旧典的哲学家，对他不免产生种种影响。他有时发牢骚，对儒、道、佛全不满意，但比较而言，他本人还是受道家影响更大。他的诗，常能无拘无束，写得自然平易。如他的《秋夜喜遇王处士》：

> 北场耘藿罢，
> 东皋刈黍归。
> 相逢秋月满，
> 更值夜萤飞。

倘无生活阅历，很难写出这么生活化的优美意境。他影响最大的诗作是五律《野望》。

---

① 辛文房：《唐才子传》，中州古籍出版社，1987年7月版，第7页。

东皋薄暮望,

徙倚欲何依。

树树皆秋色,

山山唯落晖。

牧人驱犊返,

猎马带禽归。

相顾无相识,

长歌怀采薇。

这首诗影响很大,这是中国有记录的最早的一篇五言律诗,或者说是最早的五言律诗之一。其时,五律并未真正定型。五律尚未定型,王绩先已有之,恰如聪明的哲学家猜到了真理的内容。笔者不惜笔墨,描写王绩,实在是因为他可以算作盛唐诗歌的一位先驱者。王绩的诗虽然未成大气候,但他却似一只未来大唐诗苑的报春燕子——没有大气象,但有了新消息。

如上所言,王绩生于隋末唐初,相对于宫廷庙堂文学而言,似是特殊人物。但相对于社会文学或民间文学或山林文学,就不能算特殊了。可惜初唐时期,还是以宫廷诗为主流的一个诗歌创作阶段,这个特点,待到初唐四杰才得以根本改变。

和王绩同时的特殊诗人中,还有一位王梵志。

王梵志(590~660年),巴州集阳人。他的诗早已失传,但随着敦煌莫高窟藏书的发现,作品又失而复得。郑振铎先生认为他是一位怪诗人——是初唐几位诗人中的代表人物。他的诗多与佛事佛学相关,但有佳作。一些摆脱说教气息的作品,写得散漫清闲,不甚重视章法。他的诗对于后来的寒山、拾得都很有影响。

他的一首五言小诗,写得语言风趣,禅意绵绵。

城外土馒头，

馅草在城里。

一人吃一个，

莫嫌没滋味。

唐太宗对唐代文学有首倡之功，武则天则对唐代文学有再助之力。

武则天身边也有一大批诗人，其中还有一位杰出的诗歌裁判，这就是唐初名诗人上官仪的孙女上官婉儿。

上官仪大约生于公元616年，其时将入唐。他在当时颇有诗名，他的诗婉媚绮丽，很受时人欢迎。有许多人专门效仿他的作诗路子，他的诗也被称为"上官体"。但从整个唐代文学的历史成就考虑，上官仪的贡献，也许不在其诗，而在于他对律诗的研究。

初唐诗歌的基本成就，在于它培养出一批新人，又孕育出一个新的诗歌体裁，还创作和总结出一套新的成熟的诗歌理论。而所谓新的诗歌体裁，主要是指律诗；所谓新的诗歌理论，主要是对律诗创作的研究。

成熟的律诗，必须具备三个基本条件。一是对偶，二是音律，三是用一个特定的格式来安排对偶与音律，或者说确定对偶与音律的句式安排与全诗的行数与字数。后面这一条即是律诗的外在形式，而前面的两条则是律诗的内在涵意。内涵比形式或许更重要些，而外在形式确又加强和美化了内涵的美学价值。而为着寻找与完善这些内容，自建安以来，多少诗人做出过多少努力。但其完善，却在初唐。其先声是沈约的四声八病。其完全的标志是沈佺期、宋之问的沈宋体。上官仪的贡献，是他总结和提出了六对、八对。

六对的内容是：

正名对；如天地对日月，

同类对；如花叶对草芽，

连珠对；如萧萧对赫赫，

双声对；如黄槐对绿柳，

叠韵对；如彷徨对放旷，

双拟对；如春树对秋池。

八对的内容是：

动名对，如"送酒东南去，迎琴西北来"；

异类对，如"风织池间树，虫穿草上文"；

双声对，如"秋露香佳菊，春风馥丽兰"；

叠韵对，如"放荡千般意，迁延一介心"；

联绵对，如"残河若带，初月如眉"；

双拟对，如"议月眉欺月，论花颊胜花"；

回文对，如"情新因意得，意得遂情新"；

隔句对，如"相思复相忆，夜夜泪沾衣；空叹复空泣，朝朝君未归。"①

六对也好，八对也罢，待唐律诗成熟之后，都显得有些浅显无奇。但在当初，确是有作用的。当然，律诗的形成并不如此简单，一方面，对于唐律研究的著述还有很多；另一方面，诗歌首先是一门实践性艺术，不进行大量创作，怎能真正完善？上官仪是一位过渡性人物，他的诗不脱齐梁旧体，而他对诗的研究却是唐律的先声。上官仪后来因事被杀，死于公元664年。

上官仪是律诗的研究者，他的孙女则成为初唐宫廷诗作的评判人。

上官仪与其子上官庭芝不得善终，父子同时被诛。庭芝的女儿上官婉儿当时尚在襁褓之中，随母配入掖庭。上官婉儿聪慧可爱，幼年即识诗文。

---

① 罗根译：《中国文字批评史》，上海古籍出版社，1984年版，第2、12~13页。

14岁时成为武则天宫中女官，负责掌管诏令事宜。后虽因事忤旨，武则天终不忍杀之，予以黥面处罚，依然留在身边。以后宠信愈隆，拜为昭容。她母亲也被封为沛国夫人。她在宫中，深受武则天倚重，特别在文学诗作方面，得以大显身手。她给武则天提过不少收聚文学的建议，也替唐高宗、武则天以及长宁长乐两公主作过不少诗句。她的诗在当时颇有影响，她的诗评尤有权威。她有一首《彩书怨》，俨然律诗规范。

叶下洞庭初，
思君万里余。
露浓香被冷，
月落锦屏虚。
欲奏江南曲，
贪封蓟北书。
书中无别意，
惟怅久离居。

难怪后代诗家评说："能得如此一气清老，便不得奇思佳句矣！此唐人所以力追声格之妙也。既无此高浑，却复铲削精彩，难乎其为诗矣。"①

上官婉儿的时代，正是沈宋体诗歌的高峰。武则天又特别喜欢赐唱文学宴，宫中诗唱十分热闹。当时沈宋齐名，不免争锋斗智。武则天兴致高涨，又无异于火上加油。于是评论诗歌优劣的重任就落在了婉儿肩上。相传唐中宗曾命群臣赋诗，得诗百余首，其中沈宋争魁，各不相让，中宗命婉儿评之。她选宋之问诗，沈佺期不服。她讲理由：沈诗落句："微臣雕朽质，羞睹豫章才"，不免词气衰竭。宋诗落句"不愁明月尽，自有夜珠来"，气象大不相同，于是沈佺期心服。

上官婉儿诗才并茂，为武则天时的风云人物。可惜后来落入皇室内部的争斗之中，终于被玄宗所杀。但她对唐代律诗体裁的完成，贡献不小。

当然，上官婉儿固然是武则天时代的诗坛明星，却不是诗坛主角，也不是推动诗坛发展的中心人物，中心人物是武则天本人。

武则天的才能不比唐太宗差，对唐代的繁荣同样贡献巨大。虽然她本人的私生活颇受后人非议，加上重用酷吏，更其不得人心；虽然如此，毕竟国家稳定，经济繁荣，文化发展，国势强大。她提倡诗作比赛，优胜者赐与奖品。有时候，先胜者又被后来者超出，她就下令夺其奖品另赐新人。她的这些做法，无疑对唐诗的兴盛起了推波助澜的作用。因为她身为一国之主，这种作用的效果愈加不同凡响。

武则天本人也能诗。有的诗写得含情脉脉，反对她的人看了，也只能暗自叹服。如她的《如意娘》：

> 看朱成碧思纷纷，
> 憔悴支离为忆君。
> 不信比来长下泪，
> 开箱验取石榴裙。

天下第一女强人能作这样的抒情诗作，难怪李氏天下要被弄得"镇日里情思睡昏昏"的。也难怪钟惺要说："'看朱成碧'四字本奇，然尤觉'思纷纷'三字愤乱颠倒得无可奈何，老狐媚甚。"[1]

其实，皇帝都能做得，媚一点有什么了不起！

武则天爱写诗，更爱评诗。上官婉儿的评诗标准就代表了她的观点。

---

[1] 钟惺：《名媛诗归》。

有时候真的看到出类拔萃的诗作，她还要亲自褒扬。唐代国公郭震，是一位文武双全的人物，曾预边事，立战功。他有一篇《古剑篇》，写得大气磅礴，深得武则天喜爱，并因此诗而受重用。或说郭震不以诗名，但《古剑篇》确实气韵生动，神采飞扬。作者借物咏志，慷慨过人，深得后来诗苑名家杜甫、张说等人赞赏，可见武则天赏诗眼光确实不凡。

总而言之，初唐时期，因为长时间的社会稳定，又有比较繁荣富裕的社会生活，加上最高统治者的悉心提倡，仿佛为唐代文学特别是唐诗大潮的到来打开了闸门，从此一泻千里，蔚为壮观。

第二节
诗坛"四杰"的新人效应

经过唐太宗、武则天两个时期，唐王朝成为强大帝国。在这约半个世纪的时间里，前有唐太宗时的一批宫廷诗人集团，后有武则天时期的沈宋诗人集团，中间则出了几位影响巨大又不属于宫廷圈子的年轻诗人。哪怕是在当时，这几位人物也已引起种种争论，用现在流行语讲，就是吸引住了人的眼球，他们即是初唐"四杰"。

初唐四杰即王勃、杨炯、卢照邻、骆宾王。唐太宗时的著名诗人大多来自前朝故旧，甚至是陈隋遗民。王、杨、卢、骆则出生于唐王朝，他们的作品也是纯纯正正的唐诗、唐文。他们四个人的年龄其实参差。卢照邻、骆宾王年长一些；王勃、杨炯则更为年轻。

卢照邻生于公元637年，死于公元680；骆宾王生于公元640年，大约故于公元684年；王勃生于公元650年，死于公元676年，年纪轻轻便故去了；杨炯与王勃生于同年，死于公元692年，也不长寿。他们四个人均成名很早，可说个个神童；同样生活动荡，可说个个经历曲折；但又都受到社会青睐，所以虽然经历曲折又并非大曲折，更非大不幸。他们同样不算长寿，其中王勃仅活了26岁，杨炯活了42岁，卢照邻大约活了43岁，骆宾王约为44岁。

王、杨、卢、骆四位青年豪杰之士，不但诗名早著，而且文名很大，一些名篇，挟风带雨，英气逼人。

王勃，字子安，是诗人王绩的侄孙。虚岁6岁时即能为文。不到18岁，就被授朝散郎。可说神童有幸，少年得志，但好景不长，因为讽刺唐高宗李治的儿子斗鸡，高宗知道后，将其逐出王府。从此四处流徙，很少再有欢畅岁月。也曾作客剑南，"登山旷望，慨然思诸葛之功，赋诗见情"。[①]也曾因藏匿犯死罪的官奴，又害怕事情泄露，竟将这官奴杀害。其罪当诛，幸好赶上会赦，免了死罪，但被官府除名。于是去投奔在交趾作官的父亲。途经南昌，恰逢都督阎公新修滕王阁成，于九月九日，大会宾客。王勃因才名，受到邀请，不觉青春意气、才子情怀，一时潮涌，化而为文；文不加点，成就《滕王阁序》。个中或别有传闻，意在增加气氛而已。于是得到都督厚赠。其后去南方，船入大海，王勃落水惊悸而死。

王勃多才多艺，诗文之外，对中医中药也颇有研究。他的诗流传下来的不多，但有名句，也有名作。例如他的《送杜少府之任蜀州》，虽为送别之作，立意不同前人。有情亦有志。志在情中，情寓志里，把一位青年才子的胸襟披露得淋漓尽致。其中"海内存知己，天涯若比邻"两句，更是传颂千古。全诗八句，全然初唐律诗景象：

> 城阙辅三秦，
> 风烟望五津。
> 与君离别意，
> 同是宦游人。
> 海内存知己，
> 天涯若比邻。

[①] 辛文房：《唐才子传》，中州古籍出版社，1987年7月版，第13页。

无为在歧路,

儿女共沾巾。

　　王勃传颂千古的不朽名作,是他的《滕王阁序》,序后有诗,诗为七言律,作为七律体裁,在初唐也有重要意义。只是因为序名太大,诗的影响反而小了。《滕王阁序》属于骈体散文。实在说,唐代文学不以骈文为代表,但确有骈文佳作可以流传百世的。前有王勃、骆宾王,后有陆贽、李商隐,都是骈文高手。其文章锦心绣口,妙笔天成。王勃的这篇序,尤其如霓如虹,如砥如砺,皇皇大作,气宇轩昂。虽为骈体,远非六朝旧声。如果说六朝旧作大抵如佳人美女,那么王勃的序则是风流才子,文中多少名句,广为流传。其中"落霞与孤鹜齐飞,秋水共长天一色",尤为脍炙人口。序文全篇抒情状景,如塑如画,而且音韵铿锵,才思奔涌,讲到自己的抱负与情怀,更是动人肺腑。其中写道:

　　天高地迥,觉宇宙之无穷;兴尽悲来,识盈虚之有数。望长安于日下,指吴会于云间。地势极而南溟深,天柱高而北辰远。关山难越,谁悲失路之人;萍水相逢,尽是他乡之客。怀帝阍而不见,奉宣室以何年?呜呼!时运不济,命途多舛;冯唐易老,李广难封。屈贾谊于长沙,非无圣主;窜梁鸿于海曲,岂乏明时?所赖君子安贫,达人知命。老当益壮,宁移白首之心;穷且益坚,不坠青云之志。酌贪泉而觉爽,处涸辙以犹欢。北海虽赊,扶摇可接;东隅已逝,桑榆未晚。孟尝高洁,空怀报国之心;阮籍猖狂,岂效穷途之哭?

　　如此等等,虽千年之下,读者犹能感觉得到这位年轻才子的勃勃青春气息。

杨炯，华州华阴（今陕西华阴县）人。年10岁，即中童子科，时人目为神童，授校书郎，负责校正典籍的工作。永隆二年（681），赶上皇太子祭先圣先师，他入崇文馆为学士。后来出为盈川县令，死于任上。

杨炯与四杰中的其他三位比较，一生所遇坎坷不多，虽然享年不永，还算死得比较自然。但他同样具有桀骜不驯的性格和新时代诗人特有的冲天傲气。他不能听任权贵们的指摘，也不能忍受他们的胡言乱语。他不但我行我素，而且勇于反击那些攻击他的人们。《太平广记》卷二十五曾有一段记载，说杨为盈川令，"词学优长，恃才简傲，不容于时"。每次见朝官，则目为"麒麟楦"。"麒麟楦"是一句什么话呢？人家不懂。他还向别人解释，说："今铺乐假弄麒麟者，刻画头角，修饰皮毛，覆之驴上，巡场而走，及脱皮褐，还是驴马。无德而衣朱紫者，与驴覆麟皮何别矣！"通俗点说，"麒麟楦"就是披着一张麒麟画皮的驴。甚哉，斯言也；妙哉，斯言也。

杨炯有《杨盈川集》传世。但以诗文的艺术价值而言，不算十分突出，特别是缺少那种有震撼力的作品。但他毕竟是初唐诗人，有才气，又有一定的生活经历，比之前人，已成异响。他的古乐府《从军行》，历来为人传颂。诗中反映的"宁为百夫长"的情绪，更非宫廷诗人所有。实在唐诗的伟大，不在廊庙之上，而在山水世情之间。杨炯此诗，聊有此意。

烽火照西京，
心中自不平。
牙璋辞凤阙，
铁骑绕龙城。
雪暗凋旗画，
风多杂鼓声。

　　　　宁为百夫长，

　　　　胜作一书生。

　　卢照邻，字昇之，幽州范阳（今河北涿县）人。少年事不详。但与唐高祖李渊的第 17 个儿子李元裕为布衣交。李元裕封邓王，卢照邻成为邓王府典签。典签者，唐朝诸王府掌管文书的官职之谓也，以后还作过新都尉。

　　卢照邻一生不顺利，主要是身体很坏。史书上说他患有风病，但具体是什么风病，语焉不详。有说是风痹病，也有说是麻风病的。他因病不能为官，便进深山隐居，但他哪里是一位心闲意简的隐士？他的功名心很热，又好诗文，于是病笃乱投医，服用丹药去疾，结果反受其害，终至四肢残废，自称"手足挛缓，不起行已十年"。卢照邻的命运可谓苦矣。自己茫然四顾，不觉感慨丛生。有时想起汉代冯唐感叹身世的话，更多凄苦。自以为高宗当政时崇尚吏才，而自身为儒；武后当政时崇尚法家，自己喜欢黄老；好不容易赶上封嵩山、聘贤士，自己又已经残废。由此可见，他的身体虽残，仕途心还是热的。有时激愤之情难于自制，便躺在墓穴之中，权充死人。终于不堪痛苦，40 余岁时，投颍水而死。

　　卢照邻一身疾苦，仕途无望，于诗文极费苦心。他本大唐一代新人，自己也力求新作，挥洒不休，不能自已。他内心悲苦，不能有一时安静，纵假作死人，岂是真的心灰意冷？发而为诗，便好长歌，纵横捭阖，冲动不已。卢照邻留下来的诗歌近百首，其中颇有些力作，如他的《长安古意》，为长篇七言古诗，全诗 68 句，反复跌宕，饶有余哀。诗中托古讽今，写长安车马，街巷繁荣，写娼家，写舞女，写剑侠，一直写到王侯将相，写他们的专权与倾轧，最后归于穷居著书的汉儒扬雄，成一鲜明对比。作者心中意想，总在隐喻之中。全诗太长，聊引数语：

别有豪华称将相，
转日回天不相让。
意气由来排灌夫，
专权判不容萧相。
专权意气本豪雄，
青虬紫燕坐春风。
自言歌舞长千载，
自谓骄奢凌五公。
节物风光不相待，
桑田碧海须臾改。
昔时金阶白玉堂，
即今惟见青松在。
寂寂寥寥扬子居，
年年岁岁一床书。
独有南山桂花发，
飞来飞去袭人裾。

  骆宾王，义乌（今浙江义乌县附近）人。七岁即能诗，也是一位神童。武后当政，他多次上书言政事，幻想把自己的想法和抱负报告给当权者，以求得到他们的赏识。然而，他不但没有得到赏识，还因此而获罪，蹲了监狱。他的仕途经历原本比较顺利，好像与王、杨、卢三位不同。年纪轻轻便先后作过道王府属，武功、长安主簿，侍御史等官。本来春风得意，不想权贵一怒，成了罪人。好不容易出狱，又被贬到临海县作县丞去了。骆宾王何等样人，区区县丞，岂在其意？正好赶上徐敬业起兵讨伐武后，他就加入到徐的军中，还写了一篇千古传诵的名作《为徐敬业讨武曌檄》。徐敬业兵败，骆宾王下落不明，或言被杀，或言自杀，或言不知所终。

初唐四杰，虽然都不算得志，杨炯的生活经历平稳些，同样恃才傲物，为权贵所忌。王勃年纪轻轻，便名扬四海，少年心性难移，情绪不免躁烈。卢照邻、骆宾王可谓一生坎坷，命途多舛。两个人都有追求，却都没有希望。前者的悲剧主要是疾患，身患绝症，如之奈何？后者的绝望则出于仕宦，一腔热情，尽成冰霜。二人的诗风，也不免有殊途同归之感。骆宾王亦擅长长歌。经历如此，非长歌不足以抒其情，亦不足以泄其愤。后世论者，以为骆诗"整炼缜密，长篇最见才力"。[①]"《帝京篇》《畴昔篇》等诗慷慨流动，排比铺陈而不堆砌，是初唐仅有的大篇。《帝京篇》在当时被称为'绝唱'。"他与卢照邻同样都在无数坎坷中挣扎奋争。毕竟他是一个健康的人，又时有机遇在面前，与卢相比，所反映的情绪或有不同。他的五言律诗不多，但也颇有成绩，是初唐律诗中最早的一批成熟之作。人们较为熟悉的是《在狱咏蝉》：

> 西陆蝉声唱，
> 南冠客思侵。
> 那堪玄鬓影，
> 来对白头吟。
> 露重飞难进，
> 风多响易沉。
> 无人信高洁，
> 谁为表予心。

[①] 《唐诗选》，人民文学出版社，1978年4月版，第21页。

但他最有影响的作品还是《为徐敬业讨武曌檄》，虽然也是骈体文字，却能做到慷慨陈辞，语意庄严。晓天下以情，言兴兵之理，加之音节铿锵，；朗朗上口，居高临下，势如破竹。可叹徐敬业的兵，却没有这等厉害，空自辜负了这样一篇千古少见的好文章。文章最末一段，号召天下人马共讨武曌，写得极有气势：

公等或居汉地，或叶周亲；或膺重寄于话言，或受顾命于宣室。言犹在耳，忠岂忘心。一抔之土未干，六尺之孤安在？倘能转祸为福，送往事居。共立勤王之勋，无废大君之命。凡诸爵赏，同指山河。若其眷恋穷城，徘徊歧路，坐昧先几之兆，必贻后至之诛。请看今日之域中，竟是谁家之天下！

据说武后得此文，使人读之。听到"入门见嫉，蛾眉不肯让人；掩袖工谗，狐媚偏能惑主"，不觉一笑。待听到"一抔之土未干，六尺之孤安在"，就严肃起来，几乎惊出一身冷汗。但她毕竟是一位有才能有气派有见识的女主，见到这样的文字，不是一怒之下，便掘骆家祖坟，或者一定要将其人碎尸万段。而是责怪宰相，说"宰相安能失此人"？

总而言之，初唐四杰是四位充满了矛盾的人物。他们的时代是矛盾的，他们的命运是矛盾的，他们的作品是矛盾的，人们对他们的评价是矛盾的，最后连他们自身也是矛盾的。一方面，矛盾重重；一方面又蓬勃向上，正是他们那个时代与他们本人的鲜明特征。

时代是矛盾的，因为那还是一个英雄草创的时代。自汉末大乱，经过五百年动荡，终于走向统一、稳定与繁荣，多么惬心如意。然而，还有许多内部冲突，一忽儿李世民屠兄杀弟，一会儿武则天望政争权；皇家内部矛盾不断，多少臣子逐波赶浪，随上随下。但毕竟这是一个向上的时代，各种社会力量虽然相互冲突，走向繁荣与昌盛的形势，已然深入人心，不容更变，矛盾尽管矛盾，毕竟日有所进。安定繁荣已成主流，其他种种疑问、彷徨、麻烦、失误、问题、困难，都退到次要地位。或者一经出现，很快清除；或者无暇顾及，便任凭他去；或者争论未止，主旨犹然；或者虽有小见，难抵大识。初唐四杰便乘此统一发达之风，成就一段才子风流。

就初唐四杰的命运而言，他们的命运也是矛盾的。他们命运如何？应该说十分幸运。如果不是赶上这样的时代，哪能产生这样年轻的文坛人物和这样具有个性的诗文？但他们却又个个命运凄苦，既无一人长寿，也没有一人享受到太平盛世的盛世太平。这是他们的大幸，也是他们的大不幸。他们就在这幸与不幸之间走完了自己的人生路程。

他们的作品同样是矛盾的。他们人是新人，作是新作，但此时的新人新作还远非盛唐景象，因为时代没有给他们提供那样的机遇。他们的文章，还使用骈体，至少妙文皆为骈体；诗歌犹有旧痕。因为用骈体、有旧痕，所以后人才有种种争论。有人说他们是六朝文学的叛逆者，也有人说他们是六朝文学的继承人，而且是最充分的继承，把六朝诗文推向了极致。继承也罢，叛逆也罢，反正他们全然一代新人。试问，若不是一代新人，那些六朝才子，能够写出《滕王阁序》吗？能够写出《长安古意》吗？能够发出"宁为百夫长，胜作一书生"的号喊吗？能够写出《讨武曌檄》这样的檄文吗？

因为他们处在英雄草创的时代，所以难免有种种不足。或者身上留有旧时代的影子，或者作品中留有旧文学的痕迹。因此，许多论者便在他们身上看到许多毛病，给予过于苛求的批评。当然和盛唐以后的文学大家比，他们毕竟还是"小巫"。虽然六朝文士写不出《滕王阁序》《讨武曌檄》，初唐四杰也写不出《送孟东野序》和《祭十二郎文》，写不出《永州八记》和《封建论》。虽然他们能写出许多超越前贤的诗章，毕竟写不出老杜的七律和白居易的《长恨歌》。但这不能成为苛求前人的理由。

值得注意的是：这是一代新人，是一代创世纪的新人。因为他们是时代的先驱者，其自身难免并不成熟，往往因此而受到别人更多的责难。然而，他们属于未来的时代，而不属于已成古董的先人。

就初唐四杰的关系而言，也是矛盾重重。虽然未必相互攻击，但确确实实存在一个座次问题。同为一代文坛豪杰，豪杰与豪杰比，别人看着他们比，或者干脆代替他们比，要给他们排排座次。新、旧唐书就看法有别。或说骆、卢、王、杨，或说杨、王、卢、骆。他们自己也有看法，但看当时的一般排法，似乎还是以王、杨、卢、骆的顺序比较流行，所以杨炯才说："吾愧在卢前，耻居王后。"但卢照邻与他看法不同，卢说："喜居王后，耻在骆前"，态度新奇，但对座次不能不想。现在又有新的说法，认为王、杨、卢、骆的排列，与他们的水平无关，而是汉语发音习惯问题。王、杨、卢都是平声，而且一个比一个发音时的口形要小，骆是仄声，只好居后。可谓别出心裁，另是一论。笔者的看法，王、杨、卢、骆的排法，大约是一种约定俗成，反映的是当时的一种审美时尚。细论诗文，或有高下，但大致处在同一个档次上。四位都是一时人杰，并无大的优劣之别，还是杜甫的几句诗评说得好：

> 王杨卢骆当时体，
> 轻薄为文哂未休。
> 尔曹身与名俱灭，
> 不废江河万古流。

杜甫从大处着眼，看到初唐四杰的历史作用，写出这样的评价，才是千古不刊之论。

第三节
沈、宋体的诗歌创作与宫廷诗人时代的结束

初唐诗歌或者说初唐文学的兴起,有两股力量。一股起于社会,一股起于宫廷。宫廷力量,先有太宗时代的宫廷文人群,后有武则天时代的宫廷文人群。初唐时期,两股力量并存,时有起伏。总的来看,宫廷诗人的力量更大些。这大约也是一个文明时代兴起的时候,难于避免的情况。但无论如何,宫廷文学的价值总是低些,古今中外,莫不如此。宫廷诗人可以有优厚的生活条件,可以享受各种方便,可以产生很大影响,但无论如何,这些文学人士毕竟很难超出"平庸"二字的束缚。他们的诗文,多不过是些平庸之作。但这派诗人也有自己的独特贡献。他们的诗作,虽然常常格调不高,但他们有充裕的时间和极好的物质生活条件,在创作技术上也往往能做到精益求精。这在大时代的大作家看来,无非是些雕虫小技,不足一道,但从唐诗发展的总体效应理解,又是不可缺少的一环。初唐宫廷诗人都有这个特点,而武则天时代的宫廷诗人,这个特点尤其鲜明。其代表人物首推宋之问、沈佺期,与他们相互呼应的还有"文学四友",特别是杜审言。

他们的主要贡献,是最终完成了绝、律两种诗歌体裁的创立。或者说他们是绝句与律诗两种唐代最重要诗体的完成者,虽然使这两种诗体大放光彩的却别有他人。

本书反复强调绝、律的完成,非一时一事之功,它大约经历了五百年

时间才得以完成。这两类诗体最终需要一种严格的表现形式，而确立这种形式，有多少探索者为之付出过艰巨劳动，而作为一锤定音者，却是两位并不十分出色的诗人。

单以初唐而言，为律诗与绝句定型做出贡献的人还有很多。尤其是那些音律与习俗的研究者和尝试这种形式的实践者，尤其功不可没。论前者，就有上官仪、元兢、崔融、皎然以及已不属于初唐的王昌龄等。罗根泽先生所著《中国文学批评史》，对此有比较详细的介绍。

沈佺期（？~713年），字云卿，相州内黄（今河南内黄县）人。唐高宗上元二年（675）进士。武则天主政，他官运不错，累迁考功郎、给事中。中间虽曾流放一次，后又召拜起居郎等职，历官中书舍人、太子少詹事。

宋之问（？~712年），字延清，一名少连。虢州弘农（今河南省灵宝县西南）人，也有认为是汾州（今山西汾阳县）人的。经历和沈佺期差不许多。武后当权，他作尚方监丞。后来也曾流放，不久逃归。中宗时，入选修文馆学士。以后又因罪贬为越州长史。睿宗继位后，他被流放钦州，旋即令其自裁。

沈、宋二人都是武后时宫廷诗人的代表人物。他们并非不聪敏多慧，可惜人品不好，甘心为宫廷权贵效犬马之劳，甚至投靠武则天的面首张易之兄弟，所作所为，为时人所不耻。宋之问竟然堕落到为张易之捧溺壶的地步。沈、宋一生，大半时间在宫廷上下蝇营狗苟，只因一时富贵，不要人生气节，一旦靠山倒了，只好树倒猢狲散。二人的流放，其实都与张易之兄弟有关。从这一点讲，沈、宋堪称无耻文人。宫廷诗人，原本难有大成就，加上人品不好，成就还须再打折扣。虽然沈宋体风行一时，被时人推崇为当代诗宗，但是香风难持久，春雨早归来，结果并不美妙。沈、宋二人及其沈、宋体，往好里说，属于"二流中的人物，人物中的二流"，比起当时也在作官的张说等人，大为不如。

但沈、宋对律诗的成形定形和发展，确有功劳。二人才智不低，作诗又多，勤学苦练加上脑瓜聪明，必然有一些名篇佳作。总体观察，宋之问的五言律诗好些，沈佺期的七言律诗强些。二人水平相当，诗风相类，人格相近。但也有些小诗，颇有些人情味的。比如宋之问的《渡汉江》：

岭外音书断，
经冬复历春。
近乡情更切，
不敢问来人。

写得很好。出门久了，信息不通。忽一日，兴冲冲还乡而来。不想越走近故乡，内心反而害怕起来，以至遇到乡里来人都不敢随便交谈了——真怕家中亲友有什么事哟。

这诗的立意很妙，为崔颢、王维等人的思乡诗开了一条先路。诗的立意说明诗人此时的情意是真挚的。因为真情发自内心，才有这番妙想。

宋之问长于五言，流放时，过大庾岭，留下一篇五律，写得十分恳切。看来一出宫门，好处自见——哪怕流放也罢。不过人已定势，要改也难。诗虽云好，落句依然骨头太软。诗曰：

度岭方辞国，
停轺一望家。
魂随南翥鸟，
泪尽北枝花。
山雨初含霁，
江云欲变霞。
但令归有日，

不敢怨长沙。

沈佺期善七言，他有一首《古意呈补阙乔知之》。写得也好：

卢家少妇郁金堂，
海燕双栖玳瑁梁。
九月寒砧催木叶，
十年征戍忆辽阳。
白狼河北音书断，
丹凤城南秋夜长。
谁谓含愁独不见，
更教明月照流黄。

与沈佺期、宋之问同时的诗人，还有杜审言、崔融、李峤、苏味道等人。杜、崔、李、苏当时也颇有诗名，而且对于律、绝诗体的确立，也多有贡献。这四人被时人合称"文章四友"，但比较而言，还是杜审言的诗更出色些。

杜审言是杜甫的祖父（约646～约708年），字必简，原籍襄阳，自祖父起迁居巩县（今河南巩县附近）。他比王勃年长4岁。但他活得久，享年62岁，这在当时，也算长寿了。他是咸亨元年进士，作过丞、尉级小官。武则天当政，他授著作郎，以后又升迁膳部员外郎。因为与张易之兄弟有牵连，曾被流放峰州，但很快即被召还，作国子监主簿，并和宋之问一起入选修文馆学士。只是他人品比沈、宋好得多。青年时与崔融、李峤等人为友。本性好诗，又以文章自负。他的五言律诗已臻成熟境界。杜甫也受到他诗风的影响，加之杜甫最以儒生自命，对自己祖父尤多推崇之词。杜审言有一篇《和晋陵陆丞早春游望》，写得确实不错：

独有宦游人，
偏惊物候新。
云霞出海曙，
梅柳渡江春。
淑气催黄鸟，
晴光转绿蘋。
忽闻歌古调，
归思欲沾巾。

此诗写得情景交融，景中寓情，景后有人，深得唐律之三昧。《全唐诗》将此诗分别列于杜审言和韦应物名下，内容不过二字之别。韦应物自是唐诗高手，这诗能混淆其间，可知端的是好。

但以总体水平而言，杜审言的诗不出宫廷诗风之右。

唐诗至沈宋体，绝、律的体式已经完成。更重要的是宫廷派诗人主导诗坛的时代也随之而结束。自此之后，虽然还颇有几位作大官的诗人在，但诗风已入民间，视野随之开阔，沈宋体也随之被一风吹散。但它确立的绝、律诗体却被继承下来，并经其后诸位名家和几代人的努力，创造许多绝、律精品出来。唐诗若无绝、律，至少减色一半；唐诗能有绝、律，沈、宋二人功不可没。

第四节
站在文学历史阶梯上的陈子昂

陈子昂是初唐文坛上的一位斗士。

陈子昂（661～702年），字伯玉，梓州射洪（今四川射洪县）人，出身地方富贵人家。18岁之前，不曾好好读书。大凡富家子弟的毛病，均沾染上不少。史书说他"任侠尚气弋博"，想来全有事实依据。18岁后入乡校。乡校即乡间学校，也是地方有身份者的议事场所。于是受到感悟——足见教育虽于天才，也是十分必要。从此于梓州东南金华山一所道观读书，"痛自修饬，精穷坟典，耽爱黄老、易象。"[①]光宅元年（684）上书朝廷，武则天皇后因此召见了他，对他的才能很是赏识，拜为麟台正字，即在秘书省做典籍管理工作，以后累迁至右拾遗。

陈子昂生性耿直，敢说敢言，不但对当时的文风诗风痛加鞭挞，对于当时的弊政也时有指责。因此得罪武三思等朝中权贵，终被解职还乡。县令段简受武三思指使，竟以诬告，将子昂收监。陈家花去大量资财，始终不见起色。陈子昂好《易经》，自己占卦卜筮，以为不祥，惊叹说："天命不祐，我走到末路了。"竟死狱中，年仅42岁。

陈子昂是一位斗士，不但与权贵弊政斗争，终不妥协，而且在转变初

---

① 辛文房：《唐才子传》，中州古籍出版社，1987年版，第33页。

唐文风诗风方面，起过重大作用，斗士形象尤其鲜明。他反对六朝文风，推崇建安风骨，曾作《修竹篇序》，为改变旧习，大声呼号。他写道："文章道弊五百年矣。汉、魏风骨，晋、宋莫传，然而文献有可征者，仆尝暇时观齐、梁间诗，采丽竞繁，而兴寄都绝，每以咏叹，思古人常恐逶迤颓靡，风雅不作，以耿耿也。"

凛然正气，势不可犯。

陈子昂主张改变文风，随处而言，经久不懈。正如他对当时弊政反感，反复上书不计后果一样。他在上薛令文章启上说："然则文章薄伎，固弃于高贤，刀笔小能，不容于先达，岂非大人君子以为通德之薄哉！某实鄙能，未窥作者，斐然狂简，虽有劳人之歌，怅尔咏怀，曾无阮籍之思，徒恨迹荒淫丽，名陷俳优，长为童子之群，无望壮夫之列。"[①]

陈子昂的主张，其实由来久矣。只不过没有形成潮流，时断时续，让后人不好遵循。早在隋代，隋文帝就特别厌恶浮华文风，为制止此风，不惜使用刑罚。隋唐之交又有王通等人，陈说六朝文风之弊。入唐之后，更有李百药、魏徵等人，前后呼应，各自陈辞，都认定六朝文风有害无益。可惜当时社会正处在剧变与恢复的过程中，人们的注意不在这里，虽义正辞严，认真对待者总嫌不多。唐之初，文风的转变主要表现在史学方面。唐初官方开始修史，如《北齐书》《隋书》《陈书》《梁书》《周书》《南史》《北史》等史籍的主要编纂者李百药、魏徵、姚思廉、李延寿、令狐德棻等，对于六朝文章旧习，莫不鸣鼓攻之。其中最为突出的人物，当推魏徵。

魏徵系大唐功臣。但他首先辅佐的不是李世民而是李建成，后来归于李世民，君臣十分相得。魏徵的文章很好，力主实用，反对浮华。他的诗也很有特点。现代学者选编唐诗、唐文，十有八九自魏徵开始。足见一个

---

① 参见《全唐文》卷214。

人的功过是非，虽千载之后，犹有公论。他的文章朴质严谨，言之有物。他的《谏太宗十思疏》，告诫李世民居安思危，以史为鉴，文字明白实用，字字恳切，不作夸张，不尚雕饰。但事实深沉，不由开明的当权者不洗耳恭听。此类文风，虽未明言建安风骨，却与陈子昂的主张相同。他的诗风类似文风。但毕竟久在皇帝身边，应酬之作不少，难免染上几分平庸。但他的《述怀》诗，直抒胸臆，颇能看出魏徵的个性。

中原初逐鹿，
投笔事戎轩。
纵横计不就，
慷慨志犹存。
杖策谒天子，
驱马出关门。
请缨系南越，
凭轼下东藩。
郁纡陟高岫，
出没望平原。
古木鸣寒鸟，
空山啼夜猿。
既伤千里目，
还惊九逝魂。
岂不惮艰险？
深怀国士恩。
季布无二诺，
侯嬴重一言。

> 人生感意气，
> 功名谁复论。

前人已矣。而且他们各位的主张，大抵收效不大。唯陈子昂站在历史升华的紧要关头，于是一声呐喊，生出许多精彩。他的诗颇能实践自己的文学主张，尤其《感遇》诗38首，堪称代表。这些诗内容丰富，或讽谏朝政，或感怀身世，或关心边疆战事，或取喻言理，不平而鸣。其中有一篇专为幽燕游侠子弟所作，记述他一生经历，表彰他军役边州，感叹他有功无赏，足称慷慨悲声。

> 朔风吹海树，
> 萧条边已秋。
> 亭上谁家子，
> 哀哀明月楼。
> 自言幽燕客，
> 结发事远游。
> 赤丸杀公吏，
> 白刃报私仇。
> 避仇至海上，
> 被役此边州。
> 故乡三千里，
> 辽水复悠悠。
> 每愤胡兵入，
> 常为汉国羞。
> 何知七十战，
> 白首未封侯。

陈子昂的诗文批评，发出的声音十分有力，这不但和他本人的努力相关，也是当时社会发展的时机到了。时机到了，方好安排。唐诗至陈子昂，初唐诗人的历史任务大抵上算是完成了。陈子昂的文学主张和创作实践，一直影响到李白、杜甫，影响到元稹、白居易，影响到韩愈、柳宗元，以至影响到宋代词人，可谓影响深远。陈公命虽不永，功在后人。陈子昂曾有一首《登幽州台歌》，气象不凡，影响很大。但看唐文学史的发展历程，知道唯有此公，当有此诗。

前不见古人，
后不见来者。
念天地之悠悠，
独怆然而涕下。

其实，陈子昂的时代并不算糟糕，可见真爱国者，并非那些只会歌功颂德、高呼万岁的人们，因为他们希望国家更好，才有许多痛切之言。

不过，新的时代——盛唐文学就要出现了。前边既有古人，后面必有来者，陈子昂亦不必忧伤。

与陈子昂同时，风格和主张相近的人中，还有刘希夷、乔知之等。

刘希夷（651～679年），字延芝，或云挺之，汝州（今河南许昌一带）人。是宋之问的外甥。他相貌英俊，多才多艺，又擅长谈笑交际，还是一位琵琶高手。他的诗歌"词情哀怨，多依古调"，[1]特别长于闺帷之作。只是酒量奇大，史传说他饮酒数斗而不醉。但年未及30，即为贼人所害。也有人说，因为他写了一首《白头吟》，其中"年年岁岁花相似，岁岁年

---

[1] 辛文房：《唐才子传》，中州古籍出版社，1987年版，第30页。

年人不同"一联，宋之问很喜欢，向他索要，他不给。宋之问便阴使恶奴将他用土囊压死了。此传言未必可信。但宋之问人品不好，一些坏事难免瓜葛于他。

第三章 盛唐诗苑

盛唐文学是有唐一代的文学精华所在，也是中国文学史上的文学精华所在，甚至是中国文化史上的文化精华所在。

盛唐时间不长，即使算到大历初年，也不过50余年时间，何况公元755年已逢安史之乱，大唐的昌盛景象已然蒙上重重阴霾。但这短短的不到半个世纪的时间，却是中国有史以来文学创作最为发达和辉煌的历史时代。

盛唐时代，是唐代社会达到最高繁荣的时期。历史证明，政治、经济和文化以及文学艺术的发展，不是同步的。开、天之前，特别是贞观年间，政治状态或许更为清明，但大唐初立，百废待兴，经济亟需恢复，人民需要休养生息，文化需要恢复建设。唐太宗在文学实践方面不过一庸人耳，纵然天才神纵，一个人终究没有繁荣一代文化的力量。到了唐玄宗时代，仿佛一切准备均已就绪，江南江北春雨足，只待千里万里鲜花开了。

盛唐时代，是唐文学呼唤巨星并产生了巨星的时代。因为文化自由，天下臣民不问信仰如何，奉儒很好，信佛信道也无不可。一方面是限制很少，一方面又有了初唐近一个世纪的文学实践，到了这个时候，确实应该群星灿烂、百花争艳了。盛唐的文学人物，少数生长于初唐，大部分都是在盛唐这种十分优裕的环境中成长起来的。他们起点高，群体效应好，不但产生群星，而且出现巨星。巨星如月，众星捧月，把个盛唐诗坛装点得空前壮美，气象万千。盛唐诗人艺术品位很高，不要说李白、杜甫、王维这样超一流的诗人，就是那些二流诗人，其诗歌的水平也远远超过初唐时代那些大人物。从盛唐俯看初唐，难怪很多人连王、杨、卢、骆都要批评，都要小视。

盛唐时代，诗人的眼界非常宽阔，诗人的创作非常自信。这是个诗歌创作挥洒自如的时期。诗入盛唐，诗歌创作次第进入化境。这不仅因为盛唐诗人处在历史高峰，敢想敢作，会想会作，善想善作，而且整个时代文化都具有博大胸襟，佛学也要，道学也要，民歌俚曲也要。不但要建安风骨，也要江左诸贤；管你是曹子建也罢，建安七子也罢，竹林七贤也罢，庾开府、鲍参军也罢，民歌民谣也罢，边声胡音也罢，沈宋体也罢，王、杨、卢、骆也罢，只要有用，一概吸收，化而用之，取而用之，理而用之，论而用之。魏晋以降的500年积蓄，便是盛唐诗人的500年机遇。于是厚积薄发，超迈古人，终于成就盛唐诗歌的辉煌。以不足50年的创作，创下了中华文明历史交响乐中最伟大的一章。中华民族有5000年青史，50年不过1%罢了，但就是这1%，却成为中华文化皇冠上的一颗明珠。

盛唐盛唐，你当真是太幸运了。

盛唐人物多，线索多，头绪也多。为着叙述方便，先从唐玄宗和当时的几位宰相谈起。

第一节
张九龄、张说及其相关诗人

本书在前面介绍过，唐代皇帝中颇有几位爱好文学者在。论其才能，还是武则天更高些。唐玄宗堪称风流干练，是一位才子皇上。他做皇帝近半个世纪，有功劳，也有过失。大半生红红火火，到晚来，处境凄凉。其中他个人应负的责任是难以推脱的。他喜欢娱乐，也喜欢诗歌。本人的诗作，整体水平不高，但也有刻画逼真的作品，如《傀儡吟》：

刻木牵丝作老翁，

鸡皮鹤发与真同。

须臾弄罢寂无事，

还似人生一梦中。

也有真情实感，如他的《题梅妃画真》：

忆昔娇妃在紫宸，

铅华不御得天真。

霜绡虽似当时态，

争奈娇波不顾人。

唐玄宗诗不登大雅，但他对盛唐文化的作用确非一般。唐代三个最有作为的皇帝（太宗、武后、玄宗）都喜爱和重视文学，实在是唐代文学的一大幸事，也是它成功的一大要因。

此外，开元、天宝之间，还有几位有才能又有诗情的宰相，如姚崇、宋璟、张九龄、张说，都是上品诗家。姚、宋不以诗名，而以贤相形象载入史册，不过，他们二位的诗作也很有特点。

但以诗文而名的宰相还推张九龄、张说以及苏颋。

张九龄（673～740年），字予寿，韶州曲江（今广东韶关）人。能政，能诗，能文；擢进士后，以"道侔伊吕科"策高第。先作左拾遗，官声颇佳。累官至中书侍郎同平章事，再迁中书令。他一生政绩不如姚崇、宋璟，但为人耿直，敢于直言。他对安禄山之流极为警觉，清醒地看到安禄山早晚必反，奏请玄宗早除隐患。因为他耿直而又敢言能言，为奸相李林甫忌恨，罢政事，贬荆州刺史。后来，安禄山造反，玄宗记念他的忠告，深怀痛悔莫及之情。

张九龄的文章讲究实用，不求浮华，属陈子昂、魏徵一派。但文风清畅，不似陈、魏二人的意态严整，文字深沉。他的诗清淡和美，多雅士情调，后人认为开了王、孟一派的诗风。他有《感遇》诗12首，以物喻君子，写得极有味道。《唐诗三百首》的开卷之作，就是他的两首感遇诗。其一云：

> 兰叶春葳蕤，
> 桂华秋皎洁。
> 欣欣此生意，
> 自尔为佳节。
> 谁知林栖者，
> 闻风坐相悦。
> 草木有本心，
> 何求美人折。

另一位诗人宰相是张说。张说（667～730年），字道济，洛阳人。他与张九龄一样，一生跨越两个时代，算作盛唐诗人固无不可，算作初唐诗人也不算错。但看史籍记载，他的文名大于诗名，他的文章与许国公苏颋比肩，时称"燕许大手笔"。算作盛唐诗人或更好些。

张说为人正直，不信奸邪。他历仕武后、中宗、睿宗、玄宗四朝，并无暮气。武后时张易之兄弟骄宠无度，但他不阿小人，曾遭贬放。中宗继位，始被召还。玄宗时，为中书令，封燕国公。他的诗歌，应制之作不少，但佳作佳句也随处可见。其《蜀道后期》，写得很有情致：

> 客心争日月，
> 来往预期程。
> 秋风不相待，
> 先至洛阳城。

所谓"后期"，就是比预定的时间晚了。你不是晚了吗？秋风却不等你，自己先赏洛阳风光去了。

张说不能算大诗人，但有宰相肚量。对于有才能的骚人墨客，最肯帮助，最肯推荐，也最喜欢表彰。在他那个时代，经他表扬和推荐的诗人真不算少。杨炯年长，可以看作他的前辈，他表扬；张九龄与他同龄，他也愿意为之扬善。他推荐过贺知章，提携过王翰，也表彰过王湾，而且表彰的方式很特别。他特别欣赏王湾的两句诗："海日生残夜，江春入旧年。"亲题政事堂，作为朝中文士习诗的样板。

王湾，生卒年不详，洛阳人。先天年间进士，开元初年为荥阳主簿，并两次参加朝廷校理典籍的工作，以洛阳尉致仕。《全唐诗》存其诗十首。他为张说激赏的诗作题为《次北固山下》：

> 客路青山外，
> 行舟绿水前。
> 潮平两岸阔，
> 风正一帆悬。
> 海日生残夜，
> 江春入旧年。
> 乡书何处达，
> 归雁洛阳边。

王湾一生与綦毋潜交好。綦毋潜（692～约749年），字孝通，虔州（今江西赣州地区）人。开元十四年进士及第。大半生为官，未见坎坷。先授宜寿尉，迁右拾遗，入集贤院待制，又作著作郎。后来看到社会将乱，官场情形日坏一日，便主动辞官，归隐到江东去了。他大约与王维有交，临别，王维专门有诗相赠："明时久不达，弃置与君同。天命无怨色，人生有素风。微物纵可采，其谁为至公？余亦从此去，归耕为老农。"实际上，王维不如他，他是真的归隐，王维到底做了安禄山的伪官。《唐诗三百首》上选有綦毋潜一首五言古诗《春泛若耶溪》，这诗写得清和雅致，颇得山林隐士之风。

幽意无断绝，
此去随所偶。
晚风吹行舟，
花路入溪口。
际夜转西壑，
隔山望南斗。
潭烟飞溶溶，
林月低向后。
生事且弥漫，
愿为持竿叟。

王翰（约687～726年），字子羽，并州晋阳（今山西太原）人。景云元年进士及第，举极言直谏，又举超群拔类科。王翰少年豪荡，恃才不羁，喜欢纵酒。家中生活富有，好养名马，又蓄家妓。与人交谈，颇有自比王侯之意。常聚一伙同好，在家纵禽击鼓为乐。后来经张说提携，召为秘书正字，又迁驾部员外郎。再后张说罢相，他也出为仙州别驾。然旧习不改，复遭贬斥，死。他的诗流传下来的不多，《全唐诗》仅存其诗13首。他有不羁之才，又有酒徒精神，曾写《飞燕篇》讽刺唐玄宗，可知虽表面不羁，内心却是严肃的。他最为后人传颂的诗歌还是那首《凉州词》：

葡萄美酒夜光杯，
欲饮琵琶马上催。
醉卧沙场君莫笑，
古来征战几人回？

书写悲壮故事，偏能诗情画意，真正盛唐本色。

第二节
"吴中四友"之贺知章、张旭、张若虚及包融

张说、苏颋跨越初唐、盛唐两个阶段，不免宫中旧习；贺知章等吴中四友已是纯正的盛唐之音。

贺知章（659～744年），字季真，越州永兴（今浙江萧山）人，和同是浙人的张旭、张若虚（一说刘眘虚）、包融齐名，时称"吴中四友"。

吴中四友，可以看作盛唐之始的一个颇具特点的诗歌群体。但这个群体似乎松散不成阵势。或者说吴中四友不以群体效应胜，而以个人才情能力胜。吴中四友水平也不均衡。以诗而言，当首推贺知章、张若虚；张旭则别有所长，惟包融水平差些。但包融的两个儿子包何、包佶都能作诗，父子才情，人称"三包"，《全唐诗》并收其诗。这样的情况，在唐代似乎并不算罕见，"三包"之外，还有"六窦"，即窦叔向和他的五个儿子：窦常、窦牟、窦群、窦庠、窦巩。加上顾况、顾非熊父子；张碧、张瀛父子；章孝标、章碣父子；以及杜审言与其孙杜甫；皇甫冉、皇甫曾兄弟，李宣古、李宣远兄弟；姚系、姚伦兄弟；温彦博与其孙温庭筠、温宪父子；钱起与其曾孙钱珝等。

家学渊博、父教子传，原本是中国文学艺术的一个传统。魏有"三曹"，宋有"三苏"，都是出类拔萃的人物。上述诗人家庭并非尽是超级诗才，也有一般诗人，当然最具震撼力的还是超级诗人如杜甫、温庭筠等。即使

并非超级巨星,偌大一个中国,唯有这些家庭可因其诗文流芳百世,也不能不引起后人敬慕。

包融虽为吴中四友,但存诗不多,《全唐诗》上仅存其诗八首。水平也不甚高,其五言古诗《送国子张主簿》,尚差强人意:

> 湖岸缆初解,
> 莺啼别离处。
> 遥见舟中人,
> 时时一回顾。
> 坐悲芳岁晚,
> 花落青轩树。
> 春梦随我心,
> 悠扬逐君去。

贺知章少年便以文词知名,性格旷达平和,善谈论善笑谑。证圣元年,擢进士超拔群类科。其时陆象先在中书省主事,引知章入太常为博士。二人相处十分融洽。大约贺知章有文名,又有真才实学,加之性格爽谐,能谈能笑,颇得时人青睐。陆象先尝与人言:"季真清谈风韵,吾一日不见,则鄙吝生矣。"[1]君子不可一日无竹,此公不可一日无贺公谈。开元十三年,贺知章由太子宾客,升礼部侍郎兼集贤院学士。贺知章多才多艺,不但诗写得好,字也写得好,还十分好交朋友。杜甫有《酒中八仙歌》,头一位就是贺公。"知章骑马似乘船,眼花落井水底眠",话是有点夸张,但贺公醉情醉态跃然纸上。他还喜欢奖掖后人,哪怕是有可能超过自己的后人。

---

[1] 辛文房:《唐才子传》,中州古籍出版社,1987年版,第133页。

因为他胸襟开放，不懂得嫉妒为何物。李太白一生追求功名，多次干谒，总无明显效果。一见贺公，如千里马逢伯乐，"谪仙人"美名，便是贺知章所赠。

贺知章能诗，看来并不着意为诗，好像他的能作官，也并不惨淡经营一样。但他确是诗中奇士，漫若随意为之，往往便成佳句。又似他善作草、隶，每醉后"属辞，笔不停辍，咸有可观"，每纸"数十字，好事者共传宝之"。他的诗流传下来的并不多，可能原本他作的诗数量就少，但有奇趣，又有情思。如《送人之军》，写得情长意切，但并不感伤无度。情是情，意是意，情意之外还有鼓励，那意思仿佛是说：边城苦是够苦的，为了国家好自为之吧！其诗云：

> 常经绝脉塞，
> 复见断肠流。
> 送子成今别，
> 令人起昔愁。
> 陇云晴半雨，
> 边草夏先秋。
> 万里长城寄，
> 无贻汉国忧。

但他脍炙人口的诗，还是那首《咏柳》：

> 碧玉妆成一树高，
> 万条垂下绿丝绦。
> 不知细叶谁裁出？

二月春风似剪刀。

　　若非斯人斯趣，哪得如此妙想风流。

　　但他固然性格幽默和平，官场生活并不十分如意。有时发牢骚，说自己是"秘书外监"。唐官制没有"外监"，无"外监"而自称"外监"，便有被排挤的味道。看他晚年益发放浪，而且自号"四明狂客"的情形，知道他的内心也一定有许多苦衷。到了天宝三年，他就找了一个由头，上表朝廷，要求出家为道，回归故乡。唐玄宗同意了，下诏赐给他家乡镜湖、剡溪一片地方，供他渔樵之用，并且亲自赋诗相赠，让太子率百官为之饯行。贺知章是唐代诗人中少有的长寿者，终年86岁，这和他豁达幽默的生活态度必定有关。

　　与贺公齐名的是张旭，也是一位奇才。他的草书特别有名，而且在中国书法史上大有影响。他与另一位草书名家怀素合称"颠张、醉素"，是中国草书史上的两块丰碑。怀素是一位得道高僧，张旭则谢顶很早，别人调侃他们："颠张醉素两秃翁，追逐世好称笔工。"他的草书，裴旻的剑术和李白的诗，世称"三绝"，好不春风得意哟。

　　张旭留诗不多。他的绝句以写景见长。有一首《山中留客》，特见才情。

　　　　山光物态弄春晖，
　　　　莫为轻阴便拟归。
　　　　纵使晴明无雨色，
　　　　入云深处亦沾衣。

　　首句便不同凡响，"弄"字尤其鲜灵可爱，短短七个字便令山光物态尽有情趣。而且鼓励同行者，不要有点阴云就想溜回去。和你说吧，就是一片晴空，走到白云深处衣服也会湿的，诸位，请吧！

吴中四友中存诗最少、却留下一篇千古绝唱的诗人，是张若虚。也许天下人知道张若虚的不太普遍，但大凡对唐诗有所耳闻目见的，不知道《春江花月夜》的，可是太罕见了。《春江花月夜》本是乐府旧题，不晓得有多少人作过的，但若虚此篇一出，在很多读者心目中，这《春江花月夜》几个字就成了张公的专利了。

张若虚（约660年~约720年），扬州人。《全唐诗》仅存其诗二首。新、旧唐书均无传。元人辛文房的《唐才子传》亦无传，唯有《旧唐书·贺知章传》中有几句介绍。张若虚曾作过兖州兵曹，来过北地。他仅比王勃年长10岁，比李白年长40余岁。从年龄上看，他是一位初、盛唐之交的人物。看他留下来的另一首诗，齐梁旧体对他也有影响。但他写出《春江花月夜》，纵唐书无传，也无妨；纵习学旧体，又何妨。《春江花月夜》确是一首绝妙好诗：

春江潮水连海平，
海上明月共潮生。
滟滟随波千万里，
何处春江无月明。
江流宛转绕芳甸，
月照花林皆似霰。
空里流霜不觉飞，
汀上白沙看不见。
江天一色无纤尘，
皎皎空中孤月轮。
江畔何人初见月，

江月何年初照人？
人生代代无穷已，
江月年年只相似。
不知江月待何人，
但见长江送流水。
白云一片去悠悠，
青枫浦上不胜愁。
谁家今夜扁舟子？
何处相思明月楼？
可怜楼上月徘徊，
应照离人妆镜台。
玉户帘中卷不去，
捣衣砧上拂还来，
此时相望不相闻，
愿逐月华流照君。
鸿雁长飞光不度，
鱼龙潜跃水成文。
昨夜闲潭梦落花，
可怜春半不还家。
江水流春去欲尽，
江潭落月复西斜。
斜月沉沉藏海雾，
碣石潇湘无限路。
不知乘月几人归，

落月摇情满江树。

　　这诗多有选本介绍，介绍多，分析也多，各家所言，仁智互见。在我看来，此诗的主要特色包括：

　　第一，它展示了一个非常美妙的意境，用现代语言讲，是它为读者提供了一种非常优美的感觉。我们现在不是常常要找"感觉"吗？《春江花月夜》的感觉极好，它优雅，自然，深邃，又清新可见。"江畔何人初见月，江月何年初照人？"我们不能确知。要回答，非请教古天文学家、古人类学家才行。但也无须确知，虽不确知却能真真切切领悟其中的含意，正是这诗的绝妙所在。

　　第二，诗的音节极好，不但读起来朗朗上口，而且音韵起伏跌宕，仿佛口含橄榄，越咀嚼越有味道。全诗36句，可分9个段落。每个段落大体压一韵。韵脚变化多姿，口形忽开忽合，忽大忽小；音调忽高忽低，忽平忽仄。如此妙韵天成，有心人闻之怎能不怦然情动，仿佛自己的内心情态如江水一般荡漾起来。情如江水，心如明月，似影似行，悠然不止，终于归而又逝，不知所之。

　　第三，诗以写景为主，但有扁舟游子，离人妆台，玉帘清砧，鱼龙潜跃。于是江水明月都染上了一缕淡淡的离愁别绪。虽然全诗情调略显哀伤，然而春江月夜，恰成此意。于是情景交融，韵远声遥，终于不复可见。

　　唐诗至《春江花月夜》，就该迎接更重要的角色登场了。

第三节
诗佛王维

盛唐诗人，首推李、杜、王。他们不但决定性地影响到唐诗的历史地位，而且对中国古代文学的发展具有难以确估的影响。

王维是盛唐时代第一颗出现在遥远天边、苍穹之上的文学巨星。有唐一代，他与李白、杜甫鼎足而立，各据一方。李为诗仙，杜为诗圣，王为诗佛，虽或经后人论定，其历史成就在当时已赫然可观。

作为唐代文学巨匠，他们的诗歌成就有如下共同特征：

其一，他们都能充分吸收前人成就，海纳百川，有容乃大。

其二，他们对各种诗体，都烂熟于胸，不论古体今体，无体不通。

其三，他们都有别人不能企及的独特创作，或者说，都有一批别人难于企及的诗歌精品。

其四，他们都极大地影响到后来人，虽千百年后，他们的诗歌成就依然为后人敬重。

1. 王维的生平事迹

王维（701～761年），字摩诘，蒲州（今山西蒲县）人。出身一般官宦人家，自小受佛学影响，他的名字取自《维摩诘经》，以维为名，以摩诘作字。

王维早慧，对诗、文、书、画、乐，都有兴趣，又都能领悟。9岁能诗，受人青睐。15岁离乡去长安洛阳谋取功名。应第之前，即得到岐王宠爱，岐王即唐睿宗第四子李范。岐王让他将所写曲词献给九公主。公主说："这些都是我常看的，本来以为是古人所作，原来是你写的呀！"于是延为上座，又力荐之。开元九年（721年）进士擢第，为太乐丞。因为他通音律，作太乐丞这个管理音乐的官正取所长，但为官不久，就因为太子署中伶人舞黄狮子受到牵连，贬为济州参军。开元十四年，到淇上做官，不能如意，于是弃官不做，便在淇上隐居。但隐居似亦不乐，到了开元十七年，又回到长安。一边赋闲，一边从荐福寺道光禅师学佛。如此三四年。开元二十一年，他已经32岁了，正是大好年华，适逢张九龄任宰相，他就给张献诗。二十三年春擢为右拾遗，但好景未长，刚刚过去两年，张九龄受李林甫打击，去朝。王维内心不平，却也无可奈何。他本不是一个豪气干云的人物，只好以诗排遣，暗自神伤。同年出使凉州，在河南节度使幕中任职，于人于诗，皆有好处。开元二十六年回到长安，作监察御史。二十八年，迁殿中侍御史。同年冬，赴岭南作地方官，大约只赴任几个月时间，便辞官北归，开始了隐居终南山的生活。这时王维已届不惑之年，40岁了。但此次隐居，似乎仍不能遂意。又于天宝元年（742年）入朝，为左补阙，此后累迁给事中。安史之乱后，王维扈从不及，为贼所获，缚送洛阳，拘于晋施寺。安禄山大宴凝碧池，他在寺中赋诗，以表心迹：

>　　万户伤心生野烟，
>　　百官何日更朝天？
>　　秋槐叶落空宫里，
>　　凝碧池头奏管弦。

总算不忘故主。但他经不住威胁利诱，终受伪职。肃宗还京，在安禄山处做官的人都受到严厉处分，他独得幸免，有人以为与他的这首"凝碧诗"有关系，也有人认为和他诗名太大有关系。这时候，他已经50岁，享名30年，可以说在诗坛上已经树大根深，赫然一代诗宗。此外，他的获免还与他弟弟的力保有关。王维自然对皇帝感激涕零，继续为官为宦，官至尚书右丞，致仕。

王维一生没有什么政绩，也没有什么大理想大抱负，如李白、杜甫一样。他不能无官，又不能热心于官，于是官官隐隐，常在官、隐之间徘徊。看他中年丧妻、孤居30年不再娶，确是位清心寡欲的大才子。但他不耐清贫，在终南山隐居而复出，便和山中生活不够舒适有直接关系，当然也不像他自己诉说的那么贫困。他的辋川别墅，本来是宋之问旧居，虽外表追求自然淳朴，其实内里豪华。临终前，"作书辞亲友，停笔而化"。[①] 初名摩诘，死称圆寂，佛家影响，可见端倪。

2. 王维创作的文学特色

王维是一位艺术天才，他的才能全面，不但诗歌成就巨大，绘画水平极高，书法也卓有所成，又精通音律，文章作得也很好。唐代的主要文学艺术形式，可谓十八般武艺，样样精通。世间多面手并不罕见，但样样精通，甚至在两三个领域均达到大师级水平，就非常罕见了。能够在不同艺术形式间相互沟通，更属不易，苏东坡说他"诗中有画，画中有诗"，"诗是有声画，画是无声诗"，一点也不过分。

王维的绘画成就卓然，实际上是宋、元以来中国文人画的鼻祖。盛唐时代，最著名的画家有吴道子、李思训、李昭道父子和王维。吴道子人尊

---

① 辛文房：《唐才子传》，中州古籍出版社，1987年版，第71页。

为画圣，百世一人，且不说他。李氏父子和王维的画，各有特色，成为两大流派。李王两家，路数不同。李氏父子的画，喜用重彩，追求堂皇富丽，笔法上重用小斧劈皴，用笔繁琐，色彩辉煌，可看作唐代工笔画。王维另辟路径，独具精神，不用小斧劈皴，而使用披麻皴法，用笔取意，作风简练。可惜当时的画坛尚不能充分认识王维画的价值。加上盛唐作风，最是讲究富丽堂皇、雍容华贵，李氏父子的青山绿水金碧灿烂的画风备受青睐，李是正宗，王为旁支。但王维画的影响，却远比李氏父子来得韵味久远，甚至于与吴道子相比较，也难分高下。

王维的画法人称文人画，感情虽不激烈，却能意味绵长。文人画自宋代兴起，以后便一发而不可遏止，直达元、明、清、民国，即今仍然是中国画中最具特色的画法。明代时候，画坛有南、北二宗之说，李氏父子和王维分别被奉为南、北方画派之祖。照他们的理解，南方画派就是文人画，北方画派则是匠人画。其实匠人画也同样很有价值，比如中国有名的寺院石窟，总是匠人画为主。匠人在许多文人眼里是贬词，殊不知，齐白石大师也是匠人出身。但文人画的影响确实更大些。苏轼认为王维的成就在吴道子之上，也和他心目中这种画派的分法有关。王维本人对自己的作画才能也充满信心，尝谓"宿世谬词客，前身应画师"。说自己作诗人是转世时出了差错，他的前身应该是画师才对。这与其是说他不重视诗歌，毋宁说他对自己的画品具有同等信心。有人说这是他的自负之言，其实不是的。

王维的诗名，在盛唐并无争议，当他死后，肃宗命他弟弟王缙为他编辑诗集，对王缙说："你的哥哥在天宝年间诗名冠于当代，朕常在诸王府中听到他的诗章。"还在王缙《进王右丞集表》上亲笔批示："卿之伯氏，天下文宗，位历前朝，名高希代，抗行周雅，长揖楚辞"云云。自然，评价一个诗人，不能以某个皇帝的意见为准，但从肃宗的评价中可以知道，那个时候王维的诗名在唐王朝上层始终是首屈一指的。他的诗名高，他无须再争诗名，因为画名不如诗名，他才说"前身应画师"。这并非自负，而是自信。

王维的字也有成就，惜乎不传。音律是极精通的，也不传。但前者的造诣可以寻之于画，后者的造诣，可以赏之于诗。

诗画之外，王维还是文章高手，只是他的文章中应酬之作多了，抒情写意者少些，但也有美文传世。

王维文章流传至今的约有70篇。虽数量不多，但体裁丰富，计有表、状、书、序、赞、铭、祭文等。一些碑铭，文字不多，却能刻画人物，伸张有力，文字圆通，饶有余味。如他的《裴仆射济州遗爱碑》《大唐故临汝郡太守赠秘书监京兆韦公神道碑铭》，都有这特色。有的碑文还能反映时事、讽刺权贵，王维的另一面性格，亦绰约可见。他的最佳文字，当属那些写景书信，其文如诗似画，虽寥寥数语，风情景物，莫不跃然纸上。知名度最高的，要算《山中与裴迪秀才书》，全文180余字，但字字言之有物，又能物物生情，情中有趣，趣中有味，实在是一篇白描山水如诗如画的好文章。文中多名句，如："北涉玄灞，清月映郭。夜登华子岗，辋水沦涟，与月上下；寒山远火，明灭林外；深巷寒犬，吠声如豹。村墟夜舂复与疏钟相间。"又如："当待春中，草木蔓发，春山可望。轻鯈出水，白鸥矫翼；露湿青皋，麦陇朝雊"等等。

如此良辰美景，恰得妙笔天成。

又有一篇《与魏居士书》，书中与魏居士谈古论今，讲述自己的心境与向往，写得十分精彩。较之前篇，同样文字简捷，同样气韵恬然，如诉如流，堪行堪止。唯全篇皆用故实，意在说明人生高洁，当如许由、陶潜。特别赞赏陶潜不为五斗米折腰的胸襟气度。虽只管款款道来，不急不迫，行文尽在朦胧含蓄倏忽流动之间，文中引夫子语录不仅干净利落，而且更添精神。"孔子曰：'我则异于是，无可无不可。'"备觉余音袅袅。

3. 王维的诗歌作品及其艺术成就

王维诗歌的艺术成就很难简而言之，务必简而言之，可以用三句话概括：唐代诗体，无体不备；状物言情，无所不能；最妙田园山水，最擅五言律诗。

（1）唐代诗体，无体不备

大凡超级诗才，全是多面手。各种诗体，无不为之，亦无不能之。王维、李白、杜甫，都是如此。若单言七绝，则王维、李白、王昌龄都是个中高手；若单言律诗，王维、杜甫、李商隐堪称律中奇才；若单言古体诗，则王维、李白、杜甫、李贺都是诗中豪士。但李、杜、王与其他诗人的区别，在于他们首先是全才。即使以王维和李白、杜甫比，在全才这一点上，他也毫不逊色，甚至更为均衡发展。一般地说，李白的七律是弱项，《唐诗三百首》勉强选一首，也不算出类拔萃的作品。七绝则非杜甫所长，一些所谓名篇，恰似半首律诗。虽有多少后学为之揄扬，毕竟诗史俱在，不好强辩的。王维则不同。他的古体诗、古乐府诗都很强，今体如七律、五律、七绝、五绝也很强，其他如六言、四言、齐梁小诗、排律、骚体，亦皆有可观。王维遨游挥洒于唐诗诸体之中，没有弱项，这在整个唐代诗苑中是罕见的，在整个中国文学史上也不多见。他运用各种诗体均能得心应手，并有佳作流传。如他的六言诗《田园乐》七首，篇篇皆为胜品。第二首讲封侯不如退隐，句句白描：

再见封侯万户，
立谈赐璧一双。
讵胜耦耕南亩，
何如高卧东窗。

第六首讲田园晨光美景，尤其韵味悠长：

> 桃红复含宿雨，
> 柳绿更带春烟。
> 花落家童未扫，
> 鸟啼山客犹眠。

五绝是王维专长，盛唐几无敌手。《书事》一篇写春阴景色，令人生出神入化之感：

> 轻阴阁小雨，
> 深院昼慵开。
> 坐看苍苔色，
> 欲上人衣来。

又有《杂咏》五首，其二写思乡情绪，别是一种巧妙：

> 君自故乡来，
> 应知故乡事。
> 来日绮窗前，
> 寒梅着花未？

虽然构思巧妙，偏又一往情真。且不失王维个性，闲逸人思乡正宜这般情调。

王维作五绝，数量不少，而且几乎篇篇都不一般。他的七绝也不少，比之五绝，则不能独占鳌头。但优秀之作，在所多有。称为七绝妙手，绝无过誉之嫌。他写《少年行》四首，一片豪俊之气，全不类山水诗风。但也不以躁烈争锋，好似摄影大师，最善选择视角，往往以少胜多，以静制动。其第三首曰：

一身能擘两雕弧，
虏骑千群只似无。
偏坐金鞍调白羽，
纷纷射杀五单于。

且不说全诗布局高妙，一句一画，真如"蒙太奇"一般。单说"偏坐金鞍调白羽"一句，就足以百里传神。金鞍配白羽，已然漂亮非凡，还要"偏坐"，一个"偏"字，神情写尽，恰似传统评书中讲到大将临阵擒拿敌手，不但无须怒发冲冠，而且还要"轻舒猿臂，款扭狼腰"，那么轻轻一挟，便手到擒来。

绝句之外，律诗也是王维强项。五律稍后再谈，七律亦称一流水准。他有一篇《春日与裴迪过新昌里访吕逸人不遇》：

桃源四面绝风尘，
柳市南头访隐沦。
到门不敢题凡鸟，
看竹何须问主人？
城外青山如屋里，
东家流水入西邻。
闭户著书多岁月，

　　　　　　种松皆作老龙鳞。

　　全诗气势高迈，落句尤其不同凡响。
　　王维精通音律，乐府自是强项，无论五言、七言，均能各占胜场。他的乐府歌《桃源行》，堪称七言乐府中的范本。《桃源行》发端于陶渊明的《桃花源记》，后人以此调为诗者，大有人在。诗坛大家中，即有王维、韩愈和王安石。应该说，三人的《桃源行》，各具风采，但就整体艺术效果而言，还是王维的这一篇更好。清人王士禛在《池北偶谈》中论及此事，有几句议论十分肯切："唐、宋以来作《桃源行》最佳者，王摩诘、韩退之、王介甫三篇，观退之、介甫二诗，笔力意思甚可喜。及读摩诘诗，多少自在！二公便如努力挽强，不免面赤耳热，此盛唐所以高不可及。"
　　王维的《桃源行》未必高不可及，但那手法、意象、音韵和遣词造句，确实不同凡响。

　　　　　　渔舟逐水爱山春，
　　　　　　两岸桃花夹古津。
　　　　　　坐看红树不知远，
　　　　　　行尽青溪忽见人。
　　　　　　山口潜行始隈隩，
　　　　　　山开旷望旋平陆。
　　　　　　遥看一处攒云树，
　　　　　　近入千家散花竹。
　　　　　　樵客初传汉姓名，
　　　　　　居人未改秦衣服。
　　　　　　居人共住武陵源，

还从物外起田园。
月明松下房栊静,
日出云中鸡犬喧。
惊闻俗客争来集,
竞引还家问都邑。
平明闾巷扫花开,
薄暮渔樵乘水入。
初因避地去人间,
及至成仙遂不还。
峡里谁知有人事,
世中遥望空云山。
不疑灵境难闻见,
尘心未尽思乡县。
出洞无论隔山水,
辞家终拟长游衍。
自谓经过旧不迷,
安知峰壑今来变。
当时只记入山深,
青溪几度到云林?
春来遍是桃花水,
不辨仙源何处寻!

(2) 状物言情,无所不能

王维的诗歌,不但诸体皆备,而且题材广泛,风格多样,诗画相通,意境幽远。

首先是题材广泛。举凡文学大家，鲜有题材极为狭窄者。生活视野不宽，只知一味苦吟，总难成大气候。王维成名早，本人经历也相对复杂，加上多才多艺，情感丰富，各样题材，在他笔下，皆成风骚。他不但善写田园山水，也善写边塞风光；不但善写少年英雄，也善写老当益壮。从自然景致到人文物理，或出或入，游刃有余。他写读书，写狩猎，写郊游，写边塞；写将军，写步伍，写隐士，写农夫，写少女，写友人；写山，写水，写泉，写滩，写茱萸，写牡丹；写古时传闻，写当世英雄，写西施，写班姬，写息夫人；时有戏题，偶生感喟，也曾嘲讽，也曾悲伤；也有仿古，也有断想；加上写云写雨，写花写草，写雾写汽写微风，写水波不兴，写山鸟鸣唱；写苍苔，写幽林，写月色，写山光；写离情别绪，写兄弟情长；写思乡如饥渴，写游子如断蓬。如此等等，非大手笔，谁能为之？这里只举两个例子，一个是《观猎》，一个是《红豆》。由此可以想见王诗题材是多么广泛。

《观猎》，写将军打猎情形，可谓风驰电掣，雨激云怒；《红豆》写男女相思，情意摇摇，铭心刻骨。

> 风劲角弓鸣，
> 将军猎渭城。
> 草枯鹰眼疾，
> 雪尽马蹄轻。
> 忽过新丰市，
> 还归细柳营。
> 回看射雕处，
> 千里暮云平。

又，

红豆生南国，

春来发几枝，

劝君多采撷，

此物最相思。

除去题材广泛，诗的风格也很齐备。以诗比戏剧，王维的诗，既不限于喜剧，只会一味逗笑；也不限于悲剧，动辄便欲号啕；但也不限于正剧，总觉严肃有余、活泼不足。王维以田园诗著称，边塞诗也不让于人。妙在写谁像谁，写谁是谁，阳刚之气不缺，阴和之风常在。欲刚则刚，宜柔则柔，柔中有刚，不失男儿本色；刚中见柔，又是才子情怀。

王维确是才子，但非风流才子；虽非风流才子，又有风流诗篇。他写离情别绪，能使人心酸；写英雄豪气，又能令人奋勇。这是他的好处所在，也是他的优势所在。但他总有自己独具的风格，虽然千姿百态，毕竟出于摩诘。他16岁时，便写下《洛阳女儿行》，铺陈华丽，动人心扉，对比贫富，又含讽刺。他写《老将行》，初写将军昔日少年英雄，金戈铁马，恍若眼前；再写世事蹉跎，又添英雄无奈，感慨百端；末后忽闻战场召唤，不觉跃然而起，便要再作冯妇。其间转合自如，虽是千波万折，竟自一气呵成。这里引一首《夷门歌》，此诗借古喻今，夹叙夹议，状物传神，笔笔波澜。

七雄雄雌犹未分，

攻城杀将何纷纷？

秦兵益围邯郸急，

魏王不救平原君。

公子为嬴停驷马，

执辔愈恭意愈下。

亥为屠肆鼓刀人，
嬴乃夷门抱关者。
非但慷慨献奇谋，
意气兼将身命酬。
向风刎颈送公子，
七十老翁何所求？

另外，王维诗很讲究意境。前面说过，苏东坡论王维，说他"诗中有画，画中有诗"。清末学人王国维先生曾讲"有我之境"与"无我之境"，王维诗两境俱佳。作无我之境，真的"无我"，不但"无我"，连一个人影也不见。虽然没有人影，却有人情，这是他的"绝活"。但也善写有我之境，自己身临其境，纵不立意直书，更觉意味深长。如他的《九月九日忆山东兄弟》：

独在异乡为异客，
每逢佳节倍思亲。
遥知兄弟登高处，
遍插茱萸少一人。

简而言之，所谓诗中有画，就是意境高妙，所谓画中有诗，就是山水传情。

王维的诗讲究意境，除去别的原因，语言功力十分紧要。王维的语言功力深厚，他很少用奇字，也不用僻字，不求古怪，只要准确。他的"大漠孤烟直，长河落日圆"等名句，用字浅显平达，虽浅显平达，却不容有一字更改，确实达到出神入化的境界，得到多少后人好评。他的诗水平固高，但一般不尚华丽，也不刻意搜寻，平易畅达之间，忽出点睛之笔，恰似一枝红杏出墙，整幅画面都鲜亮起来。

（3）最妙田园山水，最擅五言律诗

王维诗、文、书、画、乐，样样精通；诗歌形式，无体不备；诗的风格，随遇而安；诗的题材，万千气象。这不是说他所有作品都好得没法想，而是说他的整体水准高，而且全面发展。但也不是样样盛唐第一，如果那样，还要李白、杜甫作什么？王维的诗，虽然题材广泛，又有精品如许，最卓尔不群的还是他的山水田园诗。王维的诗，虽然无体不备，最反映他风格，或者说代表他最高水平并独居盛唐诗体首席的，则是他的五言律诗。加之他写田园山水多用五绝，那么，我们可以说，在百花齐放的盛唐诗苑里，五绝、五律的首席代表作家，应是王维。

王维共留存五言绝句50余首，几乎篇篇都是山水诗。诗的笔法多彩多姿，或写人兼写景，或以景寓人，或咏一物，或写一念，或叙一事，或存一愿。最为人称道的，是他专写景色的五言诗，即那些属于"无我之境"的典范作品，如：

> 人闲桂花落，
> 夜静春山空。
> 月出惊山鸟，
> 时鸣春涧中。
>
> ——《鸟鸣涧》
>
> 空山不见人，
> 但闻人语响。
> 返景入深林，
> 复照青苔上。
>
> ——《鹿柴》

飒飒秋雨中，
浅浅石溜泻。
跳波自相溅，
白鹭惊复下。

——《栾家濑》

这些诗，前人多有赏词，各家选本，大体无遗。诗的意境幽深雅静，只须细细品味，美妙自在其间。

其实，他的《南垞》《欹湖》《孟家坳》《文杏馆》，也都写得极好。如《文杏馆》：

文杏裁为梁，
香茅结为宇。
不知栋里云，
去作人间雨。

意态朦胧，大有只可意会，难于言传之美。

又如《欹湖》：

吹箫凌极浦，
日暮送夫君。
湖上一回首，
青山卷白云。

送友已然伤怀，送夫情深意切；何况极浦无边，箫声动魄？更兼日暮情思，哪堪回首？不能回首，偏偏回首，既一回首，但觉青山在目，白云在天，舒卷左右，如心旌摇动。这等手眼，令人叹为观止。

王维最擅长五律。他的五律很多，而且几乎篇篇皆为精品。对此，《红楼梦》的作者曹雪芹曾借林黛玉之口，发表一番见解。这是林黛玉讲给刻意学诗的香菱姑娘听的："你若真心要学，我这里有《王摩诘全集》，你且把他的五言律一百首细心揣摩透了，然后再读一百二十首老杜的七言律，次之再读李青莲的七言绝句一二百首；肚子里先有了这三个人做底子，然后再把陶渊明、应、刘、谢、阮、庾、鲍等人的一看，你又是这样一个极聪明伶俐的人，不用一年工夫，不愁不是诗翁了。"[1] 由此可见，王维五律、杜甫七律、李白七绝在曹翁心中具有怎样的分量。

王维五律，用字讲究，布局讲究，格律讲究。但他并不一味刻求遣词造句，也不以形伤神，只讲格律。他有数量很多的五言律诗，诗的题材广泛，风格多样，千变万化，莫测高深，代表了盛唐五律的最高水准。如他的送别诗《送梓州李使君》：

万壑树参天，
千山响杜鹃。
山中一夜雨，
树杪百重泉。
汉女输橦布，
巴人讼芋田。
文翁翻教授，
不敢倚先贤。

---

[1] 曹雪芹：《红楼梦》，人民文学出版社，1974年版，第598页。

全诗意态百端，时有"神韵俊迈"，"龙跳虎卧之笔"。①

又如《过香积寺》：

> 不知香积寺，
> 数里入云峰。
> 古木无人径，
> 深山何处钟？
> 泉声咽危石，
> 日色冷青松。
> 薄暮空潭曲，
> 安禅制毒龙。

难怪后人评说："幽微夐邈，最是王、孟得意神境。"②

王维善用俗字，极平常的字一入王诗，便生奇异光彩。如他的"日落江湖白，湖来天地青"，"江流天地外，山色有无中"，"行到水穷处，坐看云起时"，等等。这些好似信手拈来的妙句，细想却是万分肯切。如"大漠孤烟直，长河落日圆"中的"直""圆"二字，得到多少赞赏，已然广为人知，就是"江流天地外，山色有无中"这样的名句，不过最简洁直白的两句话，但它表现的自然境界，却是优美异常。

王维的田园山水诗表现的常常是一种幽远宁静的审美情趣，他的这种情趣，或许只宜领悟，不宜说明。

---

① 高步瀛：《唐宋诗举要》，上海古籍出版社，1978年版，第425、428页。
② 同上。

4. 王维总评价

王维是盛唐诗坛上首先升起的一颗文学巨星，他的诗文内涵丰富，代表了盛唐诗歌的气韵和境界，或应说他的诗歌是盛唐之音中不可缺少的组成部分。王维崇信佛学，因佛学而好隐，或者因隐而好佛。他本人也曾和神会大师会晤，也曾为智能大师作过碑铭。他的诗甚至反过来影响了禅宗的发展，丰富了禅宗公案的内容。

但他与李白、杜甫相比，毕竟还有差距。李杜如同日月，他只是苍穹之上一颗耀眼的明星。

他与李、杜的差距主要表现在三个方面。

首先他做人不如李、杜。安史之乱发生后，杜甫也曾被贼人所捉，但头一个念头就是反抗，头一个行动就是逃脱贼手；李白的反应则是拔剑而起，投笔从戎。王维虽有《凝碧诗》，毕竟做了伪官，《凝碧诗》说明他不想做伪官，但终于做了伪官，这就不是用几句话可以解说清白的了。

其次，他缺乏李、杜特别是杜甫关心民间疾苦的精神。王维诗最好写山林美景，田舍情怀，但对人民疾苦，缺少关注。总不能说杜甫接触的全是难民，而王维遇到的全是先富起来的人。这就降低了王诗的社会深度和民情含量。

再次，他喜欢隐居。他虽也曾走南闯北，但不是去做官，就是去出使。边塞风光，激动了他，使他写出不少好诗。但他主观方面还是更喜欢优游舒适，会友玩山，听琴赋诗。所以他的山水诗虽称大家，却不如李白的山水之作，直达辉煌壮丽的审美境界。王维的诗歌，壮丽辉煌者少，幽远宁静者多。

后人评价李、杜、王，说："唐无李、杜，王维便当首推。"[1] 也有人说李、

---

[1] 《载酒园诗话》二编。

杜、王代表诗界三才："诗总不离乎才也。有天才，有地才，有人才。吾于天才得李太白；于地才得杜子美；于人才得王摩诘。太白以气韵胜；子美以格律胜；摩诘以理趣胜。"①

---

① 《王右丞集笺注》卷之末附录二。

第四节
孟浩然与山水田园诗派

王维是唐代山水田园诗的最杰出代表，却不是盛唐最早作山水田园诗的诗人。比他时间早些又是他亲密诗友的，是孟浩然。以后又有储光羲、刘眘虚、祖咏、丘为以及刘长卿、韦应物、柳宗元等诗坛名家。

大凡文学事业的兴旺，非有几个基本条件不可。一是阅读基础，一般阅读者越多，创作者的成就也越大。纵不能一时见效，必定有美好前景。二是群星灿烂，作诗、作文的人多，作出成绩的人自然也多；三是群体效应好。群星灿烂不等于群体效应。群体是指诗风、诗派和诗人群。或者说，是一批颇有文学成就的人组织在一起所产生的创作效应。四是出现超级巨星。孟浩然不是超级巨星，但也是巨星，是盛唐诗人群体中的中坚人物之一。盛唐诗坛的代表人物，首推李、杜、王，但杜甫时间晚些，于是有人就说盛唐诗苑的代表人物是李、王、孟、高、岑。其中的"孟"就是孟浩然。

1."山水"巨擘孟浩然

孟浩然（689～740年），襄阳人。比王维、李白年长12岁。浩然一生布衣，没有做过官。他少年即有节义之声，但作诗与王维相似，特别擅长五言诗——或许五言诗更适合表现田园景色，也未可知。

他一生多半时间隐居山林，隐居地在今襄阳县东南的鹿门山。他才华横溢，诗名很大。长期隐居，使他有时间写诗，更有条件给大自然写诗。隐居者须耐得寂寞才好，但看孟浩然的诗，他却不是一个耐得寂寞的人。于是恭迎友人来访，与友人叙谈友情，送别友人离去，就成为他诗的一个重要方面。一方面要隐居，一方面又希望"热闹"，外凉内热，所以他的诗比之王维更能情景交融，别有一缕淡淡的清愁。他与王维声名相近，经历却大不一样。王维真正隐居的时间少而又少，做官的时间则长而又长。孟浩然却一生隐居，绝少入繁华地。所以他的诗没有王维那种富贵人特有的闲散气，静态美的意境与程度也不如王维。他人在山林，心有所思，意有所想，情有所钟，志有所向，虽然以山水田园诗名重一时，却强调山水田园的动态与气势。如他的千古名句"气蒸云梦泽，波撼岳阳城"，不是王维可以写得出来的。

孟浩然一生不曾作官，却并非不想作官，而是未能如愿。到了40岁的时候，终于耐不住寂寞，或者因为诗名大了，觉得有资格进入官场了，于是游京师，求仕宦，走了一遭。在京城，曾与张九龄、王维等大诗人联句，深得众人赞赏。有传说，王维曾私下请他去翰林院，议诗论作。忽然传报玄宗驾幸，孟浩然不觉大惊失色——毕竟没这经历也没这准备，只好先钻到床下去躲避。但王维不敢对皇帝隐瞒，玄宗说："我早就听说过此人，只是还没见过面呢！"他先生只好从床下爬出来。玄宗问他带诗来没有，回答说"没有"，玄宗就命他吟一首近作，他便吟诵了《岁暮归南山》，当吟到"不才明主弃，多病故人疏"这两句时，李隆基不高兴了，说："是你不求功名，朕何尝弃你，为什么诬赖朕呢？"这段传闻，虽正正堂堂写入《唐才子传》，却未必可信。唯孟浩然追求功名是实。他的一些诗反映的渴望功名成就却又无法成就功名，终于化为几句牢骚的情形，是很逼真的。比较可信的事实是，他到长安，寄希望于张九龄，而且作诗给张九龄，希望得到提携，这诗就是《望洞庭湖赠张丞相》，上面提到的那两句千古名句即出自此诗。

> 八月湖水平，
> 涵虚混太清。
> 气蒸云梦泽，
> 波撼岳阳城。
> 欲济无舟楫，
> 端居耻圣明。
> 坐观垂钓者，
> 徒有羡鱼情。

前四句讲洞庭景色，好一番壮丽景象，其隐喻之意，可以看作对大唐王朝的比方。后四句讲自己的心情。"欲济无舟楫"——想出仕吧，没人援引；"端居耻圣明"——总闲居吧，又对不起这样的好世道；"坐观垂钓者，徒有羡鱼情"——古人云临渊而羡鱼，不如退而结网，自己入仕之心固热，没人帮助也是枉然。

但不知什么原因，他终于没能走上仕宦之路。在京城触了大霉头，便又回鹿门山隐居去了。天真浪漫的李白不解其中之意，还写诗说：

> 吾爱孟夫子，
> 风流天下闻。
> 红颜弃轩冕，
> 白首卧松云。

> 醉月频中圣，
>
> 迷花不事君。
>
> 高山安可仰？
>
> 徒此挹清芬。

不知孟公闻此，作何感想。

孟浩然是盛唐诗人中的佼佼者，以山水田园诗著称于世。他诗才全面，无论古体、今体皆有所长，但比较起来，五言诗的功力更厚实些。如他的《宿建德江》：

> 移舟泊烟渚，
>
> 日暮客愁新。
>
> 野旷天低树，
>
> 江清月近人。

若非大手笔，不能为此。诗人写移舟，写烟渚，写日暮，写新愁。烟渚者，烟雾迷蒙的小洲是也；新愁者，刚刚涌上心头的惆怅情绪是也。这已然是一幅极富诗意的风俗画了，但还不够，还要写"野旷天低树"，因为烟蒙蒙、雾蒙蒙，又在暮间，舟中人新愁缕缕，不觉远望，但见天幕低垂，仿佛比远方的树更低；"江清月近人"——于是收拢目光，又见水明如镜，天上的明月映入水中，好似就在自己身边，和自己且亲且近。这诗只有短短的四句，不过二十个字，但把周遭的景致，尽收笔端，而且不为写景而写景，虽不写人却又有人，犹如一幅优美的画卷慢慢展开。唯有这样的诗境，方称得上情景交融哩！

像这样的好诗，孟浩然的集子中颇不少见。如他的名作《春晓》，同样清丽可人，不知陶醉过多少读者。

孟浩然虽是隐士，很重感情。虽重感情，又不失却本来面目。他的七绝《送杜十四之江南》就很有这特色：

> 荆吴相接水为乡，
> 君去春江正渺茫。
> 日暮征帆何处泊？
> 天涯一望断人肠。

孟浩然是山水大家，他的诗却并不限于山水田园一途。他的两首《凉州词》，气势豪迈，与田园山水风格迥然不同。尤其是第二首，悲异方之乐，厌羌笛胡笳，自有一股凛然难犯的气概喷涌而出：

> 异方之乐令人悲，
> 羌笛胡笳不用吹。
> 坐看今夜关山月，
> 思煞边城游侠儿。

想当初孟浩然赴长安求仕，马近都城，初见繁荣，不觉豪情陡起，加上多饮几杯，更觉别有愉快在心头。兴高采烈之下，写了《洛阳道中》一诗。

> 珠弹繁华子，
> 金羁游侠人。
> 酒酣白日暮，
> 走马入红尘。

看这时的心境，红尘也没什么不好，一个"走"字，活脱脱画出他的满心快乐。

然而，曾几何时，沮丧而归，再隐鹿门，不复乐矣。或许与这心情有关，背上竟生了毒疮。王昌龄来访，他重见诗友，不觉多吃一些生猛鲜腥之物，竟一病不起，就此告别人世，年仅52岁。

孟浩然一生求仕不成，不知是他的幸运，还是他的不幸？

但作为一名杰出的盛唐诗人，他的诗名将和他的诗友们一起永驻人间。

2. 王、孟之后的山水田园派诗人

说王、孟之后，并非这些诗人年龄一定小于王、孟，特别是小于王维。而是说王、孟是他们这一派诗人中最杰出的代表。这派诗人中，若非王、孟的诗友，就是他们诗风的继承人。

盛唐以及中、晚唐写山水田园诗的人不少，但因此而著名的人物也不多。王孟之后，比较有影响的山水田园诗人，还有丘为、祖咏、斐迪、刘眘虚、刘长卿、韦应物和柳宗元等。刘长卿以下，已是中唐人物。其中成就最高的当推柳宗元、韦应物，柳宗元更是有特殊贡献的文学大家，此两人别章另传。这里介绍其他几位。

（1）祖咏（699～约746年），洛阳人。当时颇有文名。开元十二年进士，一生事迹无多。但与王维既是朋友，又是诗友。王维在济州任参军时，和他往来密切。二人情趣相投，王维曾赠诗云："结交二十载，不得一日展。贫病子既深，契阔余不浅。"说他们两位是老朋友，可是都够穷的。祖先生贫病交加，王自己也远离富贵久矣，一副难兄难弟模样。

其实王维何曾真正穷过，所以他说的祖咏的贫病也应打点折扣，但祖咏却真的没有做过什么官，后来连家都搬到河南叶县北面的别墅中去了，以渔樵自终。

祖咏的诗和王、孟一派，善写山水。《唐诗三百首》收他一首《终南望余雪》，据说是有司考试时出的五言十二韵的徘律试帖。但他只写了四句，便交卷。问何故，曰"意尽"，没的写了。即使考试，没的写了也不以辞害意，可见是一位对诗歌怀有一片痴情的诗人。

那诗写得不坏，意境在王、孟之间。不如王维的讲究静态的自然美，也不似孟浩然那样讲究动态的自然美。诗中景色自然也是美的，独美景后面尚有平和的人意。

祖咏流传至今的诗中，另有一首七律《望蓟门》，诗风雄浑，气韵贯通，可见他的诗才亦不限于田园景色。

（2）丘为，嘉兴人，生卒年月不可详考。史书记载，丘为初入仕，科举不顺，屡次考试皆不中。于是回归山里，苦心读书数年。天宝初中进士。他的诗风和王、孟相谐，深得王维赞许。二人常作唱和。

丘为为人忠厚，对继母孝顺，颇有贤名。他长年为官，一直做到太子右庶子。致仕以后，回故乡闲居养老。有县令来访，他还要恭恭敬敬到门口迎候，以示对朝廷礼法的尊敬。丘为是一位性格平静恬淡的老诗人，他也因此而长寿，享年九十六岁，是位诗坛少见的老寿星。

他有一首《左掖梨花》，画景摇情，写得十分得体：

冷艳全欺雪，
余香乍入衣。
春风且莫定，
吹向玉阶飞。

（3）裴迪（716～？年），关中（今陕西）人。曾做过蜀州刺史等官，其他履历不详。他是王维早年诗友，虽然年龄比王维小将近二十岁。二人同居终南山时，唱和很多。看来诗人浪漫，自古而然，但有诗兴，便无大小。裴迪的诗全然与王维一派，现存诗大多数为五绝。几乎王维咏什么，他就咏什么，二人一唱一和，有情有趣。妙在他虽年纪轻轻，与维公比，功力固有不及，慧心或不相让。

王维有一首《白石滩》：

>清浅白石滩，
>绿蒲向堪把。
>家住水东西，
>浣纱明月下。

裴迪也有一首《白石滩》：

>跂石复临水，
>弄波情未极。
>日下川上寒，
>浮云淡无色。

虽不若王诗之幽深雅静，却多了几许冷峻，几许无奈。

王维有一首《竹里馆》：

>独坐幽篁里，
>弹琴复长啸。
>深林人不知，
>明月来相照。

裴迪也有一首《竹里馆》：

> 来过竹里馆，
> 日与道相亲。
> 出入惟山鸟，
> 幽深无世人。

同样景致，两般心情。

与王、孟相友善，诗风也很相近的还有一位刘眘虚。

（4）刘眘虚，江东人，生卒年无考。但知其性格早熟，八岁即能作文章。上书皇帝，蒙召见，拜童子郎。或说开元十一年进士。曾做过夏县县令。他一生官做得不大，似乎时间也不长。虽然官运不佳，却为人性情高古，"脱略势利，啸傲风尘"。也曾计划去庐山隐居，不知何故，没有去成。他很喜欢与山僧林道交往，并且获得了很高声誉。但他流传下来的诗作不多，《全唐诗》仅收其诗十五首，而且多为五言诗。《唐诗三百首》收他一首《阙题》。《阙题》者，没有题目之谓也，因后人不能看他没有首脑，代名《阙题》。诗的内容是描写一座深山别墅及其周围的景色，诗中无人，但颇有意。不是离情别意，而是欢情喜意。处处景致，尽从诗人眼里写出。诗的节奏轻快怡然，景色描写十分生动。

> 道由白云尽，
> 春与青溪长。
> 时有落花至，
> 远随流水香。
> 闲门向山路，

深柳读书堂。

幽映每白日，

清辉照衣裳。

王孟诗派的人物还很多。有些诗人既写田园山水，也写边塞风光，后文另叙。但在盛唐山水田园诗人中，王孟诗派中的大将首推储光羲。

（5）储光羲（707～约760年），兖州人。他功名早成，年仅19岁便中进士，而且大半生仕途愉快。官至监察御史，可算开元天宝间的大官僚了。安史之乱起，他却受了伪职。肃宗复京，他被贬岭南，死。

储光羲是一位著名的田园诗人。王孟诗派，过去有人称田园诗派，也有人反对，认为王孟诗作不仅写田园，尤其写山水。唯储光羲确是一位田园诗人，当然他的诗也不是全然写田园的。虽不必尽写田园，精华却在田园方面，这是储诗的特色。过去讲唐代文学史，田园诗派是一大家，主要代表人物是王、孟、储、韦、柳五大家。后两位时代晚些，事迹尽入中唐。储光羲比王维年小6岁，比裴迪长10岁，又官场顺利，生活优裕，正是王维一般人物。但他的诗风一半出于盛唐时尚，一半效法魏晋风采。因为生活视野不宽，个人经历也嫌单调，加上意在古人，所以他的诗不免语言古朴，诗味不浓。他的一些咏史古风，虽然强调格调、气势，只是不能达到气韵通达、风貌雄浑的境地，每每落句便嫌气沮。他与王、孟、韦、柳相比，都有不如。后人说他"远逊王、韦，次惭孟、柳"，是不错的，但他的田园诗作，确实很有乡野味道。他的《田家杂兴》八首，可视为代表作。其中之一云：

众人耻贫贱，

相与尚膏腴。

> 我情既浩荡，
> 所乐在畋渔。
> 山泽时晦冥，
> 归家暂闲居。
> 满园种葵藿，
> 绕屋树桑榆。
> 禽雀知我闲，
> 翱集依我庐。
> 所愿在优游，
> 州县莫相呼。
> 日与南山老，
> 兀然倾一壶。

虽山翁渔叟，未必有此等闲情逸志，但山光水色，风土人情，确实笔笔如斯。

又有五律《张谷田舍》，写得也好，言说丰收景象，句句皆有快意。

> 县官清旦俭，
> 深谷有人家。
> 一径入寒竹，
> 小桥穿野花。
> 碓喧春涧满，
> 梯倚绿桑斜。
> 自说年来稔，
> 前村酒可赊。

储光羲生于盛唐,留心田舍,比之王维,虽诗情画意不足,却能接近人生,而且终唐一代,唯有盛唐能有此类田园特色。后来安史之乱方平,黄巢起义又起,再想看到这样的田园景致,也不能够了。储诗之所以在盛唐诗苑中占居重要一席,大约与此有关。

第五节
诗仙李白

有唐一代，曾有三个高潮。一个是李世民时期，这是一个开基立业的年代；一个是武则天时期，这是一个巩固发展的时代；一个是李隆基时期，这是一个繁荣昌盛的时代。开元、天宝首尾44年，是中国历史上最文明、最繁荣、最富于文化内涵的历史时期。这样一个辉煌灿烂的历史时期，理应产生自己的代表人物。汉以政治胜，最恰当的代表人物应该是汉武帝和董仲舒；唐以文化胜，最好的代表人物则是武则天和李太白。李白是盛唐第一星，是盛唐文化时代最杰出的代表；在整个中国文学史上，他也是最有魅力和影响的大诗人。

1. 李白的文学地位

盛唐文学中，最辉煌的是诗歌，诗歌作者中，最有成就的是李白。虽然王维享名于前，杜甫飞腾于后，但他们在盛唐的影响都不如李白更其耀眼夺神。前面说过，唐肃宗喜欢王维，曾让王维的弟弟编辑王维的诗集，而且亲自评点，说王维是"天下文宗，位历先朝，名高希代，抗行周雅，长揖楚辞"。似乎李白、杜甫都不在话下。但唐肃宗懂什么诗，不过附庸风雅罢了！充其量，唐肃宗的评价也只能代表一部分上层人士的观点。李白诗歌的影响，岂但几尺朝廷而已。李诗如日中天，照耀了他的时代，赢得盛唐另一位伟大诗人杜甫的敬重和钦佩。李白是诗人，杜甫也是诗人，而且二人都是中国文学史上最伟大的诗人，诗人评诗人，才是内行之见；伟大的诗人评伟大的诗人，更有价值。杜甫评李白，说"白也诗无敌"，无敌也者，天下第一之谓也。

李白是诗坛巨星。作为巨星，非有全面性诗才不可，又非有杰出的诗作不可，这两条王维具备，李白也具备。李白不可企及的地方，还在于他最优秀的作品更高于"杰出诗作"的水准，不但有杰作，而且有绝唱。绝唱者，非学习即能为之，非常人可以为之，亦非前人或后人可以为之者也。

如果说王维的诗歌可以比作一幅极其精美的风景画的话，那么李白的诗歌就如风如雨如雷如电，如山如水如天如地。天之苍苍兮，不能限白诗于苍穹，地之茫茫兮，不能束白诗于无极。他好似一条旷世绝代的飞龙，腾云驾雾，喷虹吐雨，移山倒海，上天入地，使整个诗的世界轰鸣、震颤、激奋、痴迷。而他自己偏能潇洒风流，风流倜傥，倜傥无二，潇洒无双。于是隆隆然，腾腾然，雅雅然，喁喁然，激激然，烈烈然，令世界鸣鸣然，令诗心怦怦然，令历史奋奋然。一言以蔽之，李白本可俯视盛唐诗苑，但他只管浑然不觉，率意为之。

李白不仅是诗中俊杰，而且是文章高手。李白文章，极富诗情画意，又全然散文本意。他是诗中圣手，几乎无所不能，又是文坛高手，似不刻意追求，却能妙曲天成。他的《春夜宴桃李园序》，早已脍炙人口。大凡选古代散文者，几乎无不选之。他的文风有如诗风，却又平和自然，气韵尽在文字之间，读之唯觉畅达清丽。貌似随意而为，思之犹具章法。虽精于文章路数，又能娓娓道来。忽而千回百转，忽而又觉开朗。正当得意之时，即便戛然而止，虽然戛然而止，犹有余意无穷。他一生为文不少，而且文类齐全，书、表、记、行尽有，赞、颂、铭、文皆备。他一生热衷于干谒，有喜有悲；万里游走，有苦有乐。但江山易改，本性难移，无论何文，皆有异彩。他有《暮春于江夏送张承祖之东都序》一文，写得酣畅淋漓，孜孜以情；云蒸霞蔚，终于自在。

吁咄哉！仆书室坐愁，亦已久矣。每思欲遐登蓬莱，极目四海，手弄白日，顶摩青穹，挥斥幽愤，不可得也。而金骨未变，玉颜以缁，何尝不扪松伤心，抚鹤叹息。误学书剑，薄游人间；紫禁九重，碧山万里；有才无命，甘于后时。刘表不用于祢衡，暂来江夏；贺循喜逢于张翰，且乐船中。达人张侯，大雅君子。统泛舟之役，在清川之湄。谈玄赋诗，连兴数月；醉尽花柳，赏穷江山。王命有程，告以行迈；烟景晚色，惨为愁容。系飞帆于半天，汛渌水于遥海。欲去不忍，更开芳樽；乐虽环中，趣逸天半。平生酣畅，未若此筵。至于清谈浩歌，雄笔丽藻，笑饮醳酒，醉挥素琴，余实不愧于古人也。扬袂远别，何时归来？想洛阳之秋风，将鲙鱼以相待。诗可赠远，无乃阙乎？

李白诗不喜欢用格律，没有排律，但他的文章多用骈句，且能上下舒畅，不失自然。

李白不但能文，而且能剑，自谓神仙人物，又以侠士自命。盛唐文化兴旺，李白以诗名，裴旻以剑名，张旭以书法名，时人称为"三绝"。李白诗好，似不若王维的诗那样诗情画意，诗画相通，但他大笔如椽，为文似诗，为诗似画；虽不若王维的安谧无双，耐人寻味，自有他豪迈千古的凌云气在。

李白为诗，最重民歌，特别注意从民歌中吸收营养。王维虽是以写田园山水诗著称的诗家巨擘，若论向民歌学习，还是差了一层。

古人云文如其人，但须能文才行。只有诗文达到某种高度，人的品质、性格、情感及种种潜意识才能物化其中。单以诗论，李白、杜甫、王维、白居易、李商隐都是唐代诗苑中的奇花异草。王维诗文虽好，人品差些，这自然会影响他的诗文，至少限制了他的诗文向更高层次发展。杜甫为诗中之圣，以儒为本；白居易为人刚正不阿，最为关心百姓疾苦，深得杜诗精华。李商隐生于末世运偏消，纵有才华如流水，终于得之于精醇入微，又失之于精醇入微，妙则妙矣，气象不足。唯有李白，才华横溢，胸怀坦荡。不但醒时看剑，尤擅醉里为诗。酒对李白有一种解放作用，他天赋极高，想象力极为丰富，一经酒的催化，一切潜在意识，如潮如流，喷涌而出。李白生来冰清玉洁，是中国有史以来最不惧怕酒后吐真言的人。人类历史曾为我们提供这样一个法则：人的最高创造成就决定他的能级，而他的最差表现决定他的品行。李白的诗歌成就达到了历史所能提供给他的可能空间中的最高品位，而他的人品，也是受人喜爱和亲敬的。

堪与李白匹敌的诗人，在唐唯有杜甫，终中国古代社会，也唯有杜甫。李白好比英国的莎士比亚，杜甫好比法国的巴尔扎克。

李白的诗风纯然盛唐一脉，杜甫的成就却在安史之乱后得到最充分的展现。虽然从时间上讲，杜甫的时代也在盛唐，但他面对的现实，却不再是盛唐的繁荣，而是盛唐的灾乱；或者换个说法，盛唐的繁荣没有看中杜甫，而盛唐的灾乱却使他大器晚成。以此观之，最能代表盛唐雄奇昌盛之音的，唯有李白一人。惜乎好运不常来，昌盛无常在。盛唐逝矣，李白逝矣，随着盛唐的衰落，李白的时代也随之过去了。而且从此江河日下，至五代，至两宋，至元，至明，至清，终整个封建时代，再也没有过盛唐这样的文化兴隆。于是，李白便成为千古一人。

2. 李白的生平

李白（701~762年），字太白，四川绵州昌隆县青莲乡人。

李白的一生几乎没有参与什么盛唐时期的重大事件，更不要说进入核心层次了。晚年参加永王李璘的幕府，不想宿志未酬，反成为一大罪行。王维公然受伪职，结果免于处分；李白立志抗击安禄山，因为找错了主子，却成了囚犯。而且遇到天下大赦，他都不在赦免之列。中国古代政治史上没有李白的位置，尽管他对政治、对仕途十分热衷。他实在是一个小而又小的人物。但作为一位诗人，却又一生充满神奇瑰丽的色彩。别人经历的事情，他经历过；别人不曾经历的事情，他也经历了。而且连许多诗人做梦都不能想象的事，他也遇到了。不但遇到了，举手投足之间，就掀起大波大澜，成为一段历史佳话。

李白的父亲，名李客，祖籍陇右，即现在的甘肃，因犯罪曾被贬至碎叶。后因经商而致富，便在李白5岁那年潜回故土，到四川绵州落户，算是客居。他父亲在碎叶时，当另有"胡"名，即客居绵州，便自名为客。一方面因为他有这样特殊的经历，另一方面，大约也和他本人的性格与生活习惯有关。李客一生不愿抛头露面，只管"高卧云林，不求禄仕"。

李白一生可以分为五个阶段。

15岁之前为发育启蒙阶段；15岁至25岁出川前为学习积累阶段；25岁出川至42岁入京为游历探索辉煌创作阶段；42岁至51岁为继续探索与创作阶段；51岁以后为晚年。但他的创作一直到死都没有停止，也不因为身体变化而转变风格，如杜甫安史之乱前后那段因社会动荡诗风诗作发生变化。

李白生时，他母亲梦见长庚星入怀，因此为其命名李白，字太白。李白早熟，自谓5岁诵六甲。六甲是什么，或有不同说法。有人认为六甲即六十花甲，十个天干与十二地支相配成一花甲。唐时启蒙有这类教育内容。10岁开始读经史子集。15岁开始作赋和学习剑术。18岁入戴天山大匡山随当时一位名叫赵蕤的处士学习、交游。赵蕤任侠尚义，喜爱纵横之术，对李白很有影响。也有史家认为，在此期间，李白还与大匡山的和尚与道士密切往来。

李白18岁第一次去成都，不想因为打抱不平，与一群流氓无赖动起武来，伤了几人，因此被地方官责打一顿。20岁，当时的礼部尚书苏颋出为益州刺史，就是当时被称为"燕许大手笔"的那个"许"——许国公。李白开始平生第一次"干谒"，很得苏颋赏识，被称为"天下英丽"，说他将来必有成就。虽然如此，却没有具体下文。22岁游峨眉，23岁去青城，自此游历不止，一生几乎游遍大唐王朝的名山大川。

25岁出川，经三峡，游洞庭。26岁游襄阳，登庐山，又东下金陵、扬州。27岁还游云梦，经朋友孟学士介绍，被已故宰相许圉师的儿子为其女儿招赘为婿，留居安陆许家，次年生一女。从此，四处"干谒"，几无宁日。所谓干谒，就是找有地位有名望有势力的官僚，向他们投递作品，以求援引，谋取官职。唐时此风盛行，李白亦不能免俗。

30岁第一次游长安，又因为打抱不平和一群市井无赖动起武来。幸有朋友相助，未发生大危险。此次游长安，李白诗名大振，但仕途无望，于是离开长安继续游历。35岁与友赴太原，36岁移家山东，寓居任城。与孔巢父、韩准、裴政、张叔明、陶沔会于徂徕山，号"竹溪六逸"。37岁得子。39岁自洛阳去淮南，遇王昌龄。冬，南下，与元丹丘一起问道于胡紫阳。40岁许氏夫人去世。此后，遇一段小小男女情事。随后续娶刘氏。42岁，因道士吴筠推荐，应诏入京，被召金銮殿，命供奉銮林。44岁放归山林，与刘氏离异，与宗氏夫人结婚。此间，于洛阳遇杜甫，并与高适、杜甫同游大梁，成就中国诗史上一段佳话。此后又陆续去过任城、苏州、扬州、庐江、金陵等地。50岁时，大约对仕途和政治日益反感，也曾写诗讽刺杨国忠等，如此直至安史之乱，他与宗氏南逃。

56岁应永王邀，宗夫人劝阻，不听。57岁，永王兵败，李白被贬夜郎。59岁流放夜郎，途中遇赦。60岁后还曾投李光弼军，中途因病而返。

以后至当涂县令李阳冰处养病，62岁时因醉酒死于当涂。

纵观李白一生，无非几件大事。一是功名，二是游历，三是求仙，四是交友，五是饮酒。当然还有些别的，比如亲情，比如狩猎，但不是最主要的。李白一生五件大事。这五件大事，事事不离诗。于是这五件事相互融通，合而为一，成为他一生作诗的原因、途径和结果。

李白为了功名，可谓千辛万苦，不遗余力。而且他不要小功名，七品知县，他不喜欢，供奉待诏，也不长久。不是人家不用，而是他自己慢慢觉出那不是他的理想。他的理想是要建大功，成大名。不做官则已，要做就做乐毅，就做韩信，就做冯驩，就做郦食其。"天生我材必有用"，不是诗之用，不是文之用，不是待诏之用，不是县官之用，而是元帅之用，宰相之用。"仰天大笑出门去，我辈岂是蓬蒿人。"李白不是蓬蒿人，李白是谪仙人。谪仙人不是凡人，而是天上仙家，因为某种原因，降临人间。虽然他是"仙人"，但没人发现也没人重用他。于是自20岁起，他就开始了漫长的干谒活动。在四川如此，在安陆如此，在繁华如梦的长安如此，在幽林如醉的庐山也是如此。他总企盼着有那么一天，自己能被权势者发现，"大鹏一日同风起，扶摇直上九万里"。不幸的是，等待他的却总是失望，安慰式的失望，被人暗算式的失望，没人赏识的失望和似乎有了成功曙光终于竹篮打水一场空的失望。但是李白先生既要成为名垂青史的人物，他就永远对自己充满信心，直到他已经60岁了，还要执剑从军，去寻找自己年轻时就存在的梦想，希望此一去便好梦成真。然而，毕竟老了，身体也不行了，好梦不曾成真，自己也客死他乡。

第二件大事是漫游。李白的漫游，堪称天下第一，至少有唐一代，没有超过他的。可惜他没有作游记的雅兴，否则说不定他会成为徐霞客的伟大先驱。

他周游中国，名山大川，无所不去。而且他的漫游与常人不同。他不但用双腿去游，还要用双眼去游，更用心灵去游，然后运用妙笔，化作诗篇。他几乎游一处，写一处，而且写一处，妙一处。李白诗能够取得超迈前人的空前成就，得益于他的漫游。王维也是大才，但他雅好田园，本领再大，也写不出《蜀道难》来。因为他既没有李白一样的欲望，也没有李白那种以名山大川为亲为邻为友为师的深切体验。

第三件事是求仙。李白好仙，自幼而然。有些书说他一生的主要活动是漫游、求仙与任侠。任侠固然也是李白性格的一部分，但不能成为他生活的主要内容。他毕竟是一位很有学问、很有才华又很有抱负的诗人。但他求仙的心总是很热。他不但信道，而且认真地向道士求教；他不但学习道经，而且学习《箓录》。他中年以后，不但自己虔心向道，宗氏夫人也与他志同道合。他的诗有极其丰富的想象力，一是得力于求仙，一是得益于饮酒。

第四件事是交友。李白的朋友遍天下。他生性豪爽，平易近人，而且撒手散漫，不怕花钱。他有钱，但不爱钱，钱在李白眼里，总不如酒。"五花马，千金裘，呼儿将出换美酒。"不但因为他生性好饮，而且因为他遇到了知音。李白一生，什么朋友不交？上自王公贵族，下至酒叟渔翁，不问是老是少，不问是僧是道，不问是官是民，甚至不问是土是洋。日本晁卿就是他的好朋友。后来这位东洋朋友回国，中途遇险，大家以为他遇难了，纷纷祭奠。李白特别作诗悼念，留下千古名句："日本晁卿辞帝都，征帆一片绕蓬壶。明月不归沉碧海，白云秋色满苍梧。"

李白曾与贺知章、孟浩然、杜甫、高适、张旭、孔巢父、吴筠等多少诗士与名流往来。这里面诗人多，大诗人也多。试想整个盛唐时期，能有几位大诗人，李白几乎与他们个个都有交往。而且每交必饮酒，有酒就有诗。于是李白的酒友，便成为诗友，而李白与这些诗友的往来，又成为他创作的必要条件。

第五件事是饮酒。诗人好酒，仿佛常例。文人好酒，也是常例。但一生好酒如李白者,就不是常例了。好酒能诗,酒多诗也多的就更不是常例了。李白好饮,天下闻名,杜甫有《酒中八仙歌》,诗中八仙,个个都是酒场上的超一流高手。李白居其间,犹有奇异表现:"李白斗酒诗百篇,长安市上酒家眠。天子呼来不上船,自称臣是酒中仙。"

这五件事贯穿李太白一生,样样不曾中途失落,而且样样与作诗和应关联。

因为功名,必须交友;因为交友,又不免四处漫游;因为四处漫游,又不免天天饮酒;因为天天饮酒,又有了许多新的朋友;因为有许多新朋友,就更其渴望功成名就;因为不能功成名就,又不妨求仙访道;既要求仙访道,又不免四处漫游。

于是为着功名要饮,功名不成也要饮;为着名山大川要饮,为着回报名山大川也要饮;为着朋友要饮,为朋友痛饮自己更要豪饮;于是李白成了酒仙。因为成了酒仙,思想更加洒脱,于是诗兴大发,才思奔涌,于是李白大呼、大吟、大唱、大和,终于成就一代诗仙的风貌。

实在说,李白平生,也没有什么惊天动地的大表现,但这要看从什么角度理解。如果从一位政治家的成长道路理解,李白不过庸人一个,李白的道路就是一条失败的道路。如果从成就一名伟大诗人的道路去理解,李白走的正是一条幸运之路,英雄之路。没有李白式的经历,怎能成就李白式的诗章?没有李白式的道路,怎能成就盛唐文化的超越与辉煌?

李白的诗人之路很值得后人深思与回味,遗憾的是,怕连李白本人在内,对个中奥妙也不能明白。

3. 李白的文化性格

文化性格由什么组成?一是大文化渊源,一是主要的社会生活经历,一是情感与心理类型。换个说法,一叫大文化层,一叫社会生活层,一叫情感与心理层。

李白的文化性格，首先得益于他的文化选择。大唐文化是中国封建时代少有的多元文化形态，虽然依然以儒家为主导，重要的是儒、道、佛三家共存共融。

李白的文化色彩，更多出于道教。王维近佛，杜甫近儒，李白近道。近道并非纯正的道教徒。李白一非教徒，二不纯正，他身上儒家的影响很多也很重。一心报国，不是儒家是什么？一心奔赴仕途，也是儒家理想。以文化类型论，佛教主张出世，道教在出世入世之间，他们的最高理想是肉体飞升。儒家则是入世的：民为贵、社稷次之，君为轻。这一点在李白身上也有浓重的色彩。不但道教和儒家思想影响李白，他一生和佛教也有不少关系，不过佛的理想与他个性不和，影响小些就是了。

儒、道、佛之外，他又特别喜欢纵横家言，以为"一言能退百万兵"。对于苏秦、张仪式的个人色彩浓烈的社会行为，也不觉心向往之。

李白尤其好侠任侠，以古侠士郭隗自命。他钦敬古代侠士，而且身体力行，不畏强暴。未出蜀前，就因为遇到一群流氓欺辱一位渔家女，而勃然大怒，把那几个泼皮无赖痛打一顿。泼皮们不服，找来凶器报复，他的侠气顿高千丈，于是仗剑除霸，伤了好几个人，结果，被当地一位昏官不分青红皂白，把双方各打数十皮鞭。初次入长安，他又与一群斗鸡贼动起武来，险些吃了大亏，幸而朋友来得及时。

李白是诗人，但并非一般儒生式的书斋诗人。他一生好读书，好游历，好美色，好功名，又好酒贪杯，而且身体强健，剑术高明，就是射猎的本领也不寻常，自谓一次射杀两只老虎。

骨子里儒家文化不少，表现上道家文化尤多，行为上行侠任性，又有古义士风度。这些不算，李白的祖上，曾在碎叶长期居住，异域文化对他的家族和他本人不能不产生重要影响。儒家传统，是不好远游，尤其不好非政治性远游,甚至有些惧怕远游的。所以,臣民犯罪,一条重惩就是流放。又主张"父母在,不远游"。李白独不然,一生就爱名山大川,不能说和他身上的异族文化影响无关。

从李白的社会生活经历考虑他的文化性格,他的经历同样具有相当的复杂性。他是一位和盛唐社会各个阶层都有接触的人,上自皇帝、宠妃、太监头子、宰相,以至各级各类当红的、走运的官吏,以及侠士、炼丹士,寒士、平民等等。

他出身平民,祖辈为商,并且不是一般商人,而是富商。对于农、工、渔、樵,也无偏见。他因为好酒,与酒店老板也能交朋友。他的诗中有一篇《哭宣城善酿纪叟》。纪叟者,纪姓老人也;宣城者,地方名也;善酿者,长期酿酒者也。纪叟死了,李白心里难过,作诗纪念:

纪叟黄泉里,
还应酿老春。
夜台无晓日,
沽酒与何人?

可谓奇文祭友人。他还有一篇《秋浦歌》,是讴歌冶炼工的劳动场面的。郭沫若先生赞许此诗,认为它不仅在李白诗歌中是唯一的,在中国历代诗歌中也是唯一的一首,给予很高评价。其诗为:

炉火照天地,
红星乱紫烟。
赧郎明月夜,
歌曲动寒川。

这些都说明李白的社会经历很丰富，而且他与王公贵族、地方官吏、隐士奇人、诗文艺友、渔女商贾、兵士将军，都能友好相处，只要他们为人正直，李白决不伤害别人。他的这些经历，使他性格中包含了许多不同的社会影响，从而使他的诗歌也有了更丰富的文化内涵。

李白的感情世界同样相当丰富。他的亲情结构，与许多同辈诗人不甚相同。李白一生三次成婚，到了晚年身边还有美丽的歌妓伴随着他。他的三位夫人，许夫人非常贤惠，且给他生了一儿一女。可惜中年弃世，没有看到李白兴高采烈奉诏进京的那一天。他的第二位夫人刘氏，性情不好，但二人生活的时间也短。李白对她很有意见，曾专门写诗猛烈讽刺过一番。他的第三位夫人宗氏，也很贤惠，而且对当时政治局势的看法，比李白深刻。李白和她共同语言很多，专门有诗说他们如何信道，如何求仙。后来李白成了囚犯，她历尽千辛万苦，为自己的丈夫寻求帮助。李白发配夜郎，他的妻舅陪伴一千里水路，也可以间接反映出他们夫妻的感情。李白的儿女也都很好，有时漫游在外，想起他们，不觉儿女情长，只好写诗为念，聊表情怀。

但李白的感情取向，似乎重点不在家庭，至少不像杜甫、李商隐那样，夫妻儿女，一往情深。与其说他对家庭多爱，不如说家庭对他多爱。李白的情感，三分在家，三分在外，还有三分在乎山水之间也。李白是一位亲情、友情、报国情、山水情兼而有之的诗人。因此，他的诗歌最多情高意爽，绝少儿女情长。

综上所述，李白是一个文化取向非常复杂的人物。但他不因为文化取向复杂而表现出自身的不一致性。他的妙处在于他能把这些似乎相互矛盾的文化有机地结合在一起，然后，非常自然、非常自信、非常自如、非常自由地给一个李白式的表现。干谒高官贵人的是他，求仙炼丹的是他，和酒翁渔女交友的是他，让杨贵妃捧砚、高力士脱靴的也是他。偏偏这一切从李白身上表现出来，大家不但不觉得有什么诧异，甚而觉得就该如此。倘若不是如此，那还叫什么李太白呢？

这就是说，李白吸收了这些内涵丰富又各具特色甚至相互矛盾的文化，他不但吸收了它们，而且把它们化为自己文化性格的有机因素。在内则为神，在外则为诗。李白的诗风，极其浪漫，极富想象力，他把这些文化以形象思维方式表现出来，而且把它们积极化、理想化、典型化了。李白之所以成为盛唐文化的最好代表，就因为他的诗体现了盛唐文化中最本质的内容。

自然，李白的文化性格是有矛盾的，他自己的思想和行为也是有矛盾的。李白的矛盾，反映了盛唐的矛盾。李白的矛盾无法根本解决，因为盛唐自身的矛盾也已经无法解决了，终于酿成安禄山叛乱的大乱子。于是李白的一生追求，也就应该划一个并不圆满的句号了。

李白能吸收这样多的文化养分，并且以瑰丽灿烂的诗作把它们表现出来，真是了不起。人们说李白是天才，不错，李白是一位了不起的天才诗人。世界上有没有天才？有笨蛋有白痴就证明有天才，笨蛋和白痴是天才的反证。但天才需要开发，天才最怕扭曲，特别是怕文化的扭曲。李白有幸：盛唐文化不但没有扭曲李白的天才，而且哺育了他，锻炼了他，培养了他，造就了他。自盛唐以降，直到封建时代的彻底终结，再也没有出现过李白式的人物。其实，天才何代没有？为什么有天才却没有李白，这不但是后代天才们的悲剧，尤其是中国传统文化的悲剧。

自然，李白的文化性格也是有缺陷的。李白接触社会面虽广，却不如杜甫对社会民情体会更深。所以安史之乱激发了杜甫的创作欲望，使他的创作进入新的高峰。李白中年已经面临社会动乱的边缘，但他视而不见，充耳不闻。李白没有政治才能，但他偏偏相信自己有特别大的安邦治国的才能。于是终生不懈，寻求在仕途上发展。虽然屡屡碰壁，他还不以为然。

甚至身遭流放之后，一朝放还，马上产生幻想，以为新皇帝又发现他这位治国大才了。

大乱当前，不知其乱，不免失之浅薄；

无官之才，一意求官，又不免失之滑稽。

但浅薄的李白，滑稽的李白，终于在人们心目中成为天才的李白，浪漫的李白。因为李白毕竟是一位诗人，而且他创作出那么多传之不朽的伟大诗篇。

4. 李白诗歌的艺术成就

有唐一代，真正知道李白的人，只有杜甫，真正知道李白和杜甫的人，只有韩愈。因为唯有杜甫对李白的评价，韩愈对李、杜的评价，最能经受住时间的考验。杜甫评李白诗，说"白也诗无敌"，认为李白的诗没有对手可比，这个前面提到过了。又说："笔落惊风雨，诗成泣鬼神"。仅用十个字，就恰如其分地概括了李白诗歌的特点及其魅力所在。这里讲四个方面。

（1）古今诗体，无所不能

在诗佛王维一章说过，凡大诗人必定全面发展，各种诗体都能擅长。王维如此，杜甫如此，李白也如此。李白诗作，可说无体不备。在创造性上他甚至比王维更富天才。他15岁学作赋，从屈原宋玉开始体会，屈宋以下，无所不能。他在《古风》59首中披露自己的创作观念，说："自从建安来，绮丽不足珍。圣代复元古，垂衣贵清真。"看来，他对六朝诗风十分不满，轻描淡写就给否定了。其实李白不是一般地反对六朝诗风，而是强调古诗古拙朴质的好处。从他的创作实践看，他对建安风骨和江右遗风是兼收并蓄的。这是他的高明之处，也是他成为盛唐诗人最杰出代表的重要原因。六朝五百年历史，自有其存在的根据。如果一切否定，那只能是陈子昂，还不是李太白。大凡伟大诗人，总能把前人的优秀成果继承下来，不因人废言，不以流派论英雄。

李白诗集中，沿用六朝旧体而作的乐府甚多，而且都能得其神髓，不让旧作。比如左延年曾作《秦女休行》，李白也作一首。两相比较，不分伯仲。鲍照作《夜坐吟》，李白也作一首《夜坐吟》。此处我把这两首诗抄录在下面，读者可以略作比较。

鲍诗：

　　冬夜沉沉夜坐吟，
　　含情未发已知心。
　　霜入幕，风度林，
　　朱灯灭，朱颜寻。
　　体君歌，逐君音，
　　不贵声，贵意深。

李诗：

　　冬夜夜寒觉夜长，
　　沉吟久坐坐北堂。
　　冰合井泉月入闺，
　　金釭青凝照悲啼。
　　金釭灭，啼转多，
　　掩妾泪，听君歌。
　　歌有声，妾有情，
　　情声合，两无违。

一语不入意，

从君万曲梁尘飞。

又如，汉有"长相思"，源于苏武、李陵，后来成为乐府名。陈后主、徐陵、江总等擅作此调。李白作此，（未止一首）同样美奂美轮，不让古人。其一云：

长相思，在长安。
络纬秋啼金井栏，
微霜凄凄簟色寒。
孤灯不明思欲绝，
卷帷望月空长叹。
美人如花隔云端，
上有青冥之高天，
下有渌水之波澜。
天长路远魂飞苦，
梦魂不到关山难。
长相思，摧心肝。

不但吸收六朝文学的营养，而且注意向民歌学习，是李白诗歌的另一特点。他一生漫游天下，所去地方极多。所到之处，对民歌民谣，虚心倾听，细心体味。他用民歌方式写的诗歌，新鲜活泼，不失民歌本味。李白这样的大诗人，还能注意向民歌学习，可说难能可贵。

南朝时有非常著名的《子夜吴歌》流传。有《子夜吴歌》，又有《子夜四时歌》，虽为民歌，却比南朝文人诗来得纯真、热烈，搔痒情怀。李白喜欢此调，也有《子夜吴歌四首》，所写民歌不但味道十足，比原歌原调更加耐人寻味。其三云："长安一片月，万户捣衣声。秋风吹不尽，总是玉关情。何日平胡虏，良人罢远征。"

李白不但擅长吴歌，越词同样佳妙。他的《越女词》五首，其实出于民歌，但一经太白之手，马上字字传神。其中第三首尤负盛名：

> 耶溪采莲女，
> 见客棹歌回。
> 笑入荷花去，
> 佯羞不出来。

此情此态，如描如画。

因为李白善于使用民歌体裁，后人就愿意推他为唐人词作之祖。

虽然擅长各体，毕竟不离唐音，对于唐代诗坛流行的各种诗体，太白更是无体不备。

乐府不消说了，七古、五言也不消说。以近体诗论，《李太白集》中律诗不多。而且有些律诗，似不甚工。太白性情，作诗如流水，下笔千言，倚马立就，大约对律诗不甚感冒。但并非他不懂格律，而是偏爱更能自由表达诗情的形式。其实他的"五律"、"七律"均有佳作。五律如《赠孟浩然》，可谓情景俱佳，书写风流。七律如《登金陵凤凰台》，也颇有特点：

> 凤凰台上凤凰游，
> 凤去台空江自流。
> 吴宫花草埋幽径。
> 晋代衣冠成古丘。

三山半落青天外，

　　一水中分白鹭洲。

　　总为浮云能蔽日，

　　长安不见使人愁。

　　李白近体诗，最妙在乎七绝。古人以为独步盛唐，没有敌手。这话有点夸张，但李白的绝句确实具有超一流水平。其中优秀之作，传诵千古，早已家喻户晓。前面引过的《哭晁卿》即是，《赠汪伦》也很出色，《早发白帝城》尤其脍炙人口。这里引一首《望天门山》。

　　天门中断楚江开，

　　碧水东流至此回。

　　两岸青山相对出，

　　孤帆一片日边来。

　　应该说，唐诗中最有代表性的诗体还是七律和七绝，而代表七绝最高水平的就是李白，代表七律最高成就的则是杜甫。

　　李白无体不能，确实大家风范。

　　（2）既善融通，更善创造

　　李白的七言绝句已然达到极高水准，他的古乐府诗更有优势。就他自己的偏爱而言，或许更喜乐府。他不但善于继承前人成果，而且善于对旧的内容或者加以改造，或者加以发挥，或者另辟蹊径，或者别开生面。经过这样七改八改，取得旧作无法达到的艺术成果。

　　《李太白集》收《杨叛儿》一首，《通典》上说："《杨叛儿》，本童谣也。齐隆昌时，女巫之子曰杨旻，少随母入内，及长，为太后所宠。

童谣云：'杨婆儿，共戏来。'"后来传言走样了，遂成杨叛儿了。李白借此题目，予以发挥：

> 君歌《杨叛儿》，
> 妾劝新丰酒。
> 何许最关人？
> 乌啼白门柳。
> 乌啼隐杨花，
> 君醉留妾家。
> 博山炉中沉香火，
> 双烟一气凌紫霞。

杨升庵曾评说此诗："古《杨叛儿》仅二十字，太白衍之为四十四字，而乐府之妙思益显，隐语益彰，其笔力似乌获扛龙文之鼎，其精光似光弼领子仪之军矣。"[1]

这样的诗作还有不少，如《丁都护歌》。此曲起源于南朝宋时，原本有故实，后来衍成曲名。李白作此，别开路径，用新方法写新内容。后人评此，说"太白拟其歌调而意则另出"[2]。虽然别出心裁，却能化鱼成龙。题材得到扩大，内容更其感人。

> 云阳上征去，
> 两岸饶商贾。

---

[1] 《李太白集》，中华书局，1977年版，第225页。
[2] 同上，第331页。

吴牛喘月时,
拖船一何苦。
水浊不可饮,
壶浆半成土。
一唱《都护歌》,
心摧泪如雨。
万人系磐石,
无由达江浒。
君看石芒砀,
掩泪悲千古。

李白极擅创造,特富天才,但他并非不肯虚心,也没有一般文人的那些虚荣。当然,好话也是喜欢听的。他初至长安,见贺知章,献上自己的诗作,贺读到《蜀道难》一首,不觉大钦服大感叹,称其为"谪仙人"。他高兴得紧,从此便以"谪仙"自命。但他能发现别人的长处,自己不如别人的地方,也不扭扭捏捏,遮遮掩掩。据说,他登黄鹤楼,人家请他题诗,他看见崔颢先前题在楼上的诗,认定崔诗已经把楼前美景写尽,就不肯敷衍。对求诗者说:"眼前有景说不得,崔颢题诗在上头。"

唯有虚心于人,才能创造于己。

(3)敢言能言,个性非凡

李白的诗极有个性。李白诗最突出的个性特征,是想象力特别丰富。今人论唐诗,说李白的诗属于浪漫主义——浪漫主义诗风的杰出代表。

也有人批评中国文化,说中国文化中没有酒神精神。这批评也有一定道理。但李白的诗风,却有"四气"存在。一是仙气,二是侠气,三是山水自然气,四是酒神书卷气。因为他有酒才有诗,有酒有诗却无碍,所以说他有酒神书卷气。李白饮酒才能为诗,说明他内心的矛盾。因为矛盾重重,不能写出浪漫风格的诗作,于是饮酒,酒能解放精神,虽然效在一时,却能令人忽发奇想。李白不醉,已然与众不同,一旦加上醉意,尤其随心所欲,惊世骇俗。对杨贵妃、高力士都不在乎,还有哪一个不能批评。

李白的诗,敢言肯言也能言。言别人之不敢言,之不肯言,之不能言,实在是人生一大快事,至少是李白创作的一大快事。

李白行事脱俗,别人说他狂。他给韩荆州写信自荐,这韩荆州被他的文字吓住了,不敢推荐。他自己也说:"我本楚狂人,凤歌笑孔丘。"连孔夫子他也敢笑,还顾忌谁呢?据说,他移居东鲁,东鲁为西周旧地,因为他几次"干谒"都碰壁而归,于是对东鲁人也不快起来。儿子要个学名,他就给儿子取名伯禽。伯禽本是周公之子,封于鲁地,被东鲁兖州一带人视为祖先,李太白给儿子起名伯禽,可谓狂得有点离奇。

他看孔子不顺眼,就敢直呼其名,而且笑之。他看山东腐儒不顺眼,就写诗讽刺,说他们:"鲁叟谈五经,白发死章句。问以经济策,茫如坠烟雾。"

他看朝政不顺,就敢借古讽今,批评玄宗。

他好酒便言酒,好名便言名,一点也不遮遮盖盖。他喜欢越女颜色美丽,便作"浣纱石上女"赞扬:

玉面耶溪女,
青娥红粉妆。
一双金齿屐,
两足白如霜。

他60岁上游金陵,弹琴放歌,为一美女喜爱,便随他而去。他高兴得不得了,作《示金陵子》一诗:

> 金陵城东谁家子，
> 窃听琴声碧窗里。
> 落花一片天上来，
> 随人直渡西江水。
> 楚歌吴语娇不成，
> 似能未能最有情。
> 谢公正要东山妓，
> 携手林泉处处行。

晚来学者说他好色，不好。连圣人之徒都说"食、色，性也"，有美女追随陪伴，哪点不好？

他的名篇《将进酒》，更是风流潇洒，"酒"气夺人。

> 君不见黄河之水天上来，
> 奔流到海不复回。
> 君不见高堂明镜悲白发，
> 朝如青丝暮成雪。
> 人生得意须尽欢，
> 莫使金樽空对月。
> 天生我材必有用，
> 千金散尽还复来。
> 烹羊宰牛且为乐，
> 会须一饮三百杯。
> 岑夫子，丹丘生，
> 将进酒，杯莫停。

> 与君歌一曲，
> 请君为我倾耳听。
> 钟鼓馔玉不足贵，
> 但愿长醉不复醒。
> 古来圣贤皆寂寞，
> 惟有饮者留其名。
> 陈王昔时宴平乐，
> 斗酒十千恣欢谑。
> 主人何为言少钱，
> 径须沽取对君酌。
> 五花马，千金裘，
> 呼儿将出换美酒，
> 与尔同销万古愁。

唯有这般如此，方显出太白本色。

（4）数篇绝唱，可歌可泣

李白诗歌的最高成就，是他的古乐府诗和七言古诗。其中数篇绝唱，诚可谓惊天地、泣鬼神。

这些诗篇包括：《蜀道难》《梁甫吟》《古风》59 首、《梦游天姥吟留别》等。

李白的这些诗最典型地反映了他的创作风格、创作能力、创作天才以及人生观念和价值追求。它们不但意境瑰丽壮观，如日中天，而且遣词造句打破旧规旧俗，开辟新风新法。好像一切都如江河奔涌，自然流出，却又能布局佳妙，鬼斧神工。李白的诗歌是中国古代浪漫诗风的杰出代表，完全可以和屈原的《离骚》媲美。或者说李白诗是用盛唐语言、盛唐文化、盛唐风范写就的《离骚》。

李白主张诗作应该"清水出芙蓉，天然去雕饰"。他自己的诗就完全没有雕饰痕迹。因为没有雕饰痕迹，仿佛不曾用功，只消随意挥洒，便诗思如潮喷涌而出。故此，贺知章才有谪仙人之感，后进学习李白者则倍觉其难。其实，这不是说李白是一位不用功或无须用功的诗人，而是说他完全掌握了诗歌艺术，并且全身心投入，好比特别高明的表演艺术家，他也可能在台上忘词、错词，但没有关系。因为他已经完全与剧中人物融为一体，纵然忘了词，也不是演员的遗忘，而是剧中人的遗忘；纵然错了词，也不是演员的错，而是剧中人的错。

李白的这些代表性诗篇，不从小处着眼，而从大处着笔，居高临下，势如破竹。"黄河之水天上来，奔流到海不复回"，岂止破竹而已，简直就是天河巨浪，凭空而落。所以对他来说，一般诗人的那些技巧并不适用。他也需要技巧，但不是雕虫小技，而是如椽巨笔，如湖巨砚，为天地梳妆，为日月增辉。细枝末节他是不问的，好像也不必问，不须问，不屑问。这不是说李白作诗全然不讲细节——没有细节焉能成诗？而是说一切技术手段都要为他的创作服务，为他的诗歌意境服务。有用的便信手拈来，无用的便挥手拂去。其实他的诗歌里面，举凡传说、寓言、史事、掌故、人物、花鸟、神话、梦境、高山、大河、碧潭、花树，都多到不计其数。不过这些内容一到他的手里，便益显光辉。

李白的《古风》59首，后人认为非一时之作。但无论如何，这些诗代表了他一生的创作追求和价值追求。59篇古风，既各自独立成篇，又有内在联系；既各自独据一方，又形成完整体例。《古风》59首将李白对人生、对诗歌、对社会、对自然、对国家、对历史、对现实、对未来、对宗教、对荣辱的看法，即一切李白关心的主要话题，尽行收容，或用比喻，或用讽刺，或用对比，或用白描，或歌、或咏、或诉、或怨、或颂、或哭、或怒、或喜，或歌中有哭，或哭中有怨，或怨中有愤，或愤中有讽，或讽中有颂。59 首古风，篇篇皆有特色。他们或是李白一生的总结，或是李白一时的感喟，但都不失李太白诗歌本色。它们是用瑰丽奇异、光彩夺目的诗的语言，为李白留下的人生回忆。

《蜀道难》极写大自然的壮美雄奇；《梁甫吟》啸写李白的社会抱负和自己对人生的期望；《梦游天姥吟留别》畅写梦境，虚实相间，闪去闪回，如现代电影蒙太奇一般；《将进酒》速写他和自己的好朋友交往的生活形象与行为色彩。

李白的这些诗，篇幅都长。这里只能录其一首《梁甫吟》以飨同仁。

长啸梁甫吟，
何时见阳春？
君不见朝歌屠叟辞棘津，
八十西来钓渭滨。
宁羞白发照渌水，
逢时吐气思经纶。
广张三千六百钓，
风期暗与文王亲。
大贤虎变愚不测，
当年颇似寻常人。
君不见高阳酒徒起草中，
长揖山东隆准公。
入门不拜骋雄辩，
两女辍洗来趋风。
东下齐城七十二，

指挥楚汉如旋蓬。
狂生落魄尚如此，
何况壮士当群雄。
我欲攀龙见明主，
雷公砰訇震天鼓，
帝旁投壶多玉女。
三时大笑开电光，
倏烁晦冥起风雨。
阊阖九门不可通，
以额扣关阍者怒。
白日不照吾精诚，
杞国无事忧天倾。
猰貐磨牙竞人肉，
驺虞不折生草茎。
手接飞猱搏雕虎，
侧足焦原未言苦。
智者可卷愚者豪，
世人见我轻鸿毛。
力排南山三壮士，
齐相杀之费二桃。
吴楚弄兵无剧孟，
亚夫咍尔为徒劳。
梁甫吟，声正悲，
　张公两龙剑，
　神物合有时。

> 风云感会起屠钓,
>
> 大人嵽屼当安之。

总而言之,李白的诗歌、特别是他的那些名篇绝唱,最突出地代表了盛唐之音。

唐无李白,中国古代文学史都会减色三分。

第六节
高适、岑参及其他边塞诗人

盛唐诗苑,百花齐放,在诗人心目中本没有什么诗风诗派的主观觉悟,但后人客观考察,则认定他们之间有诗风诗派之别。大体说来,李白、杜甫、王维无诗不能、无体不备,是为盛唐诗苑的三位代表性人物。但王维的主要艺术成就在于田园山水,加上孟浩然的呼应与协助,两个人便成为山水田园诗的代表性诗人。山水田园诗外,最有影响的诗派,则是边塞诗歌。山水田园诗与边塞诗构成盛唐诗苑中的两大主脉。其余出入于两家之外的诗人尚多,但都没有取得这样的规模和影响。

边塞诗人,首推岑参、高适,俗称"岑高边塞诗"。岑高之外,也有把王昌龄、王之涣算在其内的,加上李颀、崔颢等位,确实可称名家荟萃、阵容强盛。

边塞诗人和山水田园诗人相比,他们的整体效应更强也更好。田园山水诗人,行为近乎高山隐士,更喜欢我行我素,自我修炼,加上王维俨然诗坛领袖,个人的作用或更大些。边塞诗人则颇有些一入此门、不分彼此的感觉。个人成就或有高下,其整体形态、气势与规模,则足以与山水田园诗派一比高低。

唐边塞诗是盛唐国力强大的外部写照。它不仅在盛唐,而且在整个中国诗歌史乃至文学史上都闪烁着耀眼的光辉。

边塞诗人，成分比较复杂。有的本人就是将军，领兵作战，有言有行，可以看作"边塞人写边塞诗"，本功本色。有的则是使者，亲身去过边塞，身感实受，颇有心得，可以看作"事关左右，如鱼得水"；有的则是文人，也见过边塞风情，也见过军旅态势，加上主观想象，化为诗行一片，可以看作"局外人言局内事"——妙在旁观者清。

大致说来，高适的诗更"现实"；岑参的诗更浪漫；李颀的诗更多想象，崔颢的诗更善观察；严武的诗更多军中厉气，十万火急，刻不容缓；张巡的诗备具玉碎精神，堪为绝命之歌。

诗到张巡，虽写战场，却非边塞事了，边塞诗风中便渗入一种新的因素。它预示着盛唐时代将一去不复返，中唐诗音奏响在即。

1. 边塞诗派中的老将高适

高适（704～765年），字达夫，沧州人。他比李白小3岁，比杜甫大8岁。他与李、杜都是很要好的诗友，三人曾相与唱和，成为盛唐诗坛一段佳话。但他成诗名很晚，因为他做诗也晚。《唐才子传》说他年50始学诗，错了。想当初李、杜、高相逢于洛阳，李不过44岁，高刚刚40出头，怎能说50始学诗。但他做诗较晚，则可能是事实。诗歌本少年英雄事，但在唐代，诗的环境很好，即使中年为诗，也容易有所心得。

高适年轻时，不近功名，雅好博戏，又尚气节，可以想见这是一位性格颇为不逊的青年人。他中年才中进士，后来入哥舒翰幕府，很快被哥舒翰提为书记官。再后来入朝为官，作谏议大夫。高适敢言，终身不改。又喜欢讲究王业霸业，每遇知音，更是滔滔不绝。这一点和李白自是投缘。不过李白的讲究王霸，大半耽于幻想，高适的王霸之想，常有行动。大丈夫坐而言、起而行，在军中则身先士卒，在朝中则不畏权贵。因此，颇使朝中近臣权臣佞臣们不快。肃宗时专权宫中的太监李辅国，尤其对他不满。

四川发生变化，他出朝为蜀州刺史，后来又迁两川节度使，颇有作为。晚年再次入朝，作左散骑常侍。永泰初年，卒。

高适生活经验丰富，又为人正直。他对社会下层士兵的疾苦很关心，而对一些官僚将领的奢华生活强烈不满。他的边塞名篇《燕歌行并序》就反映了他的这种性格。其序说："开元二十六年，客有从御史大夫张公出塞而还者，作《燕歌行》以示，适感征戍之事，因而和焉。"原诗未足论，从他的和诗看，他对御史大夫张公（即张守珪）的作风很不满意，对他的奢华生活深恶痛绝，而对边塞兵士的困苦生活，深切同情。对从军士卒的亲人分离，感同身受；对边塞壮士的舍身为国，极表钦敬。全诗写得气势雄浑，曲折跌宕，时讽贪将，时叙别情，时颂征杀，时言理想；抑扬顿挫，感慨百端。实为边塞诗歌的典范之作。其诗曰：

汉家烟尘在东北，
汉将辞家破残贼。
男儿本自重横行，
天子非常赐颜色。
摐金伐鼓下榆关，
旌旗逶迤碣石间。
校尉羽书飞瀚海，
单于猎火照狼山。
山川萧条极边土，
胡骑凭陵杂风雨。
战士军前半死生，
美人帐下犹歌舞！
大漠穷秋塞草衰，

孤城落日斗兵稀。
身当恩遇常轻敌，
力尽关山未解围。
铁衣远戍辛勤久，
玉筯应啼别离后。
少妇城南欲断肠，
征人蓟北空回首。
边庭飘摇那可度，
绝域苍茫更何有！
杀气三时作阵云，
寒声一夜传刁斗。
相看白刃雪纷纷，
死节从来岂顾勋？
君不见沙场征战苦，
至今犹忆李将军！

高适对老百姓的生活也有比较深刻的理解，愿意为他们主持公道、伸张正义。曾咏诗明志："永愿拯刍荛，孰云干鼎镬。"译成白话就是："为着拯救百姓疾苦，纵然惨遭横死也在所不辞。"

他经验丰富，目光敏锐，又极有诗才，是一个全面发展的人物。安禄山叛乱，唐玄宗为着把持权柄，决意分封诸侯，以便让他的几个儿子相互牵制。分封诸侯从来不是好办法，至少自秦始皇以后，已无积极意义可言。高适从唐王朝利益出发，反对此议，但也因此得到肃宗青睐，所以尽管他敢言能谏，却终身不曾致祸。

高适的边塞诗，既有边塞诗歌特有的雄奇豪迈，又具有比较突出的现实风格，虽气势磅礴，但不打狂言，不作妄语。这大约也和他一生经历有关，又和他本人个性有关。从流传的集子看，他对自己的人生道路感叹颇多，这和他一生劳苦、立意执着不无联系。他有《人日寄杜二拾遗》一诗，是写给杜甫的。二人本亲密诗友，无话不可言之。适逢人日（旧历正月初七），忽生感慨，于是吟诗一首，以寄故人。诗中说自己头发都白了，还忝居二千石——当一名劳烦不息的太守，和自由自在的杜甫相比，真有愧意呀！但从全诗看，这是一位将军的感慨，而不只是一位才子的感慨。将军的感慨有别于才子感慨的地方，在于他虽然感慨，还会恪守其责。其诗云：

> 人日题诗寄草堂，
> 遥怜故人思故乡。
> 柳条弄色不忍见，
> 梅花满枝空断肠。
> 身在远蕃无所预，
> 心怀百忧复千虑。
> 今年人日空相忆，
> 明年人日知何处？
> 一卧东山三十春，
> 岂知书剑老风尘。
> 龙钟还忝二千石，
> 愧尔东西南北人。

高适也有些闲适之作，如他的《听张立本女吟》。虽然诗中情景闲适，毕竟为人慷慨，不知不觉间，笔锋一转，那景象又回到边塞情中去了。

危冠广袖楚宫妆，

独步闲庭逐夜凉。

自把玉钗敲砌竹，

清歌一曲月如霜。

2. 边塞诗派中的骁将岑参

岑参（715～770年），江陵（今湖北江陵县）人。他是盛唐最负盛名的边塞诗人之一。《全唐诗》收其诗作360首。他与高适齐名，时称高岑。但新旧唐书均无传。岑参无传，李贺无功名，可称有唐一代，两件诗苑恨事。

岑参天宝三年及第，累官右补阙，后出为虢州长史。55岁时迁为嘉州刺史。去官后也没能还乡，最终客死成都旅舍。

岑参一生数度出塞，对边塞风光深有体味，对边塞生活感同身受。加上他诗才横溢，气度非凡，所作边塞诗歌，比之高适更多文采。

岑诗善用比喻，又不乏联想；善于刻画，又不失生动；诗风峻峭，又不伤韵味；用语奇崛，又无害布局。他不如高适实际生活经验丰富，也不似高适处事严谨方正；他之所以客死他乡，想来与他的这种性格有关。新旧唐书均无传，也证明他不是一位在官场中善于交际的诗人。他的志趣似乎也不在官场。他并非仕途上的能人，却是诗苑中的高手。他和高适一样，也是杜甫的朋友。

岑参边塞诗的总体风格，出于豪迈。虽然他诗中对战争给人民生活带来的困苦和伤害，也有深刻的同情和体会，但这并不能妨碍他诗歌的壮烈情怀、豪迈风格。天宝八年，他去边塞军中任职，路逢入京使者，不觉诗兴大发，作《逢入京使》，短短四句小诗，形象突兀，性格传神，彼时风貌，历历如在眼前。

故园东望路漫漫,
双袖龙钟泪不干。
马上相逢无纸笔,
凭君传语报平安。

他的抒情诗,即使写对朋友的深深思念,也无小儿女情态,而是风格洒脱,别有精神。如他的《春梦》:

洞房昨夜春风起,
故人尚隔湘江水。
枕上片时春梦中,
行尽江南数千里。

能写这样的诗作,能这样表达梦境的人,我们知道他一定是位诗中豪士。

他有数篇七言歌行,堪称盛唐此类诗歌中的典范作品。其中《白雪歌送武判官归京》一首,名气最大,这或许和诗中的名句"忽如一夜春风来,千树万树梨花开",每每为名人伟士引用有关。

其实他的歌行体诗,极富于变化,每因题材不同,选用不同韵律的歌行体式。或颂,或叙,或歌,或咏,或呼,或祝,都能使声调与内容紧密结合,各得风采。他的《走马川行奉送封大夫出师西征》一诗,写情状景,大快人心。

君不见走马川,
　雪海边,
平沙莽莽黄入天。

轮台九月风夜吼,

一川碎石大如斗,

随风满地石乱走。

匈奴草黄马正肥,

金山西见烟尘飞,

汉家大将西出师。

将军金甲夜不脱,

半夜军行戈相拨,

风头如刀面如割。

马毛带雪汗气蒸,

五花连钱旋作冰,

幕中草檄砚水凝。

虏骑闻之应胆慑,

料知短兵不敢接,

车师西门伫献捷。

3. 李颀、崔颢及严武、张巡的边塞诗作

将李颀、崔颢放在一起介绍,是郑振铎先生的发明。而把张巡、严武也放在这里,则是本人的安排。

李颀(690～751年),东川(今四川东部)人。少年时曾居住颖阳。一生只做过县尉之类的小官,因为总也没有升迁的机会,干脆辞官不做,回故乡隐居去了。

李颀是一位奇人。他一生好道,似与李白相近,善写边塞诗歌,又与高、岑相仿。他和当时的大诗人高适、王维、王昌龄等均有酬唱,后人称为"伟才"。他的五言古诗和七言歌行都很有特色,律诗不多,也有很高水平。

但对后世影响最大的还是他的边塞诗。他的边塞诗与高适、岑参都有明显区别。他未曾从军,一生只做过一般下级地方官吏,以至被后人痛惜,痛惜他仕途不顺,"只到黄绶"。黄绶者,县级官吏之谓也。他也不曾领过兵,更不曾为过将,却能关心边塞战事,大约和他家居东川有关,也和他长期做下级官吏有关。他的边塞诗不如高诗来得真切,也不如岑诗来得狂放。他的诗既有一般边塞诗的气势磅礴,又有诗苑才子的多方联想。诗中人物突兀,情态分明,浮想联翩,笔锋流利,用语生动,音韵悠长。他有一首《古意》,描写少年从军,不胜其苦,连杀人的胆量还没有哩!然而君命如天,总不得归,一闻羌笛,泪下如雨。不但这位少年人情绪难安,三军上下无不下泪。这种笔法,实为岑、高所无。

> 男儿事长征,
> 少小幽燕客。
> 赌胜马蹄下,
> 由来轻七尺。
> 杀人莫敢前,
> 须如猬毛磔。
> 黄云陇底白云飞,
> 未得报恩不能归。
> 辽东小妇年十五,
> 惯弹琵琶解歌舞。
> 今为羌笛出塞声,
> 使我三军泪如雨。

他的七律《送魏万之京》,也很有风格。虽为送友之声,别是一番叮嘱。既不像李白那样热情奔放，也不像王维一般佛意禅谈，而纯粹是李颀式的抒情写意。全诗不言别情，只是想象。想象魏万一路上的所见所闻、感慨如何，好像不是他送魏万倒像魏万送他一样，然而，其情亦在其中矣，其意亦在其中矣。诗云：

> 朝闻游子唱离歌，
> 昨夜微霜初渡河。
> 鸿雁不堪愁里听，
> 云山况是客中过。
> 关城树色催寒近，
> 御苑钟声向晚多。
> 莫见长安行乐处，
> 空令岁月易蹉跎。

崔颢（？~754年），汴州（今河南开封）人。开元十一年进士。曾作过太仆寺丞、司勋员外郎等官。一生事迹无多，天宝十三年去世。

崔颢留传下来的诗歌不多。《全唐诗》仅收到他的诗40余首。他的诗虽不多，名气却大。这一半因为他的诗确实写得不坏，一半也因为有李白的表彰。他的《黄鹤楼》诗最富盛名，怕也与李白的充分肯定有关。崔颢写黄鹤楼的景观，李白写不出，后人也写不出，或许可以这么说："自从崔颢题诗后，黄鹤楼景一人收。"

但他其实有多样的才能，并非只会写一首《黄鹤楼》的。他很善于写青年男女的儿女心态。所作长干曲数首，写男女乡情，别生妙想。其中第一首写女子问话，第二首写男子答词，极富生活趣味，若没有亲自体验，没有细腻入微的观察能力和遣词造句句句传神的诗才，绝不能运用这么平易浅近的语言，写出那么绵绵无尽的乡思。

女子问道："君家何处住？妾住在横塘。停船暂借问，或恐是同乡。"

男子答曰："家临九江水，来去九江侧。同是长干人，自小不相识。"

他的边塞诗，作品无多，却同样写得很有气概。名篇如《古游侠呈军中诸将》，写得含风吐雨，顾盼神飞。

李颀、崔颢之外，堪称边塞诗人的还有一些，不过名气没有他们大。想来盛唐时节，作边塞诗的人多，诗还要多。边塞诗如云如雨，说明盛唐国势强大。后来安史之乱，国势日衰，边塞诗风日下，也就不成气候了。到了晚唐，虽有小杜擅谈兵事，也不过谈谈而已，哪里还有什么胜事可言。不过是些"商女不知亡国恨，隔江犹唱后庭花"罢了。

这里还想介绍几句严武与张巡。

严武与张巡都能诗，但两个人的命运大不相同。

严武（725～765年），华阴（今陕西省华阴附近）人。曾两任剑南节度使，因为军功封郑国公。但他生活奢侈，贪财好色，恣行暴政，淫欲无度。蜀中百姓叫苦不迭。但他能带兵，也能打仗，化而为诗，诗风凌厉，气度不凡。《军城早秋》一诗，恰如有韵的将军令，倘若敌兵知诗，必将闻言丧胆。

> 昨夜秋风入汉关，
> 朔云边雪满西山。
> 更催飞将追骄虏，
> 莫遣沙场匹马还。

不战则已，战则必胜。兵马未出，气先夺人。

张巡（709～757年），蒲州河东（今山西省永济县）人，也有认为是邓州南阳人的。开元二十四年进士。安禄山叛乱，张巡起义兵讨贼，后来与许远困守睢阳。敌军围城一年，攻城不得下。他在上《谢加金吾》表上说："臣被围四十七日，凡一千八百余战，当臣效命之时，是贼灭亡之日。"英雄气概，令人感动。但终于因为寡不敌众，又盼救兵不到，终不能守。睢阳城破，他与许远、南霁云临危不屈，一起遇难。后来中唐大作家韩愈专门为之作传，其人其文都能光照千古，震撼人心。他有一首《守睢阳作》，描写唐军将士殊死守城，极其深刻动人，没有亲身经历的人，万万写不出来。他的诗既不似严武的春风得意，也不似高适的慷慨超迈，又不似岑参的气韵高远。严武、高适虽在军旅，何曾经过此等苦战。写战场诗歌，能以生离死别动人心弦者，张巡当为盛唐诗苑中第一人。他虽不列于边塞诗派，但写军旅生活，写到张巡这里，盛唐的气数也就损耗殆尽了。边塞诗歌反映国家的强大、盛唐的威严，高、岑自是正宗正调，岑诗尤多豪迈，但以烈士之言谈兵言战，张巡虽千古，至今有余哀。

第七节
盛唐诗苑名家王昌龄、王之涣及其他

文学史家对盛唐人物的归类常有不同见解，这是好事情。因为有不同看法才能彼此推动，加深对这些人物的理解。有人将王昌龄、王之涣划入边塞诗人行列，也有道理，因为他们都有些边塞诗作。但在笔者看来，他们的主要诗歌成就并不限于边塞诗一面。二王如此，李华、刘方平、常建也如此。常建擅作田园山水诗，但他的边塞诗同样很有味道。换个角度看，很难将王昌龄、王之涣等诗人划入边塞或田园某一诗派之中。特别是二王，他们的诗歌水平很高，诗歌成就可比高、岑，也可比王、孟。所以，将他们单列出来，另行介绍。何况说，盛唐诗苑本是一个诗风诗派并不占主要成分的时代，盛唐风格，首先是兼收并蓄，百花齐放。后人为突出主要诗家特点，逐个分类，固然不失为一种方法，但也不能因此便委屈了先贤。

1. 七绝圣手王昌龄

王昌龄（约 698～757 年），字少伯，长安（今西安市）人。开元十五年进士。王昌龄不拘细行，仕途曲折，先后做过汜水尉、校书郎，一生遭受贬谪，先谪岭南，又贬江宁，为江宁丞，再贬龙标尉。但他诗名很大，和李白、王维、王之涣、高适、岑参、孟浩然、杜甫都有交往。他诗风清丽，虽抒情色彩浓郁，但不伤其清新明快。各种诗体中，他最擅长七绝。《全唐诗》收其诗作180余首，七绝即有60首。

王昌龄擅长七绝，和李白相似，而且他的七绝水平也不比李太白差。二人同样不拘小节，同样性情潇洒，只是李白于七绝之外，样样皆通，古风、歌行成就尤大。王昌龄用意全在七绝，别的诗体也有佳作，但影响远不如他的七言绝句为大。对此，时人已有定评。王、李二人绝句，可称盛唐独步，终唐一代，以至宋、元、明、清，堪与比肩者，不过二三子而已。王、李七绝，成就相当，但各自特色分明，色调相近而不相淆。李白七绝，妙在自然，仿佛信口而出，内里功夫却大。王昌龄七绝，妙在千锤百炼，人工造化，浑若天成。若以书法类比，李诗好似张旭草书，虽云烟满纸，规矩自在；王诗如颜、柳楷书，虽然有大规矩，绝不失之呆板。如他的《出塞二首》《芙蓉楼送辛渐》《从军行》等，都脍炙人口，几乎尽人皆知。其流传之广之遥几和李白《朝发白帝》等七绝名作不相上下。如《芙蓉楼送辛渐》：

寒雨连江夜入吴，
平明送客楚山孤。
洛阳亲友如相问，
一片冰心在玉壶。

王昌龄绝句内容广泛，有送友，有观猎，有边塞，有伤怨，有青楼生活，有宫中旧事，也有根据民歌改化而来的艺术精品。如他的《采莲曲》二首，同样传播久远，而且意境美妙，文字活泼：

荷叶罗裙一色裁，
芙蓉向脸两边开。

乱入池中看不见，

闻歌始觉有人来。

愿意和善于向民歌学习，这一点也与李白相同。

他的七绝诗中，宫怨诗的数量不少，送别诗的数量尤多。他的高明之处在于能把许多不同的送别感受，用不同的文字形象逼真地表现出来。如他的《别陶副使归南海》：

南越归人梦海楼，

广陵新月海亭秋。

宝刀留赠长相忆，

当取戈船万户侯。

别情豪迈，如同壮行之酒。此处引他的《送别魏二》：

醉别江楼橘柚香，

江风引雨入船凉。

忆君遥在潇湘月，

愁听清猿梦里长。

别情凄苦，情长万里。

他的《送柴侍御》：

沅水通流接武冈，

送君不觉有离伤。

青山一道同云雨，

明月何曾是两乡。

别情洒脱，诗里诗外，皆是安慰。

奇在他送别必定言"月"，好像无"月"不成行。读者如果把这些送别诗收集在一起，不免有月熟生俗的感觉。但细细品味起来，又觉得王昌龄确是一位借月咏别的高手。因为他送别时的情绪和感受不同，好像天上的明月也知情达意，竟自随离别之人的心情而变化。月中若真有嫦娥仙子，必以昌龄为知音者。

王昌龄写诗多写七绝，写七绝多写送别情，可见他虽然不拘细行，但在友情二字上是非常有人情味的。很可叹他这么一位诗才八斗情重千金的人物，竟然一生仕途如此坎坷不平，可见盛唐气象是要出毛病了。果然在他50多岁的时候，便遇了上战乱。盛唐元气剧伤，从此无法恢复。他也因为动乱而还归故里，竟被刺史闾丘晓"因忌而杀"。

2. 以少胜多王之涣

王之涣（688～742年），字季凌，并州（今山西太原）人。曾作过文安县尉。其生平事迹无考，仅有传闻数则于世流传。

王之涣性格豪爽，个性强烈。《唐才子传》上说他幼年不好读书，"击剑悲歌，从禽纵酒"。情形颇似高适，情态更其张狂。后来折节为文，经过十年工夫，赢得名声日振。但他看不起科举，科举也不合他的个性。雅好交往名公，与盛唐大诗人王昌龄、高适等皆为诗友。他的诗在当时即流传极广。有传闻说某雪寒日他与高适、王昌龄于某处酒家吃酒，恰逢一些艺人到来，奏乐唱歌。王昌龄就建议说："我们都有些诗名，但没有排过先后，现在听他们唱歌，以谁的诗被选唱者多决定优胜。"于是，一人先唱王昌龄两首绝句，一人唱高适一首绝句，独王之涣诗没人选唱。之涣便说："他们唱的不过是些下俚之词罢了。"隔一会儿，有一出众歌妓唱道："黄河远上白云间，一片孤城万仞山。羌笛何须怨杨柳，春风不度玉门关。"正是王之涣所作，接下来，又唱两首，也是王之涣诗，于是三人大笑。

这传闻未必可信，但王之涣声名远大可推想而知。可惜他的诗流传下来的很少，《全唐诗》仅收六首。妙在这六首诗的质量很高。上面引过的那一首知名度更高，可以称为盛唐绝句的典范之作。比之李白、王维、王昌龄、刘禹锡、李商隐等七绝妙手，也毫不逊色。

他的另一篇五绝《登鹳雀楼》，同样杰出：

> 白日依山尽，
> 黄河入海流。
> 欲穷千里目，
> 更上一层楼。

王之涣其余几首诗不如上面两首如此出类拔萃，但也同样出手不凡。如他的五绝《送别》：

> 杨柳东风树，
> 青青夹御河。
> 近来攀折苦，
> 应为别离多。

王之涣仅以六首诗作传于后世，而被称为盛唐大诗人，可见其诗魅力如何。

3. 常建、刘方平、李华及金昌绪

这几位诗人比之上述诸人，都有差距。但他们在唐诗发展中的作用也不能忽视。殊不知天下诗人，总是杰出的少些，一般优秀的多些，没有他们以及千千万万个能诗或不能诗而爱诗的人作土壤，盛唐诗苑也开放不出如李、杜、王、孟、高、岑一样的"奇葩"。

常建（708~？）或说长安人。开元十五年，与王昌龄同榜进士。《唐才子传》上说他于大历年间授盱眙尉，似不可信，但他仕途不如意则没有疑问。因为仕途不顺，索性放浪琴酒，又曾去山中采药，大约和当时时尚及他的某种信仰有关。有些关于他的神奇传闻，类似小说家言，不谈。

常建当时颇有诗名，后人说他的诗以田园山水为主，诗风近乎王、孟，并不十分确切。他有田园山水诗，也有反映社会生活的诗作。他的不少诗歌个性很强，用语趋于质拙，寓意不肯从容。有一首《塞下》，分析战场功过，可谓是非分明：

> 铁马胡裘出汉营，
> 分麾百道救龙城。
> 左贤未遁旌竿折，
> 过在将军不在兵。

刘方平，河南洛阳人，生卒年无可考。曾经隐居于汝、颍水边。当时的著名散文家肖颖士对他很欣赏，称他为"山东茂异"。尝与皇甫冉为诗友，和李颀也有赠答。现存诗25首。他的五言律诗，时有警句，不过从全诗来看，往往联句很好，但嫌意境不足，颇有些大历诗坛的味道。所作七绝《夜月》尚有盛唐余味：

更深月色半人家,

北斗阑干南斗斜。

今夜偏知春气暖,

虫声新透绿窗纱。

此外,盛唐诗晚期诗人诗作尚有许多,如李华、肖颖士等。李、肖皆为唐代著名散文家。李、肖亦能诗,李华水平尤高。他的七言绝句《春行即兴》,风格流畅,景致清新,颇得春行本色。五言绝句《奉寄彭城公》,巧妙使用对比手法,喻意尽在诗外。

公子三千客,

人人愿报恩。

应怜抱关者,

贫病老夷门。

唐诗中,取自民歌而巧妙加工、别出新意者不少,许多名篇,得力于此。也有许多民歌、童谣,虽不必精致细腻,却很能反映当时的社会时尚与民情民意。有一篇《春怨》,全然民歌手法。各类唐诗选本,几乎没有漏掉的。此诗语言生动,人物鲜明,节奏明快,诗味浓郁,极写少妇春愁心态,诗中人物历历在目。此诗《唐诗三百首》署名金昌绪,《唐诗别裁集》或云作者姓名已失,《万首唐人绝句》列入盛唐。此诗风格,颇不失盛唐风范。金昌绪,其人无考。然能为此诗,纵然作者无考,亦堪称盛唐诗苑才子风流。

打起黄莺儿,

莫叫枝上啼。

啼时惊妾梦,

不得到辽西。

第八节
诗圣杜甫

　　唐诗至杜甫，成就了盛唐这个伟大的文学时代。李白、王维、杜甫是盛唐文学的三大巨星。尤其李、杜，更是双峰并峙，没有敌手。在盛唐没有敌手，在中唐没有敌手，自唐以下，终整个中国古代诗坛，也没有敌手。甚至可以说，单以历史成就和影响而言，直到今天，还没有能超过他们的诗人呢！

　　杜甫与李白，虽然都是盛唐最杰出的诗人，但两个人生前走过的道路却又如此不同。李白成名早，在盛唐的影响也大。他第一次游长安时，不过30岁，就得到"谪仙人"的称号。42岁待诏翰林，名满天下，而且终其一生，无论如何风狂雨骤，都不改谪仙人本色。安史之乱也罢，入幕永王也罢，流放夜郎也罢，老病交加也罢，谪仙人就是谪仙人，好像无常宿命、是非祸福都不能影响他的浪漫与自信。他也有沮丧的时候，但转瞬之间，就又兴奋起来，差不多永远充满活力，永远保持胜利者的姿态。杜甫就不一样了。一生颠沛，好像永生永世没有高潮。求官不成，求名也不成。当时虽然诗名也不小，但影响远不如李白、王维。虽然他一心忠于皇帝，但皇帝没有兴致关心他，有一次还差点龙颜一怒，让他魂归西土。他吃的苦比李白多，比王维更多。盛唐诗苑特别兴旺的时候，他的影响还远不能和李、王相比，因为他最好的诗篇还没有出世呢！唐人选唐诗，在他的时代，还选不到他呢！但他依然埋头创作，也不像李白那样，三杯酒下肚，就大呼大叫"天生我材必有用"。偏在这个时候，安禄山又造反了，于是天下大乱。昔日诗苑，百花盛开，不堪一阵贼风恶雨，竟至百花调零，云烟四散。杜甫还让人家捉住一次，但他绝不屈服，舍命逃出。安史之乱祸国殃民，但对杜甫而言，却又是一个极好的历史机遇。他原本满腹诗才，仿佛多少甘泉深埋土底，这些极好极美极有价值的矿泉压在巨石之下，无法涌流奔腾。安史叛乱好似烈性炸药发生意外爆炸一样，一方面它毁灭了无数生灵，另一方面也炸开了压抑杜甫诗才的巨石。于是杜诗如泉如流，喷薄而出，从此一发而不可收。所谓"艰难困苦，玉汝于成"，杜甫诗路，正堪此语。面对安史之乱，李白、王维没有写出更没有留下多少有价值的诗作。杜甫不但留下大量诗作，而且正是这些诗篇，奠定了他的历史地位。

李白与杜甫是盛唐文学时代的两座巨峰，李白诗歌风行于前，杜甫诗歌发达于后。这大约也是一个历史规律：往往浪漫主义风格会比现实主义先行一步登上舞台。浪漫风格，常常来得更迅捷、更强烈、更有感染力，也更有震撼作用，但它又常常不能持久。相比之下，现实主义虽然来得缓慢，却很沉着，一步一个脚印，不求一时闻达，但能笑得长久。这对当事人而言，也是可遇而不可求的。因为造就两类文学伟人的，不仅有时代原因，而且有他们本人的经历、性格、心理类型与素质、心态、文化取向等原因。但历史不问原因，只管自行安排：先有宣言，后有分析；先有幻想，后有观察；先有表现，后有暴露；先有大气磅礴，后有千回百转；先有天花乱坠，后有入木三分；先有一览无余，后有别开生面；先有所向披靡，后有博大精深。杜甫与李白正好就顺应了这种历史安排，并在这安排得以展现的历史过程中，完成了自己一代文学伟人的历史形象。

杜甫不但是在盛唐诗苑可以和李白并肩而立的大诗人，也是对中、晚唐以至宋、元、明、清产生巨大影响、首屈一指的大诗人。如果说，李白是盛唐诗苑的最好代表，那么杜甫就是中国古代诗史上的最好代表。李白是盛唐诗苑第一人；杜甫是中国诗史第一人。

为什么？

1. 杜甫的文化品位

李白称诗仙，王维称诗佛，杜甫称诗圣。三个人的称号虽然都是崇高无比的，但杜甫的美称却来得甚晚。在生前，他没有这样的名望，更没有这样的地位。前半世四处奔波，人不得志，诗也不得志；志不得伸，才也不得展。后半世总算在诗歌创作上取得伟大成就，然而这时代又变了。人们对诗的看法变了，要求变了，对他们的评价也变了。杜甫的幸运之处，在于他从本质上顺应了这种变化，而他的不幸之处，在于这种变化得到承认还需要一个不短的过程。

但这个过程的结局，迟早会呈现出来。这个结局到来的文化表现，就是儒家地位的日益提高，佛、道地位的日益下降。佛、道的黄金时期，一在魏晋南北朝时期，一在隋唐。前者主要是发展，后来才能说兴旺。隋唐时期，佛、道最兴旺的则是在初唐至盛唐这一段时期。虽然儒、道、佛之间也有许多争论，但是争论并不影响各自的发展。李世民喜欢道教，武则天喜欢佛教，其作用也不过影响这两大宗教的发展速度而已。但到中唐，情况变了。虽然佛教还有几度辉煌，但韩愈先生已经要上《谏佛骨表》了，武宗陛下也要实行毁佛之举了。

杜甫的历史幸运就在于，他尽管和佛、道二家也有些瓜葛，但从本质上看，他从头到脚从里到外都是一位地地道道的儒家诗人。只有儒家诗人才可能称"圣"，只有最伟大的儒家诗人才配称"圣"。杜甫成为"诗圣"，是中国古代文化对他的历史性选择。

杜甫是一位儒家诗人，但儒家作为一门学说也好，作为一种兼有某种宗教职能的社会形态也好，作为一种社会文化也好，它的内容都极其复杂也极其丰富。因为内容极其复杂也极其丰富，所以有精华也有糟粕。儒家学说首先是一种政治学说，但它最重视伦理道德，兼有某种中国式的宗教特点。它重视人生，崇信"中庸"，以"三纲五常"为本，主张仁、义、礼、智、信，强调道德的社会意义。在己，则讲修身；在家，则讲孝道；在国，则讲忠君；在天下，则讲统一。所谓修身、齐家、治国、平天下是也。它的最好的文化传统，是重视教育，主张仁者爱人；它的最好的政治社会观念是主张"民为贵，社稷次之，君为轻"。

凡此种种，杜甫都能身体力行；岂但身体力行而已，还要将它们化为形象思维——一首首充满儒家理想的美好诗篇。

杜甫的理想就是"致君尧舜上，更使风俗淳"。而且这个理想，终生不移，不但不移，越是社会处于动乱，唐王朝走向衰败、处于危险的时候，他的决心越加坚定。直到他临终的前一年，大约他自知本人的理想是不能实现的了，但他并没有失去信心，于是给朋友写诗，还是一如既往，坚持自己的信念。

> 附书与裴因示苏，
> 此身已愧须人扶。
> 致君尧舜付公等，
> 早据要路思捐躯。

杜甫的忠君爱国，非李白、王维可比，也非高适、岑参可比。但他并非一味愚忠，他的忠君爱国有比较深刻的儒家思想在内，就是一心希望自己的主子成为与尧与舜一样的伟大皇帝。而伟大的皇帝也是爱护子民的皇帝，所以孟子才说："民为贵，社稷次之，君为轻。"杜甫对此，信念无比坚定。正因为如此，皇帝有了错，他一样写诗讽喻和批评。

因为他有这样的理想和信念，才使他的诗歌深刻地真实地史诗一般地反映了安史之乱后的社会现实，特别是反映了人民的疾苦。

安史之乱其实是有目共睹的，杜甫经历的，王维经历了，李白经历了，岑参也经历了。王维也曾被叛军捉住，但他只能写几句诗表明自己与叛军的不合作态度。李白也曾逃难，与宗氏夫人和千百难民一起，蓬头垢面，千里奔逃，但他没有留下反映这苦难的诗篇。岑参活到公元770年，是安史之乱的直接经历者，他也没有用自己的诗歌把这一段历史表现出来。他们未能表现，杜甫偏能表现。这不是生活经验够不够的事，而是他们的文化品性不同，王维好佛，因为好佛，便不把变节一类的事情看得那么重，所以内心固然不愿接受伪职，一旦形势所迫，便违心从事。这不是说佛教徒就没有社会信念，而是说他们的行为方式与儒家有别。李白一心求仙，其诗也如仙，虽经凄风苦雨，不能改变他谪仙立场。岑参擅写边塞，长于战争，喜欢胜利，军旅之音是岑诗主调。唯杜甫不同。因为他是一位儒家诗人代表，所以他对当时的社会苦难有着特别深刻的理解，写下《三吏》《三别》这样史诗般的诗章。

"三吏"即《新安吏》《石壕吏》和《潼关吏》，"三别"即《新婚别》《垂老别》《无家别》。《三吏》《三别》可以代表杜甫的最高创作成就，也代表了他的儒家文化风范。《新婚别》是讲男女新婚遭遇，新媳妇还没有拜见公婆，丈夫就给抓去从军了。《垂老别》是说一位老汉的儿子孙子都阵亡了，还要抓丁，就只剩下他自己了，只好和老妻作别。老妻却衣衫单薄，卧在路旁呻吟。环顾左右，感慨万千，最后只得忍下伤心伤肝般的苦痛，随他人去了。《无家别》讲的是一个从军男子，因战败，队伍溃散而逃回乡里，可是家也没了，人也没了，连篱笆都没了。县里老爷知道他回来，又让他去当兵操训。他第一次离家虽愁虽苦，尚有家可别；这一次出门，已经无家可别。诗的风格沉郁，哀哀可哭；作者悲愤已极，字里行间，都是同情。然而同情何益？于是便借诗中人之口，啸问苍天："老百姓弄到无家可别的地步了，还怎么活下去？"全诗如下：

寂寞天宝后，
园庐但蒿藜。
我里百余家，
世乱各东西。
存者无消息，
死者为尘泥。
贱子因阵败，
归来寻旧蹊。
久行见空巷，
日瘦气惨凄。
但对狐与狸，
竖毛怒我啼。
四邻何所有，
一二老寡妻。
宿鸟恋本枝，
安辞且穷栖。
方春独荷锄，
日暮还灌畦。
县吏知我至，
召令习鼓鼙。
虽从本州役，

内顾无所携。

近行止一身,

远去终转迷。

家乡既荡尽,

远近理亦齐。

永痛长病母,

五年委沟豀。

生我不得力,

终身两酸嘶。

人生无家别,

何以为蒸黎?

自然也有人说,光呼号几句有什么用?他们哪里知道,生当专制时代,能为苦难者呼号,就够伟大了。

杜甫的儒家理想,不仅表现在"致君尧舜上"一个方面,他为人正直,敢言敢谏。他一生官运极坏,好不容易因为拼死从安禄山兵营中逃出来,马上去追随唐肃宗,以尽臣子忠心,因而得了一个左拾遗的官。上任没几天,就因为替房琯讲情,致使肃宗大怒,诏命有司审问杜甫之罪。幸而宰相张镐说:"杜甫如果问罪,就没有言路了",才算保住了脑袋。这不是说杜甫有什么大见解,而是说他敢于提出自己的见解。纵然这见解不合皇帝本意,他也不管,这正是儒学正路。杜甫一生钦敬君子,痛恨小人,做人做事,俨然君子之风。他的这套作风,正合中国封建文化的需要,他被后人称为诗圣,是有充足理由的。

在中国唐代有成就的诗人当中,只有杜甫最合乎儒家传统。楚有屈原,唐有杜甫,二人之外,怕再也找不到这么理想的"圣人"级诗苑人物了。

从另一方面说，中国封建时代一日不亡，杜甫的诗圣地位一日安驻。中国封建时代一旦结束，他的诗圣地位也就站不住了。

这其实并不奇怪。儒家理想虽好，毕竟属于旧文化范畴，"民为贵"的思想固然很了不起，以至有人认为"民为贵"就是民本思想。其实"民为贵"绝不能等同于"民为本"。"民"固然为贵，但不能掌握自己的命运。"民"所以贵，是因为没有民就没有君。"水"可载舟，亦可覆舟，为着不使帝王家的大船翻覆，才说"水"是重要的。

换句话说，杜甫的文化品位是和封建文化最为和谐的，当这文化必须彻底改造的时候，杜甫理想中的缺陷与局限也就不言而喻了。

但杜甫其实并非纯而又纯的儒生。如同李白并非纯而又纯的道家弟子，王维也不是真的佛家信徒一样。他思想上既有"佛"的影响，也有"道"的影响，还有"民"的影响，又有其他影响。杜甫是一个诗儒，却不是一个醇儒。孔夫子主张"不畏人不己知，畏己不知人也"，一味强调谦虚谨慎不骄不躁。杜甫不是这样。他对自己充满信心，不但充满信心，还要自我肯定一番。他曾向皇帝推荐自己，说："自先君恕、预以降，奉儒守官，未坠素业矣。亡祖故尚书膳部员外郎先臣审言。修文于中宗之朝，高视于藏书之府，故天下学士到于今而师之。臣幸赖先臣绪业，自七岁所缀诗笔，向四十载矣，约千有余篇。今贾马之徒，得排金门上玉堂者甚众矣。惟臣衣不盖体，尝寄食于人，奔走不暇，只恐转死沟壑，安敢望仕进乎？伏惟明主哀怜之。倘使执先祖之故事，拔泥涂之久辱，则臣之述作，虽不能鼓吹六经，先鸣数子，至于沉郁顿挫，随时敏捷，扬雄、枚皋之徒，庶可企及也。"[①] 怎么样？说得肯定而且大胆，且有些迫不及待的味道。这段话里讲了这么几件事情，一是他本人是杜恕、杜预、杜审言的后代。恕、预

---

① 仇兆鳌：《杜诗详注》，第五册，中华书局，1979年版，第2172页。

皆为三国时的要官，杜预尤其重要，是西晋王朝的镇南大将军，于三国归晋有极大功劳。杜审言则是初唐名诗人，虽然不一定有杜甫讲的那么大的影响，但杜甫以他们为荣，先要抬抬身份。二是诉说了自己的困苦生活，希望皇帝恩悯。三是讲自己的才能，虽然不敢说够得上鼓吹六经比肩诸子的水准，扬雄、枚皋的水平还是有的。

杜甫其实不曾夸口，他的诗才至少超过杨雄、枚皋。但中国是一个儒学占主导文化地位的国家，不兴自我表现的。古来也只有毛遂、东方朔一流人物才有过自我推荐、自我表现的特例，但他们都不是真儒。毛遂与儒无干，东方朔被史家写入滑稽列传。杜甫正人君子，能这样评价自己，可见他的儒家修养，还不到火候。

儒家先师又轻视小人。孔子眼中的小人，不是后来人们认为的没有道德操行的人，而是体力劳动者。所以樊迟向他问稼问圃，他就不耐烦，还骂樊迟是小人。杜甫一生交往，不问大人小人，也不问贤者愚者。他有一首《示獠奴阿段》，所谓獠奴阿段即一位名叫阿段的少数民族劳动者。此诗写西南习俗，入山引水需用竹筒分流，但这是一种非常危险的劳动。不但这事本身就十分危险，而且深山野岭，虎豹出没，一个人等闲不可为之。但阿段偏不畏艰险，单身独往，很快解决了山下干渴如火的人们的饮水问题。其诗云：

山木苍苍落日曛，
竹竿袅袅细水分。
郡人入夜争余沥，
竖子寻源独不闻。
病渴三更回白首，
传声一注湿青云。

> 曾经陶侃胡奴异，
> 怪尔常穿虎豹群。

全诗音韵明快，人物鲜明。"病渴三更回白首，传声一注湿青云"，多么干净利落，一片诗情画意。

杜甫是一位儒家诗贤，但他发挥了儒家学说中积极的内容，而没有被那些消极成分所束缚。他固然不是一位醇儒，却更为后世文明人所喜欢。

2. 杜甫的生平

杜甫（712～770年）的生平与李白有许多相似处，也有许多不相似的地方，这或者和他们的出身、经济状况有关，也和他们的主观努力和价值取向有关。

杜甫一生可以分为四个阶段。

第一阶段自他出生至14岁出游为止。

杜甫于玄宗先天元年即公元712年出生于河南巩县瑶湾。是初唐著名诗人杜审言的孙子。他比李白小11岁，比岑参年长三岁。他出身诗书之家，祖上多为官宦，从小受的教育和李白就有差别。他自言7岁开始作诗，那么启蒙教育时间或更早些。在他四五岁的时候，曾先后在洛阳和河南许州寄居过。9岁学习书法，14岁开始出游。这一阶段，杜甫打下了良好的诗学基础，可以看作他的为学时期。

第二阶段，自他14岁出游至30岁成婚止。

这是杜甫接触社会增加历练的阶段。此间，他曾去过河南洛阳，山西郇瑕，江苏南京、苏州，浙江剡溪。24岁时赴东都入考，没有考中。25岁又去山东——当时他父亲正在山东任兖州司马——登上泰山。此后又去过河北，29岁，再次去山东省亲。30岁时归东都。于偃师县西北晋阳山下筑陆浑山庄，并与杨氏成婚。

这个时期，他主要以读书和游历为主。他后来的读书行路之说，大约和他的这种亲身体验有关。

第三个时期，自婚后游东都与李白、高适相遇，至安史之乱止。

这期间，他虽然于36岁时再次应试不第，41岁时去长安应召试文章，也无结果；屡次"干谒"，也不见下文，但这一时期却是他艺术上进入成熟的时期。在此期间，他得遇李白、高适，一起唱和游历。又先后和王维、岑参、郑虔、苏源明、顾诚奢等诗家艺术家往来。他本人这个时期的作品很多，生活经验也日趋丰富，应试不第自然是打击，屡次干谒而终无结果更是打击，但同时也加深了他对社会现实的认识和理解，加上他生活困顿，又曾在洛阳大病一场，更多人生感喟。可以这样说，这十余年时间是杜甫颇不得意的年代，也是他走向成熟的年代。他在仕途上终无所获，而在艺术上大技已成。

第四个时期，自安史之乱至去世。

这时期他的经历更为复杂，他的创作也进入黄金阶段。

公元756年，潼关失守。他举家逃难，同年8月将家人暂寄羌村。他只身投奔灵武，中途被贼所得，遂至长安。

757年，他潜投凤翔，被授左拾遗。随即因上疏救护宰相房琯，被三司推问，幸得张镐解求，得免。次年，被贬华州，任华州司马。

759年，回洛阳，途经新安、石壕、潼关，将沿途所见写成《三吏》《三别》。同年回华州，因饥馑，弃官赴秦州，年底往成都。

760年居成都草堂。次年扩建之。762年严武入川为东西川节度使，他有了好朋友作靠山。同年李白去世。

765年4月严武死，5月携家至云安养病。

770年，与苏涣一同避乱于（湖南）衡州。坐船行至耒阳遇大水，县令馈赠酒肉，因天热牛肉变质，中毒谢世。

　　杜甫一生，走的是一条大诗人该走、能走而且极具价值的道路。但与李白、王维走的道路不同。王维一生为官，不高兴时，主动要求退隐。李白也曾有过放归山林的要求，但他心里对仕途是热衷的。他既爱神仙，也爱仕途，还爱山水。他在三者之间矛盾，又在三者之间的矛盾中自由，而且无论如何，他总有应对办法。杜甫一心入仕，却一生极少入仕。王维很早便举进士，李白根本不考进士，杜甫却屡考不中。李白不考，杜甫不中，于仕途是坏事，于诗歌创作则是好事。

　　杜甫一生除去诗歌创作之外，主要活动集中在五个方面。一是追求仕途，二是刻苦读书，三是与友人往来，四是漫游，五是为生活奔忙。这五条对他的诗歌创作都有重大作用。

　　前面四条，李白也是有的，但他的道路有不同。追求仕途，李白的起点比他高，虽然走过的道路也不顺利，但很少陷于困顿。读书是二人的共同爱好，大约读法也不同，李白读的是精神，杜甫读的是学问。杜甫的诗用典很多，遣词造句极见功夫，和他读书多有莫大关系。李白的诗对格律不甚讲究，固有他英才天纵、不究细节的一面，也与他对格律研究不够有些关系。李白最喜漫游，意在山水，情也在山水；杜甫一生游历的地域可以和李白相比，但他更多的还是留意人生。所以虽有山水诗作，却比不上李白。对山水的喜爱程度也不如李白的一往情深。唯有交友，二人颇相似。他们两位本身就是知心朋友。杜甫交往范围也很广泛，从官僚到才子，从学士到艺术家，从将军到邻里同乡，他都与之往来。他的诗音节那么漂亮，布局那么天衣无缝，和他与唐代大艺术家的交往颇有关系，更和他对各种艺术虚心学习大有关系。他小时候亲眼看过公孙大娘舞剑，成年后又欣赏过公孙大娘的弟子舞剑，以剑通诗，受益匪浅。也曾经和顾诫奢学习过书法，又观摩过顾恺之的画；幼年听过李龟年的音乐，成年和李龟年成为朋友。他和当时大画家曹霸也有交流，自己还写过一首《丹青引赠曹将军霸》。他观剑便能知剑，知剑又能吸收其精神，以为自己的诗歌创作兴风雨；他观画又能知画，知画还能作出精辟分析和评价，于他诗歌创作能无裨益？如其《观公孙大娘弟子舞剑器行》就是一首绝妙好诗：

昔有佳人公孙氏，
一舞剑器动四方。
观者如山色沮丧，
天地为之久低昂。
爉如羿射九日落，
矫如群帝骖龙翔；
来如雷霆收震怒，
罢如江海凝清光。
绛唇珠袖两寂寞，
晚有弟子传芬芳。
临颖美人在白帝，
妙舞此曲神扬扬。
与余问答既有以，
感时抚事增惋伤。
先帝侍女八千人，
公孙剑器初第一。
五十年间似反掌，
风尘澒洞昏王室。
梨园弟子散如烟，
女乐余姿映寒日。

> 金粟堆南木已拱,
> 瞿唐石城草萧瑟。
> 玳筵急管曲复终,
> 乐极哀来月东出。
> 老夫不知其所往,
> 足茧荒山转愁疾。

杜甫的诗人朋友尤其多。李白之外,他和王维、高适、岑参、贾至、苏涣、严武、斐迪都有往来。而且相互沟通,相得益彰。

他不同于李白的很重要的一个方面是他的生活经历。李白从小生活在富豪家庭,使剑任性是他两大乐事。杜甫没有这样的条件,也没有这样的欲望。他一生数度困顿,有时十分艰难。从小就有寄居经历,长大又曾困于长安,中年以后更受离乱之苦。可谓艰难困苦,五味皆尝。

因为他有艰苦的生活经历,又因为他有儒家传统理想,还因为他好学上进,关心国家兴亡,于是他的交友,他的游历,他的读书,他的求仕,都和李白、王维产生区别。以游历而言,李白的山水之作,虽然也有人牵强附会,硬说《蜀道难》中的"侧身西望长咨嗟"是关心杜甫的,是讽喻玄宗的,其实都是无稽之谈。杜甫也喜欢游历,但他不能忘却人生,也不能忘却儒家理想。所以他的山水、咏物种种,总有"身在江湖,心向朝阙"的浓重色彩。

因为杜甫的人生态度与李白、王维有明显差别,他们的行为方式也很不同。王维最好隐居,李白最喜游历,杜甫最近人生。他喜欢和人交往,不厌其烦地写下身边琐事,也记下自己的所见所闻,而能写得那么美好,那么感人。

表现在生活习惯上,他和李白都好饮酒,李白是愈饮酒愈能诗,杜甫则酒能醉人，不能醉心，无论怎样的好酒都不能使他放弃理想，远离人生。

表现在艺术创作上，王维能诗也能画，能书也能文；李白好酒又好剑，同样能诗也能文，而且还被认为是唐五代词的鼻祖。杜甫不是这样，他也喜爱各种艺术形式，爱画、懂画；爱剑术，也懂得欣赏剑术；爱书法，也学习过书法；爱读书也爱写文章，但他最主要的精力都集中在诗上。他虽然也写文章，不能算文章高手，甚至还有不通不畅的毛病。但他的诗才，确实不同凡响。杜甫活得深沉，活得累，这一点也许颇不合乎现代青年的时尚。

或许可以这样说，王维的文化价值观念是二元的，构成他文化价值观念的一是儒，二是佛。他一生在二者之间徜徉与徘徊，常常因此而备感失落，也常常因此而受益多多。李白的文化价值观念是三元的，即他不但喜欢入仕报国（儒），而且盼望得道成仙（道）；同时也不能忘情于山川美景（自然），三元互补，使他独具风采。杜甫的文化价值观念则是一元的。这不是说杜甫的文化价值观念中只有儒家成分，而是说他以儒为本。儒文化在他的文化价值观念中始终占据主导地位；从小如此，一生如此。此所以李白会成为盛唐诗苑的最好代表，而杜甫会成为中国诗圣的最主要原因。

3. 杜甫的诗歌作品与艺术成就

杜甫一生诗作很多，流传下来的也多。而且他的诗集影响越来越大，无须乎借助于名家选编或全编。他本人就是最大的名家。他留传下来的诗有1400多首，诗集的注释、评介也极多。大约自中唐元稹提出扬杜抑李的观点之后，他的诗受欢迎的程度也慢慢超过了任何一位中国古代诗人。这些后人的评论、注释、注解、选本和夹批中有谬误有吹捧也有真知灼见。所以研究杜甫的艺术成就，不但需要研究杜诗本身，还需要研究有关他的这些评述和注释。这里只讲四个基本方面。

（1）博大精深，沉郁顿挫

杜诗的艺术特点，首先是博大精深。所以论李白杜甫，曾有天才地才之说。李白是天之才，杜甫是地之才。天之才的特点，是海阔凭鱼跃，天高任鸟飞。这个比喻未必恰当，用李白自己的说法，是"大鹏一日同风起，扶摇直上九万里"，所以李诗难学。因为他能够任意而为，随心所欲；一般天分不高的人，只好望"天"兴叹。杜诗为地之才，好像不如李白的神思天纵，潇洒浪漫，但地之大，物之博，山川之美，万物之灵，岂有尽时？杜诗如万里山川地貌，特点就是博大精深。因为他博大精深，读杜诗总有周游世界的感觉，杜诗如大地，令人读之不尽，思之不尽，学之不尽，赏之不尽。

杜诗之所以具备博大精深的风格，和他善于学习先人成果又善于发展创造有莫大关系。李白杜甫都是吸收前人精华的高手，但李白有时还要褒贬六朝诗风，称颂屈骚、建安文学。杜甫则老老实实，干脆声明一切前人先人古人的好的内容都应该学习继承，以便把他们融会贯通，拿来我用。他写过《戏为六绝句》，虽称戏言，态度是当真的。六首绝句，都是讲如何看待先人成就与经验的，其中评价初唐"四杰"的那一首前面已经引过了。第五、第六两首，尤其立论高明，胸襟博大。第五首云：

> 不薄今人爱古人，
> 清词丽句必为邻。
> 窃攀屈宋宜方驾，
> 恐与齐梁作后尘。

第六首云：

> 未及前贤更勿疑，

>递相祖述复先谁。
>别裁伪体亲风雅，
>转益多师是汝师。

这两首诗的诗眼在于"不薄今人爱古人"，"转益多师是汝师"。

首先是"不薄今人爱古人"。这并非杜翁一味中庸，其实中庸正是杜甫文化性格的典型表现。他自然是不赞成齐梁诗风的，但他不一概否定，而是既习魏晋，也用齐梁。不但魏晋、齐梁而已，还要"转益多师是汝师"，凡古之精华莫不学习。

因为他有这样的主张和胸襟，他的诗作也体现出江河入海式的宏大气魄。他和李白王维一样，对唐诗诸体，无体不备，而且无体不名，甚至可以说他比李、王还要全面些。至少他特别重视的排律就不是李白、王维可以与之媲美的。王维尚有五言排律，李白则终身不为此体。一般说来，绝句非杜甫长项，但这要看和谁相比，五绝若比王维，七绝若比李白、王昌龄，则他尚有差距，但他并非没有绝句佳作。他的一些绝句使用对偶句式，仿佛半篇律诗，虽有后人谬夸奖，不能算作绝句正声。但也有音律、意境、语言都很好的绝句，比之李、王，亦未遑多让。他的《江南逢李龟年》，就属此类佳作。

>岐王宅里寻常见，
>崔九堂前几度闻。
>正是江南好风景，
>落花时节又逢君。

据说好的艺术品，初一见，便生奇崛感。杜甫诗作，有这水平。他的很多佳作，无论是诗的意境还是遣词造句，常能给人初读既有出乎意料之外，细想又在情理之中的感受。他的名作《兵车行》，不但选材极富特色，而且音节律法颇不寻常，诗中句子，三言、五言、六言、七言、十言相杂而用，与诗的内容相依相得，如鱼得水。

开头使用三言句，平声而起，加上后面三句，旨在客观写实，铺开场面，介绍新兵入伍、亲人相送的宏观景象。六七两句把"镜头"拉近，描写送亲者悲痛欲绝的情态。此后，杜甫有问，行人有答，既有回忆，也有时事，一时讽喻，一时叙述，一时悲吟，一时感叹。至"边亭流血成海水，武皇开边犹未已"，全诗感慨，或可一结，但杜甫偏能奇峰异转，再起波澜，筋节处便用一十字长句"君不闻汉家山东二百州，千村万落生荆杞"，读者不觉精神为之一振。如此连书六句，讲战争给老百姓带来的深重苦难，无休无止，惨不忍睹。此后笔锋一转，连用八句五言句式，仿佛人心悲愤，又惊又惧又哀又痛，又不能号啕又不敢反抗，于是转入低声倾诉的态度和恨恨不已的沉闷情绪。但怨愤岂能压抑得住，于是再用七言结住。第三十二句，又忽改六言——恰似悲中一顿；末三句，复归七言。如此起伏跌宕，终于一气呵成。结尾以鬼哭之声作结，更多联想。全诗如下：

车辚辚，马萧萧，
行人弓箭各在腰。
爷娘妻子走相送，
尘埃不见咸阳桥。
牵衣顿足拦道哭，
哭声直上干云霄。
道旁过者问行人，
行人但云点行频。

或从十五北防河，
便至四十西营田；
去时里正与裹头，
归来头白还戍边。
边亭流血成海水，
武皇开边意未已。
君不闻汉家山东二百州，
千村万落生荆杞。
纵有健妇把锄犁，
禾生陇亩无东西。
况复秦兵耐苦战，
被驱不异犬与鸡。
长者虽有问，
役夫敢申恨？
且如今年冬，
未休关西卒。
县官急索租，
租税从何出？
信知生男恶，
反是生女好；
生女犹得嫁比邻，
生男埋没随百草。
君不见，青海头，
古来白骨无人收，
新鬼烦冤旧鬼哭；

天阴雨湿声啾啾。

除去博大精深之外，杜诗风格，自言"沉郁顿挫"。沉郁是他的主调，顿挫是他的音韵。这两点结合得十分完美。杜甫诗作千变万化，但这种风格总在其中。于是凡比较熟悉唐诗的人，一闻此调，就知道这是老杜的声音。

（2）忧世亲仁，主旨如流

杜诗的感人之处，在于他能把自己和自己的追求非常自然贴切地化入他的诗里。我们读杜诗，仿佛在诗的后面看到了他本人的形象：风尘仆仆，执着不息，为着实现自己的抱负而苦苦追求。这有点像屈原，又有点像夸父。夸父不是成功者，但他那精神令人感动。

杜诗不作说教，不像后来宋、明某些诗人那样，有许多令人生厌的道学气。他善于使用形象思维，因此，他的追求没有说教气和腐儒气。他往往以自己诗中的人物为寄托，而我们则能通过这些人物看到诗人自己的追求。他的名作《蜀相》内容虽系尽人皆知的事迹，却能写得深沉雄毅、悲凉慷慨，有很强的艺术感染力。

丞相祠堂何处寻，
锦官城外柏森森。
映阶碧草自春色，
隔叶黄鹂空好音。
三顾频繁天下计，
两朝开济老臣心。
出师未捷身先死，
长使英雄泪满襟。

杜甫一生诗友极多。诗友既多，相互间的赠答怀念也多。杜甫做人，愿意为朋友扬善，无论对李白、高适还是岑参，都能充分准确形象地肯定对方的成就。这一点其实不易。若无豁达广阔的胸襟，怎能有这样亲仁扬善的诗作。特别是他评价李白的诗作，写得尤其恳切自然，"一片冰心在玉壶"，虽千古后人，犹不能不为他这样对待朋友的成就而对他的人格表示钦敬。

杜甫对朋友十分友善，对子女亲人富有深情。由此及而广之，他在自己碰到困难和麻烦的时候，也能想到他人，想到天下和他一样的人们。所谓"老吾老而及人之老，幼吾幼而及人之幼"，他的不朽名篇《茅屋为秋风所破歌》，至今读之，犹动人心。

　　八月秋高风怒号，
　　卷我屋上三重茅。
　　茅飞渡江洒江郊，
　　高者挂罥长林梢，
　　下者飘转沉塘坳。
　　南村群童欺我老无力，
　　忍能对面为盗贼。
　　公然抱茅入竹去，
　　唇焦口燥呼不得，
　　归来倚仗自叹息。
　　俄顷风定云墨色，
　　秋天漠漠向昏黑。
　　布衾多年冷似铁，
　　骄儿恶卧踏里裂。

床头屋漏无干处,
雨脚如麻未断绝。
自经丧乱少睡眠,
长夜沾湿何由彻!
安得广厦千万间,
大庇天下寒士俱欢颜,
风雨不动安如山!
呜呼!
何时眼前突兀见此屋,
吾庐独破受冻死亦足!

杜甫人近儒家,诗近儒学,凡儒家儒学提倡的品格,他都身体力行,而且做得平和自然坚定,没有浮华夸张气味,更不是有意做给别人看的。

他对世间那些没有气节、缺少情操、欺压良善、挂羊头卖狗肉、说得好听做得难看等等恶风恶习,是最看不惯的。有时借物喻人,便给一番辛辣讽刺。他有一篇《孤雁》,专门讽刺"天下无意绪人"的。什么叫"无意绪人",就是"得志固无所表见,即失意也无甚悲感,以其见地原自浅薄也"。[1] 诗云:

孤雁不饮啄,
飞鸣声念群。
谁怜一片影,
相失万重云。

---

[1] 《杜诗言志》,江苏人民出版社,1983年版,第196页。

> 望尽似犹见,
>
> 哀多如更闻。
>
> 野鸦无意绪,
>
> 鸣噪自纷纷。

（3）史诗最佳，律诗最精

有人说："中国古来无史诗。"这是说像西方那样的动辄千言万语、长篇大套的史诗，汉诗中确实没有。但有非常生动、非常尖锐、非常深刻、非常典型地抓住历史上重大变化的方方面面，并把这方方面面化为诗篇的创作，这个完全可以称为中国式的史诗。其传统自《诗经》以来，就从未间断，而最能代表这个传统的诗人，就是杜甫。

他的诗，如《北征》《兵车行》《丽人行》《前出塞》《后出塞》《三吏》《三别》《自京赴奉先县咏怀五百字》以及《哀江头》《悲陈陶》《羌村三首》等等，均可列入汉语——汉文化史诗范畴。这类文字在杜甫诗中占有很大比重。它们或言观感，或讲体会，或记录沿途见闻，或记载家庭经历，或写一人，或记一事，或表一方战乱，或举某个典型。有些虽事在家庭，却有深刻社会含义。有些虽意在讽刺权臣，却写出当时政治的昏暗不明。把这些诗联系在一起，我们可以看到唐代安史之乱前前后后、方方面面的世态人心。这些真实深刻的记录，展示了中国式史诗的独特风貌。

因为有这些史诗才有诗圣称号，甚至可以说因为有了这些史诗才有诗人杜甫。这些诗仿佛就是为杜甫准备的，而他也就在千辛万苦之中发现了它们，并把它们记述给后来人。

杜诗各体皆备，前面已经说过了。单以艺术而论，杜诗中最有特色的诗体还是今体诗，主要是律诗。这不是说他的古诗和古乐府水平不如律诗，而是说，古乐府诗，七言、五言古诗，这些诗体不是他一个独擅的。盛唐诗苑擅长古体诗歌的人物，岑参是一位，高适是一位，王维是一位，尤其李白，他的古体诗歌已经达到出神入化的境界。杜甫的古体诗歌与李白相比，处在伯仲之间，正堪敌手。今体诗中，李白擅绝句，杜甫则擅律诗，无论五律、七律还是排律，都是个中圣手。五言律诗还有王维可以与之论短长，七言律诗则唯有杜甫在盛唐诗苑中称雄，也在整个中国诗史上称雄。

杜诗重律，从大的方面讲，一是他有丰富的生活，二是他有丰富的知识。杜甫之才，一在世上，二在书上，行万里路，读万卷书，这是其他大诗人比不过他的。单以诗的艺术而论，则因为他第一擅长音律，第二擅长遣词造句。其原因，因为他读书多，创作实践也多，又特别肯下愿下善下苦功夫。杜诗之所以取得博大精深的成就，自有他诸多根据。

杜甫自谓"读书破万卷，下笔如有神"，没有真正读过多少书的人，没有这种体会，读书不少但并不认真的人也没有这种体会。律诗的核心，一是音律，二是对偶。讲音律没有知识不能自觉，光靠感觉，没有把握，好像唱歌一样，不会识谱，就凭感觉好，那么处理简单的旋律马马虎虎，处理复杂的旋律，感觉不够用的。杜甫讲究音律，下过一辈子功夫，他在《遣闷戏呈路十九曹长》中说"晚节渐于诗律细"，可谓个中人言个中事，诗内甘苦，难以言传。

杜诗重音律，也重语言，或者说更重语言。他的律诗尚有个别不合音律的地方，但论遣词造句，则几乎篇篇都经过千锤百炼。杜甫自己说："为人性僻耽佳句，语不惊人死不休"，又说"陶冶性灵缘底物，新诗改罢自长吟"。有时论诗累夜不眠，有时觅句摊书满床，在对语言的锤炼上，几乎到了陶醉痴迷的程度。

果然功夫不负有心人，他的诗确实产生了极大艺术效果。他的许多对偶句式，常在人们意想之外，又在诗格限定之中。如他《春夜喜雨》的前四句："好雨知时节，当春乃发生。随风潜入夜，润物细无声。"俗话说春雨贵如油。

恰恰喜逢春雨，多么惬意！但他偏不说人们喜雨，而说好雨知时。这个"知"字用得绝妙。后面"当春乃发生"的"当"字用得同样绝妙。不但加强了气氛，而且烘托了前一句的气势。"随风潜入夜"的"潜"字更是活灵活现。"润物细无声"的"无声"描写尤其出神入化——想如此美事竟自悄然而至，怎能不喜？这样的佳作，不读书焉能为之，不炼句又焉能为之？又如他的《题忠州龙兴寺所居院壁》，用"小市常争米，孤城早闭门"十个字描写忠州的偏僻、饥馑与荒凉景象，传神写照，入木未止三分。

因为饥饿才要"常争米"，因为萧条才要"早闭门"，看似最最平常的两句话，偏能排比严谨，意象鲜明，非老杜一样的大手笔，谁能写它出来？

杜诗炼词锻句功夫极深，以至有人说："杜诗长于学，故以字见功；李白长于才，故以篇见功。"这话其实不确。杜甫的诗不但语言功夫好，而且全诗的意境也好，这才是杜诗。即如他的《闻官军收河南河北》，那全篇通达透彻珠联玉缀的意境，那欢快心情溢于言表的神态，那遣词造句鬼斧神工的能力，那金玉和鸣铿锵跌宕的韵律，几乎到了可闻可见而不可及的程度。其诗云：

剑外忽传收蓟北，
初闻涕泪满衣裳。
却看妻子愁何在，
漫卷诗书喜欲狂。
白日放歌须纵酒，
青春作伴好还乡。
即从巴峡穿巫峡，
便下襄阳向洛阳。

诗人喜不自胜，读者痛快异常。

在结束本节之前，顺便再比较一下李杜。

李白、杜甫生时，便有李杜之称，李白、杜甫去后，更有多少比较。比较不是坏事，但也并非易事。特别是比较李杜，更不容易。比较要看比什么？比人？比诗？比某种体裁的诗，比文，比对后世的影响，还要笼而统之，来一大比。

实际上来一大比较，不过是比印象罢了。印象优劣因人而异，不去管他。倘以人与人比，两个人品格相当，并无优劣。但他们的文化倾向不一样。李白近道，杜甫近儒。这可能是造成后世诗人学者对李杜产生分歧的主要原因之一，也是终封建时代，扬杜抑李一派渐占上风的主要原因。公平地说，因为中国传统文化是以儒家文化为主导的，在这个文化范畴内，杜甫自然要占上风。杜甫之所以称为诗圣，原因在此。以至后世金圣叹批六才子书，便不选李白。六才子书不能算醇厚的儒家著作，但经金圣叹一解释，就有了浓郁的儒学味道。

单以诗论，李白、杜甫不相上下，因为决定诗人级别的是他的最佳诗作，而不是他的风格；决定诗人人品级别的是他的一生表现特别是最佳及最差表现，而不是他的文化。

以风格而论，王诗极静，李白极动，杜甫在动静之间。李白以浪漫色彩为主调，杜甫以写实色彩为主调，高下难分，凭君所好。从体裁上说，古体诗特别是七言古诗与歌行乐府，二人皆长。今体诗中，李白最长于七绝，杜甫最长于七律。以他们诗作的最高成就而言，李白有千古绝唱，杜甫也有千古绝唱。所谓绝唱，不是由人们主观喜好而作出的选择，绝唱是历史回顾得出的判语，是历史比较得出的评价。李白杜甫经过1200余年的历史考验，证明他们是当之无愧的中国诗史上的超级诗才。

李白，杜甫，还有王维，他们的文化倾向不同，并不证明他们的人格高低。王维不如李杜，并非因他倾向佛学，而是因为他曾经变节。现代某些文学史家，滥用阶级分析方法评价李杜，是徒劳了。用文化优劣的观点评价李杜，同样徒劳。在李白那里看不到的，在杜甫那里也看不到——你想从李白那儿找出有利于现代政治的论据，或者从杜甫那儿找到阶级斗争的把柄，这只能证明自己的滑稽而与古人无关。还是韩愈讲得好，"李杜文章在，光焰万丈长。不知群儿愚，那用故谤伤。蚍蜉撼大树，可笑不自量。"

第四章 中唐诗流

安史之乱，证明盛唐气数已尽，但真的进入中唐还有一个过渡时间。杜甫站在盛唐边缘，他的最好的诗歌，写于安史叛乱之后，他的巨大影响，直到中唐才第一次展示出来。

盛唐诗人和中唐诗人的最大区别，在于中唐诗人已经没有那种朝气蓬勃、兴旺昌盛的景象和气派。盛唐处在大唐王朝的兴隆时代，诗人对自己的时代是满意的。他们的诗篇，既为这个时代讴歌吟咏，也为自己开辟美好的前途。他们的诗就是他们晋升的阶梯。盛唐仿佛一个大苑林，盛唐的诗歌就是苑林中的奇花异草。

中唐已经走向衰落，虽然还不是一下子进入衰亡阶段，改革也有，统一的指望也有，经济复苏的迹象也有，开明的政治举措也有，但是从主体上看，"青山遮不住，毕竟东流去"。人们对他们所处的时代，已经没有先前那许多信心，环境和现实也不让他们有那许多信心了。许多社会腐烂现象又给他们的信心不断浇泼冷水，但他们中的佼佼者并没有因此而放弃自己的责任。于是批评时政，推尊道统，就成为这个时期的文化主流形态。批评时政的代表作品是新乐府，推尊道统的代表活动是古文运动。这个时期，佛的声音减弱了，道的声音也减弱了。并不是他们降低了自身的影响，而是儒家学说开始扩大自己的力量和影响范围。虽然儒、道、佛三家都还有自己的信仰者，而社会生活的现实如此强烈地影响了彼时彼地的文人学士，使他们按捺不住自己的看法与情绪，或者发表自己对社会的看法和主张，或者就个人感受发出牢骚与感慨。

但文人学士们的意见并不是完全一致的，个人的经历和对社会的看法与热心程度也不一样。因此，盛唐时代的那种相互沟通、相互唱和、相互扶持、相辅相成的局面没有了。盛唐时代，只有不同风格的诗，却没有自觉的"派"。中唐时代，是既有不同风格的诗，也有完全自觉的"派"。他们不但有"派"，而且不遗余力地为自己的"派"张扬和辩护。

有派别又有争论，是中唐文学特色，也是中唐文学的光荣。有不同声音总是好事，因为有不同声音，才能产生共鸣。中唐诗派纷争，本身就是一种共鸣，何况中唐诗派对诗人要求并不十分严厉，一方面，固然有彼此之别，另一方面也不免你中有我，我中有你。诗派林立，不但有益于诗歌的自觉——理论发展，而且有益于新的诗歌的创作。或者可以说，没有这些新的诗派与诗派追求，就不会产生另类诗家樊宗师，甚至不会产生人称鬼才的大诗人李贺，乃至对中唐诗的兴发都会产生影响。

　　后人评中唐诗人，说："元和以后，为文笔，则学奇诡于韩愈，学苦涩于樊宗师；歌行则学流荡于张籍，诗章则学矫激于孟郊，学浅切于白居易，学淫靡于元稹。俱名为元和体。"①说得有些道理。纵观中唐诗派的流向，最重要的派别，一是以韩愈、孟郊为首的奇崛派，一是白居易、元稹、刘禹锡为代表的元和体。取得最突出成就的中唐诗人，则首推白居易。

　　中唐文坛，不仅诗歌占有重要地位，狭义的古文运动也从中唐开始。而且从此一发而不可收，取得完全可以和中唐诗歌创作抗衡的艺术成就。大约在古文运动兴起的同时，唐代传奇的创作也达到高潮，出现了一批著名作品和著名人物。他们同样产生了很大影响，而且这影响愈到后世才看得越发分明。还有变文和其他通俗文学，大约也在中唐时候，开始大量蔓延，并且取得未可小觑的历史成就。

　　总而言之，中唐文学虽然不如盛唐诗苑那般兴盛发达，但公平地讲，中唐文学家们确实尽了自己的责任。

第一节
大历诗人

1. 大历诗人的过渡特征与张继、刘长卿、戴叔伦

大历是唐代宗年号,自公元 766 年起至公元 779 年止,但代宗前面还有宝应、广德、永泰三个年号约 5 年时间。而韩愈、柳宗元、白居易等人,到德宗贞元末年才崭露头角,那么自公元 761 年起至贞元末年即公元 805 年,前后就有 40 余年时间。安史之乱发生在公元 755 年,时间更早些。可以这样说,大历诗人代表的是一个过渡时期,这个过渡时期,大约用了差不多半个世纪时间。在此期间内,诗坛变化起伏不定,各种诗风一时并起。诗人成分也很复杂。杜甫自然是最能反映这个时代变化的诗人,他本人故去后,他的追随者犹在。最著名的人物如元结、顾况,既可看作盛唐之余音,也可看作大历之先导。这两位是主张干预生活、反映黎庶疾苦的,与大历诗人相比,可说别具风采,而且起到了开白居易新乐府诗先河的作用。

大历前后,诗人很多,但名家不多,特别著名的诗人更少。所谓大历十才子,主要是一些善于作诗的文士。他们对社会理解不深,诗风柔弱,已全然中唐气氛。虽然中唐气氛,却不是中唐高潮。十才子外,也有喜僧好道并且兼写民俗的于鹄;也有写景名家又有禅家意味的张继;也有堪称盛唐遗老却与大历诗风特别相近的诗人刘长卿;也有特别值得一提的山水大家韦应物;也有与元结友善并为元结所推崇的诗人沈千运、孟云卿和刘湾；也有杜甫晚年朋友、土匪出身的苏涣和杜甫青年时的同窗苏源明；也有中国历史上茶文化大师，撰写《茶经》的陆羽；也有与陆羽十分友善的诗僧皎然和女诗人李季兰；也有与韦应物诗风相近的冯著；也有特别主张抵御外族侵犯的戎昱；也有对民歌特有兴趣，诗风近似民歌的张潮；也有与大历才子交厚、身在中唐、诗风颇近六朝的柳中庸；也有善写胡笳十八拍的刘商；也有被一时尊为文伯的皇甫冉及其兄弟皇甫曾。加上大历十才子，如此等等。我们可以说，这是一个不需要巨人也没能产生巨人的年代，这是一个纷纷扰扰一时找不到新大陆也无须找到新大陆的年代。大家好像都在追求，结果却没有追求到真正的理想，好像又都在停滞，虽然停滞却又没有停止创作。比较而言，还是当时的某些山水诗歌和反映现实生活的诗作更有味道。比如张继的《枫桥夜泊》，可称千古名篇：

> 月落乌啼霜满天，
> 江枫渔火对愁眠。
> 姑苏城外寒山寺，
> 夜半钟声到客船。

张继，字懿孙，襄州（今湖北襄阳县）人。生卒年已不可考，只知道他是天宝十二年（753年）进士。大历末年，以检校祠部员外郎致仕。他曾做过地方官，颇有政声。从他的诗作来看，他是一个有气节的诗人，也是一位关心百姓疾苦的诗人，又是一位颇有禅意的诗人，还能作绝妙的山水诗。据说他的《枫桥夜泊》，最得日本人喜爱。以其为内容的书法条幅，可以长卖不衰。日本人有禅宗佛教传统，这首诗也有浓郁的禅家味道。

刘长卿（709～780年），字文房，河间人。开元年间进士，少年时曾居嵩山读书。唐肃宗至德年间，做过监察御史。刘长卿一生仕途不顺，曾一次入狱，两次遭贬。他年龄仅比李白小8岁，还要比杜甫长3岁，但他好像"大器晚成"，虽为盛唐人，却作中唐诗，和大历诸才子齐名，他自己虽然有些看不起郎士元、李嘉佑，大体上看，对与大历才子为伍还算满意。曾说："现在人都说前有沈、宋、王、杜，后有钱、郎、刘、李。"①沈、宋、王、杜，说的是沈佺期、宋之问、王维、杜甫；钱、郎、刘、李，钱指钱起，郎指郎士元，李指李嘉佑，这三位都名列大历十才子。刘就是刘长卿，可见他在大历年间，颇有诗名。

刘长卿比较擅长五言律诗，自诩"五言长城"。虽时有佳作，缺点是视野不宽。他的五绝《逢雪宿芙蓉山主人》，写得很有特色。诗的末一句曾被当代剧作家吴祖光借作剧名，更是名闻遐迩：

> 日暮苍山远，
> 天寒白屋贫。
> 柴门闻犬吠，
> 风雪夜归人。

戴叔伦（732～789年），字幼公，润州金坛（今江苏金坛县）人。《唐才子传》说他贞元十六年（800年）进士，错。因为他没有活到公元9世纪。他曾师从肖颖士，也曾做幕僚数年。为官有政声，累迁抚州刺史。也曾做过边陲军事长官，官声很好。他晚年上表求为道士。未几，卒。

戴叔伦为官勤政，又去过边远地区，对于民间疾苦比较了解。他的一些诗作，反映贫苦农民生活，十分典型细腻。虽然诗的意境未臻上乘，但那精神，颇值得后人钦敬。他的《女耕田行》，描写一家农户，哥哥当兵，

---

① 辛文房：《唐才子传》，中州古籍出版社，第75页。

嫂嫂未娶，姊妹下田，持刀斫地，情势非常感人。诗的结语云："日正南冈下饷归，可怜朝雉扰惊飞。东邻西舍花发尽，共惜余芳泪满衣。"春香遗恨，最令人悲。

戴叔伦的一些抒情诗作，语句清丽，感情真挚，也很动人。

2. 大历十才子

大历十才子，理应十人，其实未止十人，因为对十才子的说法不同。《新唐书·卢纶传》认为十才子是卢纶、吉中孚、韩翃、钱起、司空曙、苗发、崔峒、耿湋、夏侯审和李端。《唐诗纪事》也讲大历十才子，但人物发生变化，减去吉中孚、韩翃、崔峒、耿湋、夏侯审，加上郎士元、李益、耿伟、皇甫曾、李嘉祐，二者相差甚远。不但这样，作者还补充说，吉顼、夏侯审亦是。但这已经不是十才子而是十二才子了。严羽的《沧浪诗话》则说："冷朝阳在大历才子中最下。"那么，就算十二个人还漏掉一个哩！

这是什么原因？原因就是十才子只是一个泛称，大历年间有这么一群会作诗的文士，他们诗风相近，又有一定影响，加上中国人偏爱整数的习惯，就说是十才子，具体是谁，因为对这些诗人的评价不同而选择不同。但他们的诗风确是相近的，他们的年龄也相去未远。刘长卿也是这一派，没有选入，大约和他年龄有关。元结、顾况、冯著、韦应物没有选入，则和诗风有关。

大历才子，现在看来，才气有些，并不算大。他们大多处于盛唐中唐之间，生长在盛唐，成熟于中唐。他们在盛唐诗人的影子里一时走不出来，又拿不出可以和盛唐气氛相和谐的作品，一是才能不够，二是时代错了。但他们又未能或不肯直面人生，寻找新的道路，也不如杜甫、元结、苏涣、顾况那样对社会现实有深入的接触。他们只是一些爱诗也会作诗的文士，虽然也有诗才，难免不落入二流水平。可以说大历才子是一群不幸的诗人，这不幸有时代的原因，也有他们自身的原因。

十几位才子也多有诗歌流传，但水平参差。一些人湮没于历史的洪流之中，年世身份乃至诗作已不为人知。也有几位颇有影响，比较著名的有卢纶、韩翃、钱起、司空曙和李益。

卢纶（748～约800年），字允言，河中蒲（今山西永济县）人。曾经做过河中元帅的判官。也曾避安史之乱，客居鄱阳。他的诗以"送别"为主，特色不多，但善写景。他的才气在大历诗人中是比较突出的。他的一些佳作，笔力苍劲沉着，颇为耐读。他有《和张仆射塞下曲》数首，可称大历才子诗中的翘楚之作，其第三诗云：

> 月黑雁飞高，
> 单于夜遁逃。
> 欲将轻骑逐，
> 大雪满弓刀。

这大约和他曾在河中帅府中作判官有关，因为他有生活，直书所见，气势逼真。

韩翃，字君平，生卒年无考。南阳（今河南沁阳县附近）人。天宝末年进士。曾入节度使幕府，也担任过起草皇帝诏书的职务。大约才子佳人最好编故事，他和李益都曾被写入唐代传奇，他们也因此有很高的知名度。他的诗几乎全是赠别诗，但写法常有别于俗套，不但写离情，而且善于代被送行者想象，颇有诗意。有时言说舟行神速，如御风云，"枕上未醒秦地酒，舟前已见陕人家"。但从诗的艺术性考虑，不过小巧而已。但他的七绝《寒食》，语含讥讽，颇有诗境：

春城无处不飞花,

寒食东风御柳斜。

日暮汉宫传蜡烛,

轻烟散入五侯家。

钱起(722~780年),字仲文,吴兴(今浙江湖州)人。天宝十年进士,大历中为翰林学士。钱起与大历才子郎士元齐名,时称"前有沈、宋,后有钱、郎"。他交游很广,又有才名。曾与王维唱和,又与刘长卿相埒,和日本诗僧也有往来。《唐诗三百首》中有他一篇五律《送僧归日本》,写得颇有禅意,但他似乎尤长于写景,其《归雁》一诗,更多诗味:

潇湘何事等闲回?

水碧沙明两岸苔。

二十五弦弹夜月,

不胜清怨却飞来。

司空曙,字文明。生卒年不详。广平(今河北永年县附近)人。登进士第。贞元年间曾为水部郎中。他是卢纶亲戚,也是大历诸才子中比较突出的人物。后人评诗认为他才力不及卢纶,而高于钱、郎,但其诗风依然大历才子一流。他以五律见长。《唐诗三百首》收他五律三首,可见他的诗流传很广,影响不小。其《喜外弟卢纶见宿》颇见功力。诗中"雨中黄叶树,灯下白头人",叹人间景物,尤为别致。

静夜四无邻,

荒居旧业贫。

雨中黄叶树，
灯下白头人。
以我独沉久，
愧君相见频。
平生自有分，
况是蔡家亲。

李益（748~827年），字君虞，姑臧（今甘肃武威县）人。大历四年进士。曾做县令，也做过幽州节度使的从事。他虽列入大历十才子，其实是个例外。他的诗风颇得盛唐气韵，其长短歌行气韵雄劲，七言绝句意境优美，律诗中也时有佳作流传。他诗名颇盛，连唐宪宗都有耳闻，任命他为秘书少监，后来一直做到礼部尚书。李益堪称真才子，而且和韩翃一样，是被写入唐传奇中的人物。可惜他在小说中的形象不佳，委屈了他。他的七绝《夜上受降城闻笛》，写得悲凉慷慨，有盛唐之风：

回乐峰前沙似雪，
受降城下月如霜。
不知何处吹芦管，
一夜征人尽望乡。

诗至李益，盛唐之音亡矣。

3. 元结与顾况

大历才子诗风柔弱，虽有佳句，缺乏盛唐诗歌的冲击力与感染力。它过于讲究形式，不能反映社会生活，缺少必要的力度，往往不能给人以深刻印象。安史之乱后，社会动荡不安，人民生活非常困苦，杜甫的一些友人如苏源明都因饥饿而死，可以想见一般穷苦百姓的生活景况。大历才子们对此反映无力，虽然诗名不小，但缺乏根基，兴旺只在一时，不能产生长久影响。倒是大历才子之外的元结、顾况继承杜甫传统，不求华丽，面对现实，以写实的手法，继续开拓了新的诗歌领域。

元结（719~722年），字次山，号漫叟，河南鲁山人。天宝二年进士。与杜甫大体同时。杜甫的朋友大半也是他的朋友。安禄山作乱，他起义兵抵抗叛军，保住15座城池的安全。他统兵有法，居官勤政，为人正直，不畏权贵，累遭权官嫉恨，终于辞官归隐。

他本人历经战乱，对当时人民的苦难，亲眼所见，感慨百端，化而为诗，自有一股震撼人心的力量。他写《舂陵行》《贼退示官吏》，深得杜甫赞赏。他本是一个很有能力的人，既有见解，又有诗才，所以对当时的诗风忍不住就要发表看法。他反对浮华不堪实用的作品，主张"极帝王理乱之道，系古人规讽之流"[1]的创作理想。他交游甚广，当时许多诗歌名家都是他的好友，如沈千运、孟云卿、苏源明、刘湾等等。他将与他志同道合者的诗作编为《箧中集》，亲自作序，以为张扬。《箧中集》收其友人沈千运、王季友、于逖、孟云卿、张彪、赵微明、元季川七人作品，共五言律诗25首。从元结序上看，这7位诗人都没有禄位，生活贫贱。仅从他们的社会地位与生活状况，也可以看出元结编《箧中集》的胸襟与志向。

或许可以这样说，在盛唐之后，韩孟、元白兴起之前，元结周围也形成了一个小小的诗歌创作集团，元结则是这个集团的首领，这个集团前承杜甫，后启元白，可以说是中唐诗坛颇值得书写的一笔。

元结等人诗歌的共同缺点是过分强调反映现实，而缺少对诗歌韵律和

---

[1] 元结：《元次山集·箧中集序》。

艺术境界的追求与研究。比起李、杜、王、孟、高、岑，元结更喜欢直接写实的手法，甚至干脆创作民歌，令船工歌唱，结果不免力度很强，诗味不足。他们一方面注重反映现实生活，一方面轻视诗格音律，这两个特点，前者为元白巧妙发挥，后者则被韩孟诗派另行改过。

元结诗作中有一首《贫妇词》，借用贫妇之口，诉说老百姓为差役频繁逼租取税无法苟活之情。其哀怨之声，无须修饰，已经感动人心：

谁知苦贫夫，
家有愁怨妻。
请君听其词，
能不为酸悽。
所怜抱中儿，
不如山下麑。
空念庭前地，
化为人吏蹊。
出门望山泽，
回头心复迷。
何时见府主，
引跪向之啼。

顾况（725～814年），字逋翁，晚又号悲翁。苏州人，或说海盐（今浙江海盐县）人。至德二年进士，任著作郎。顾况性格诙谐，好开玩笑。他的声名，其实和白居易有关。白年轻时，于长安向他献诗，他看到白居易三个字，就说"长安米贵，居，大不易"。后来读到诗中的"野火烧不尽，春风吹又生"两句，忙改口说，能作这样的好诗，居住长安也不难了，后人以此为笑谈。其实这则传闻也反映了顾况的性格幽默——他并非一味眼睛向上鄙视后学的昏庸之辈，只是随口言之，与年轻人开个玩笑而已。

他一生官场不得意，虽曾结交李泌，并没有得到多大好处。李泌本奇人，奇人行奇事，无可埋怨。顾况喜欢道教，曾向李泌学习吐纳之术。顾况行事方式有点像李白，既性格外向，又与道家多有瓜葛。后来因诗被贬，干脆去山中隐居。以后还有关于他的种种传说，均查无实据。但他确有一子，名非熊，是位极其聪颖的少年诗人，但考场困顿，屡试不中。后来皇帝亲令入榜，却又不适应官场生活，终于和他老爹一样，到深山修道去了。

顾况喜欢道术，而且身体力行，但看他一生经历，对于仕途也是不能忘怀的。他的诗作尤其远离李白，接近杜甫，关心民生民苦，实为元结一流人物。独他首先发现白居易的才能，相互契合，不是没有原因的。他算得上一位慧眼识才的伯乐，而他的诗也堪作白诗先声。只是他的诗用语流于奇特，又似韩孟一派的滥觞。他有一篇《囝》，用四言诗句写成，暴露福建一带掠卖童奴的恶俗，令人生满目疮痍之痛。

囝生闽方，
闽吏得之，
乃绝其阳。
为臧为获，
致金满屋。
为髡为钳，
如视草木。
天道无知，
我罹其毒。
神道无知，

彼受其福。

郎罢别囝，

吾悔生汝。

及汝既生，

人劝不举。

不从人言，

果获是苦。

囝别郎罢，

心摧血下，

隔地绝天，

及至黄泉，

不得在郎罢前。

诗中郎、囝二字为闽语父子间的相互称谓。

4. 山水诗人韦应物

韦应物（737~约789年），长安人，少时尚侠，于唐玄宗宫中作侍卫官。玄宗死后，后悔尚侠无学，开始发愤读书。永泰年间，任洛阳丞；建中二年，出为滁州刺史；至滁州不久，又改为江州刺史。贞元初为苏州刺史，故史称韦苏州，不久，卒。

韦应物堪称中唐诗坛一大家。他的诗属于山水田园一派，上承王维、孟浩然、储光羲，下启柳宗元，一些文学史家干脆将王、孟、储、韦、柳合于一章叙述。

韦应物年轻时尚侠使气，以后出为刺史，颇有政绩。可见其学习甚为用功也甚为有益。他性格刚强，为政严厉，对百姓疾苦很是关心。但他的诗风不似政风，不走刚烈一派，而追求恬淡平和，闲静幽远。这看似矛盾，其实正是他为政性格的补充或者说是他本来面目的体现。他钦佩陶潜，既喜欢陶潜诗文，也佩服陶潜的为人。他的诗风近于陶潜一流。他远学陶、谢，近似王维。既有陶潜的恬淡自然，也有谢灵运的空灵优美，还吸收了王维山水诗意境高远简寂的风格。

从他为人考虑，实与陶潜一脉相通。但陶潜虽钟情山水，为诗为文，自然平易，却也有金刚怒目式的诗歌传世，所谓"刑天舞干戚，猛志固长在"，不仅"采菊东篱下，悠然见南山"而已。韦应物似乎更能在诗歌创造上把握自己的情绪，非心静如水不作诗篇。他的诗自然不如王、孟盛唐之音那样有更广阔的背景和更浓郁的味道。但在大历诗人中，确实出类拔萃，有鹤立鸡群之感。他的名作《滁州西涧》和张继的《枫桥夜泊》，可称大历年间山水诗歌的双璧，不但风格切近，而且妙语惊人。这种惊人妙语，只在身边心上，却不易用诗言歌语表达出来，一旦平易出之，便生奇趣无限，又似有禅意无限。

韦应物古体、今体诗均擅长，且各有佳作如许。但更擅长的还是五言诗作。他的五言古诗、律诗都有很高的造诣。不但意象幽远，而且情景交融。景色与心境和谐，景中已经有情，情色正堪景致。他的送别之作，常借姑苏一片烟雨，尽写淡淡哀愁。他本性刚强，却不是一个感情过于外露的人，所以他的送别诗的特点，是细读更有滋味。情似无为，平和致远，正是韦诗特色。《赋得暮雨送李胄》深得此中之味。

楚江微雨里，
建业暮钟时。
漠漠帆来重，
冥冥鸟去迟。

海门深不见，

浦树远含滋。

相送情无限，

沾襟比散丝。

大历诗人中，若无韦应物，甚或可以说：盛唐之下，大历无诗人。

第二节
韩愈、孟郊诗派

唐自安史之乱后，一二十年间，诗坛文坛不免青黄不接，昔日英雄，尽皆逝去。给人"西蜀无大将，廖化作先锋"的感觉。历史和现实都在呼唤新人出来，而这一大批新人，到了贞元中后期，也就应运而生了。

中唐文学人物首推韩、柳、元、白，不是说他们的诗文无人可比，而是说他们的影响最为显赫。韩愈生于公元768年，贞元八年（792年）进士；柳宗元生于公元773年，贞元九年进士；元稹生于公元779年，与柳宗元同年及第；白居易生于公元772年，贞元十六年及第；加上刘禹锡（生于公元772年），张籍和王建（皆生于公元768年），贾岛（生于公元779年），一时风云际会，蔚为壮观。

这不是说，上述诸人的出现，就如《水浒传》开篇一样，是文曲星下凡，或者36位天罡星下界；而是说，唐代进入中期，旧的文化形态已经不能满足社会要求，儒、道、佛三家共融共存的三元局面已经不适应社会发展的需要，盛唐时的繁荣已经过去，统治者需要稳定，老百姓需要安稳的生活，知识分子——特别是已经进入或正在进入仕途的知识分子要求更多的发言权。于是在文学流派上，中唐文坛分成两大主流。韩、柳于前，特别是韩愈，以道统自命，大有"天将降大任于斯人也"、"舍吾其谁与"的气派；元、白于后，尤其是白居易，转变诗风，接触社会，自觉创立新乐府诗。在诗歌创作上，柳宗元、刘禹锡遭贬以后，韩愈就与孟郊、张籍、王建、贾岛、卢仝、樊宗师、张碧、刘叉、张仲素、陈羽、朱庆余、姚合以及后来的方干、李贺等人形成一大诗派。尽管这个诗派中人例如张籍、王建并非韩、孟风格，但他们往来甚密，前呼后应。这个诗派可以说是文人荟萃，精华咸集，气势威猛，个性非凡。他们特别自信，因为自信就不将旧时规矩放在心上，什么音律格调，四声六对，要沿用就沿用，要突破就突破；他们很有才华，因为很有才华，就要创造新诗新意，也不管别人能否接受，我行我素，吾爱吾庐，我自为之，君将奈何。他们声势十分显赫，因为声势显赫，更加肆无忌惮。实在说，他们中的许多人，并没给后人留下几首好诗，但那声势，无疑是相当大的。

比如樊宗师，一味追求苦涩怪异，写的诗别人很难看懂，他自己还孤芳自赏，得意非凡。樊宗师一生作诗719首，文章291篇，杂文220篇，赋10篇，可以算一位多产作家。但他的诗文古怪到了极处，苦涩也到了极处。除去自己，别人很难明白。他的诗文留传下来的只有诗一首、文一篇。其用字怪异险僻，意境不明不白。诗中说："危楼倚天门，如阚星辰宫，穰薄龙虎怪，泂泂绕雷风。"诗前有序，开篇便说："绵之城，帝猰貐、掀明威……"连范文澜先生都说："只有'绵之城'三字尚成语，余句全不可懂。"后人不懂，时人怕也难明白，想传播久远，怎么可能？一般人不能理解的，韩愈偏能理解，而且为文褒扬。足见樊的诗文虽怪，但在当时，影响不小。无论当时还是以后，论及韩孟诗派的，都把他看成元和时期很有代表性的一家。这也说明一个道理，凡要改变旧说，不能不矫枉过正，而那些先锋派人物，常常在这种矫枉过正中，方便了后人，牺牲了自己。联想到二十世纪以来的现代派、后现代派文学，对于生活在八九世纪之交的樊宗师，也就觉得可以理解，甚至有某些敬意了。

韩孟诗派的古怪奇崛不在一人。因为他们的目标就是不合流俗，这种诗风对当时的诗坛产生了很大的冲击力。就他们的创作而言，也确实写了一些无法令人恭维的作品，写了一些难于普及和流传的作品，写了一些只可作为研究史料的作品，但也写了一些出类拔萃的作品。韩孟诗派影响奇大，他们中间出的人才也很多，但以创作实绩与流传范围而言，则不如白居易的浅近平和，传播广远。

1. 以文为诗的韩愈诗风

韩愈无论在唐代，还是在整个中国文学史上，都堪称奇才。他在大唐时代，做到了三个第一：诗文成就第一；创立诗歌流派第一；领袖地位、才能与风度第一。

单以诗论，韩诗达不到超一流水平，但他的散文影响，可谓自唐之后，千古一人。他身为唐宋八大家之首，又是唐代古文运动的必然与当然的领袖。其创作实绩，上追班、马、晁、贾，下启欧、苏、王、曾，是唐、宋、元、明、清时代公认的文宗。

韩愈又是首创唐代诗歌流派的先行者和统帅人物。盛唐时期诗歌创作固辉煌，但只有风格之别，没有流派之别，毕竟风格还不是流派，其区别在于风格之别是"自在"的，而流派之别是"自觉"的。盛唐诗苑有格（风格）无派——他们也无须有派。中唐不同了，不但有风格，而且有派，但并非宗派之派，而是流派之派。其中最有影响的流派，就是韩孟、元白。论创作实绩，当以白乐天为首，论组织地位，自以韩昌黎为尊。

韩愈不但是一位奇才，而且是一位帅才，奇而能帅，颇不简单。他交游广泛，心怀开阔。几乎和当时所有著名诗人都有往来。列入韩氏门墙的诗人众多，经他提携的诗人更多，他有广阔的领袖胸襟，又有好为人师的强烈个性，他有才，但更爱才。但看《韩昌黎集》，他曾经为那么多人写序作文，足见他的爱才之心。他虽是文坛领袖，但不作党争之事，真正做到了孔夫子说的"君子群而不党",纵非韩孟一派,也可以是他的朋友,纵然竞争对手,也往来如仪。

韩愈(768～824年),字退之。南阳(今河南孟县南)人。幼年即父母双亡,全靠兄长和嫂子抚养。他聪慧过人,博闻强记。史书上说他日记数千言,通百家。贞元八年进士。但未很快任用,他耐不住寂寞,连续给赵琛等三位宰相上书。后入朝为官,作监察御史。因为上书论宫市之害,触怒了皇帝,贬到山阳任县令。韩愈有行政才能,县令做得不错,于是改江陵法曹参军。元和年间,成为国子博士,河南令。但他才高气盛,不免阳春白雪和者盖寡。加上旧势力嫉妒,使他长期得不到升迁。后来终于得到裴度赏识,才算走出低谷。宪宗时,任中书舍人,裴度平定淮西,他随军有力,表为行军司马,胜利后,升为刑部侍郎。这一段仕途得意,颇有青云直上的好感觉。但很快发生《谏佛骨表》事件,于是"一封朝奏九重天,夕贬潮州路八千",给发配出去了。后来自己见胳膊终究拗不过大腿,便向皇帝承认错误,说自己被贬全怨自己糊涂,终于得到皇帝原谅,迁兖州刺史,后又拜国子祭酒。还做过兵部侍郎、京兆尹等官,于长庆四年,因病去世。

韩愈一生,一是作文作诗,二是做官做事,二者都做得很有影响。但比较起来,还是诗文更有成就。他一生经历比较得意,虽有挫折,都不算很严重。柳宗元中年谢世,他为柳公撰写碑文,说柳宗元被贬边荒之地,久久得不到赦免,和没有大人物援引有关。这是他的经验之谈。韩愈生平,最喜欢干谒。他好为人师,又好找靠山,所以每遇挫折,总有大人物援引。他本人不能吃苦,一有苦处,马上四处求援。他常报怨生活贫困,其实他何曾真正贫困过。

韩愈思想的主流部分是儒学传统,但也不纯粹,他写《原道》《原鬼》《原毁》等书,好像全然儒家声调,其实里面有杂音。他对孔子孟子绝对敬服,但一读《荀子》《墨子》，即刻产生新想法。荀子与孟子矛盾，孟子乃儒学主流，一般儒家正统人士对荀卿多贬，但他读罢荀子，就将荀孟作个比较，并且得出结论说："孟氏，醇乎醇者也。荀与扬，大醇而小疵。"孔子与墨子势不两立，但他读了《墨子》，又写读书心得说："儒墨同是尧舜，同非桀纣。"还大胆猜测"孔子必用墨子，墨子必用孔子，不相用不足为孔、墨。"

以此观之，韩愈的思想其实驳杂，这种驳杂对他的文学很有好处。而且也在某种程度上说明他的人格——他不因人废言，而是因文论人，颇有些实事求是的意思在内。

韩愈的主要缺点，是他喜欢眼睛向上看，一生干谒，不怕挫折，比之李白还有过之，而且态度谦卑，有时到了他的同道后人难以为之圆说的程度。因为他有这个毛病，所以他的文章中，反映个人生活和文学之道的内容最为精彩，而反映社会下层的内容几乎是空白。

但他毕竟有大功劳于唐代文坛，也有大功劳于中国文学史。后人对他评价很高，一般也符合事实。韩愈作为一代文宗，不但后人尊崇，他在世的时候，就已然享有极高声誉。

韩愈的诗歌特色，用最简捷明快的语言表述，就是以文为诗。以文为诗的创作方法打破了传统诗歌的规范，不但打破了旧体诗的规范，连今体诗的规范也不十分在意。他的这种左冲右突、如入无人之境的作风，可以说，一直上溯到魏晋建安诗人，都是他冲击的对象。

因为以文为诗，遣词造句非别出心裁不可，正是在这个意义上，他对樊宗师才备加赞赏，说樊宗师不以一字袭古人。他本人的诗，也造句别扭，不合常法。一般五言诗，音节多半为上二下三，少量上三下二。他好像更喜欢上三下二，有时偏要上一下四。七言诗的句子一般上四下三，他偏能上三下四。诸如"乃一龙一猪"、"有穷者孟郊"、"子去矣时若发机"

之类的句子都进入了韩诗。他的文章本来以文从字顺著称,他的诗作却不避险韵,岂但不避而已,简直兴味浓厚。他的《陆浑山火》诗里有这样几句:"虎熊麋猪逮猴猨,水龙鼀龟鱼与鼋,鸦鸱鹛鹰雉鹄鹍,燖炰煨燂孰飞奔。"①刘大杰先生称为"奇怪"。这可太难了。韩公能为此诗,直令史家一笑。

因为韩诗有这些特点,自然引起后人很多又很激烈的争论。说韩诗好的有,说不好的有;明明不好硬说好的有,诗虽不算很好,但说不影响韩公伟大的也有。赞成者中,最典型的说法,是"杜甫以诗为文,韩愈以文为诗"。但按古时的标准讲,杜甫以诗为文,还可勉强,韩愈以文为诗,写的就不太像诗。宽容些考虑,或许现代人写现代主义、后现代主义风格的诗作,可以从韩诗中得到某种启迪。但在当时,未必成功。

然而,韩愈毕竟是大家。重要的是他的诗风对后世、特别是对宋代诗歌产生了莫大影响。实在说,中唐乃至晚唐,天下人还是喜欢元、白诗风的人多。元、白诗可以看作大众诗,而韩、孟诗则是典型的文人诗。元、白诗妙在虽然大众化,通俗但不庸俗,诗中自有精品在。韩、孟诗,特别是韩愈的诗虽然是文人本色,却又不是一般只会寻章雕句的文人,他的某些精神和卫道勇气,使他的影响直到宋代才充分显示出来。宋代大诗人中,学白者不过十之一二,学韩者倒有十之七八。

韩愈也有能为一般读者接受的好诗。如他的《山石》《八月十五赠张功曹》,连毛泽东这样的诗歌论者也很喜欢。《山石》写得奇异而不怪异,流畅而不流俗,气派而不气梗,感慨而不感伤,确是一篇佳作。如果说李白的《蜀道难》特能代表盛唐风化,韩愈的《山石》则特别合乎中唐时尚。

> 山石荦确行径微,
> 黄昏到寺蝙蝠飞。
> 升堂坐阶新雨足,

芭蕉叶大栀子肥。
僧言古壁佛画好,
以火来照所见稀。
铺床拂席置羹饭,
疏粝亦足饱我饥。
夜深静卧百虫绝,
清月出岭光入扉。
天明独去无道路。
出入高下穷烟霏。
山红涧碧纷烂漫,
时见松枥皆十围。
当流赤足踏涧石,
水声激激风吹衣。
人生如此自可乐,
岂必局束为人靰!
嗟哉吾党二三子,
安得至老不更归。

  应该说明的是,韩愈作为中唐诗坛大家,好诗其实很多,并非仅《山石》《八月十五赠张功曹》而已。他其实是位全才,文章无须多说,有唐一代,韩、柳并称,全无敌手。诗歌创作也是有体皆能。不过他意在突破旧习,有些啸立诗坛、桀骜不驯罢了。无论哪种诗体,他都有为大家喜闻乐见的佳作传世。如他的古诗《雉带箭》,写狩猎情形,场面非常壮观,气氛十分感人:

原头火烧静兀兀,
野雉畏鹰出复没。
将军欲以巧伏人,
盘马弯弓惜不发。
地形渐窄观者多,
雉惊弓满劲箭加。
冲人决起百余尺,
红翎白镞随倾斜。
将军仰笑军吏贺,
五色离披马前堕。

浓彩艳抹,风高火急,将军飞马成功,诗便戛然而止。

韩诗内容博大,能写人,也能写景;有严肃,也有诙谐。他的《早春呈水部张十八员外》第一首,写新春草色,不但意象贴切,而且非常优美:

天街小雨润如酥,
草色遥看近却无。
最是一年春好处,
绝胜烟柳满皇都。

没有入微的观察,没有绝好的诗感,没有千变万化的笔力,怎能写出这样的好诗来?

他和白居易的诗歌观念并不相合,两人不免心存芥蒂。有一次,他请白居易春游,白借故未去,他作诗调侃,写得虽怨不怒,气度大方。

漠漠轻阴晚自开，

青天白日映楼台。

曲江水满花千树，

有底忙时不肯来？

顺便说，无论韩诗作何姿态，他的情感反映都十分浓郁，情深意切，正是韩文本色，也是韩诗富于影响的重要原因。

列入韩氏门墙的诗人很多，如卢仝、贾岛、李翱、刘叉、张籍、王建、陈羽、张碧、张仲素等等。其中卢仝的《月蚀诗》最得韩愈赏识。但论诗歌的成就和影响，还是张籍、王建、贾岛以及与韩愈齐名的孟郊更有成绩。

2."郊寒岛瘦"

郊寒岛瘦是一句成语，说的是韩孟诗派中孟郊与贾岛两个人的诗风特征。

（1）寒酸孟夫子

孟郊（751～814年），字东野，湖州武康（今浙江武康县）人。他比韩愈年长，但成名不算早，获取功名尤其不早，直到46岁时才得中进士。但这位老进士性格耿直，不随和，和一般人相处，不很容易。偏韩愈喜欢他的性格，二人一见如故，为忘年交。孟郊一生，大约朋友不算很多，但韩愈是一个，韩愈的弟子李翱是一个，韩门著名诗人张碧算一个。他们三位在中唐都是特别有名的人物，对孟郊也都很好，可见孟郊虽然性格耿介，人品是好的。他一生不治家产，似乎也没有治产的能力，或者说没有这种欲望。他只要吟诗作诗，别的不感兴趣。他中进士后，曾任溧阳尉。溧阳有一条著名的文化河——溧水河，据说是伍子胥当年乞食投金的地方。这地方，孟郊一见，如见故人，常常坐在那里和朋友听琴会酒，赋诗终日，连公务都忘记了。幸亏县令明白他为人，就叫人代他办公务，分一半俸禄给代理的人。后来，他干脆辞官不做，回家作诗去了。

孟郊一生，生活困苦。困苦又"拙于生事"，结果更加困苦。但困苦不影响他吟诗，愈困苦还愈吟诗，于是诗也从根上苦起来。他曾有《谢炭》诗云："吹霞弄日光不定，暖得曲身成直身"，以此知道他连炭也买不起；又有诗说："借车载家具，家具少于车"，以此知道他家中不唯无炭，连起码的用具也少得可怜。这样的生活，加上屡试不第，不免身心俱苦，化而为诗，苦涩忧人。但他活得有骨气，虽贫穷如洗，从来不低眉顺眼作可怜状。他一生大约没有几次欢快，唯有终于金榜题名的时期，高兴过一次。他写道：

> 昔日龌龊不足夸，
> 今朝放荡思无涯。
> 春风得意马蹄疾，
> 一日看遍长安花。

然而，不过一瞬欢欣，随复不乐。到他64岁时，赴山南西道任官，未至任所，发病暴卒。

孟郊一生凄苦，虽有韩、李、张等名家为之揄扬，不能改变他的贫穷面目。人称"寒酸孟夫子"。但他人虽贫寒，情却不少。他的诗虽然词藻方面不甚讲究，但他似乎也不把修辞看得那么重要。他诗如其人，虽然囊中羞涩，并不缺少友情。他的那篇《游子吟》大约是最能打动天下做母亲心弦的诗篇，也使天下具有孝道之心的儿女产生强烈共鸣。诗曰：

> 慈母手中线，
> 游子身上衣。

> 临行密密缝,
>
> 意恐迟迟归。
>
> 谁言寸草心,
>
> 报得三春晖。

他自身贫寒,也能理解天下人贫穷饥寒的苦痛。他的《寒地百姓吟》,可以看作一篇贫穷百姓的控诉书。

孟郊今、古体诗均能为之,他的五言绝句,大约因为诗体短小,文字更加明白。而风格总是一样的。他有一首《喜雨》:

> 朝见一片云,
>
> 暮成千里雨。
>
> 凄清湿高枝,
>
> 散漫沾荒土。

前两句面露喜色,后两句又复"寒酸"。孟郊为诗,何喜之有?

孟郊死后,同仁无不悲伤。张籍谥为贞曜先生,余庆给钱数万作丧葬费用,又负责赡养其妻子累年。可见他为人很得人心,他的一生境遇令人同情。

(2)苦吟贾僧人

贾岛(779~843年),字阆仙,范阳(今河北涿县)人。贾岛与孟郊齐名,但二人年龄相去甚远。诗作也有很大不同。所谓郊寒岛瘦,虽有相似之处,并不十分相近。孟郊称寒,主要是他生活凄苦,凄苦之寒;贾岛称瘦,主要是吟诗太苦,苦吟之瘦。从诗的内容看,孟郊反映社会生活的诗作不少,诗风虽多"寒"意,却能有情有感——诗心还是热的。贾岛主要在诗的语言上下功夫，诗的内容则比较狭窄，感情方面也不那么能感动读者。但他有诗癖，吟诗入魔，几乎到了物我两忘的境地，因此冲撞了达官贵人，被拘留一夜的事情也曾有过。他懂音乐，喜琴瑟，常与姚合、王建、张籍、雍陶等相聚为乐。他年轻时也曾追求功名，但连考不中，钱也没了，心也灰了，就出家做了和尚，法名无本。但他诗心不静，做和尚也不合格。那时候朝廷禁止僧人午后出入寺庙。他忍耐不住，就写诗发牢骚，说牛羊还让出入，做和尚连牛羊都不如（"不如牛与羊，犹得日暮归"）。后来，就还俗了。他一生只做过几天小官，但没有积累下钱财，临终时，家中物件不过病驴一头、古琴一张而已。

贾岛吟诗，传扬最广的一则掌故，是关于"推敲"二字的。他骑驴访友，得"鸟宿池边树，僧推月下门"二句诗。然而不能满意，想改作"僧敲月下门"，但又犹疑不定。于是沉吟不已，神游物外，正值韩愈做京官，他的驴一惊，把韩大人的扈从队伍给闹乱了。从人将其拿住，问"什么人？"回答说为推敲二字神魂颠倒。韩愈便不计较，反而停车驻马，代为思之，良久，说："还是敲字好。"二人从此成为好朋友。他的这首诗，确实写得不坏，虽不免寻章雕句之嫌疑，犹有清闲远世之雅意。

闲居少邻并，
草径入荒园。
鸟宿池边树，
僧敲月下门。
过桥分野色，
移石动云根。
暂去还来此，
幽期不负言。

贾岛对自己的诗作特别看重，每过新年，都要把一年之作翻检出来，焚香礼拜，酹酒祝词，曰："这就是我一年的心血呀！"但他的诗作，还是那些风格自然流畅的更好。比如他的五绝《剑客》，不加雕饰，不用奇字，婉若应声而起，却有余味在心。

十年磨一剑，
霜刃未曾试。
今日把示君，
谁为不平事？

第三节
游离于韩、白之间的诗人：张籍与王建

虽同为韩、孟诗派，张籍、王建与孟郊、贾岛十分两样。如果我们对韩、张、王和孟、贾作个比较，可以这样说，韩是诗怪人不怪；孟、贾是诗怪人也怪；张、王是诗不怪人也不怪。在韩、孟诗派中，张、王两人可以看做一个特例。他们的诗比较平易近人，如果不问当初的历史，只以诗而论，张、王之作，似既有韩、孟之风采，又有元、白之精神。

张籍（约公元678～约830年），字文昌，祖居苏州，后迁至和州（今安徽和县）。贞元十四年进士，做过水部员外郎等官，终于国子司业。

张籍是中唐诗坛上一位颇有影响的人物。他和韩愈交厚，也和孟郊、贾岛、王建、于鹄、朱庆馀等友善。他性格刚正，为人仗义，朝野之士莫不与之相闻。史书上说他们这些诗人，都是离家千里之外游宦四方的人，身边别无长物，骑的马也很瘦，随行的童子也面有饥色，本人穿着很朴素的衣服，大家碰在一起，怎能不殷勤相问，何况说又都是一些志同道合的人呢！[①]

张籍的诗歌，没有樊宗师、孟郊、贾岛一些人的奇险冷异，而是主张风雅，讲究意境。他的诗作中以乐府歌行水平最高。他的这些乐府诗注意

[①] 辛文房：《唐才子传》，中州古籍出版社，1987年版，第241页。

接触社会生活，同情人民疾苦，大胆暴露当权者的种种丑恶。他善于使用旧乐府，又喜欢创作新乐府，在这方面，他可以说是白居易创造新乐府诗的积极支持者。他的诗虽不如白诗内容扎实、影响深远，确也有自己的独到贡献。白居易对他的诗作也非常赏识，曾专门题诗予以很高评价。

张籍的诗风近乎白居易，但比白居易来得简爽凝炼。一般不直接表明作者的见解，更喜欢用诗中人代言心中事。或者因为他生活阅历比较丰富，他的诗中人的意见，不过是亲眼所见亲耳所闻的社会生活的诗化罢了。他的《野老词》《董逃行》《筑城词》《征妇怨》均为暴露人民疾苦的名作，虽然其激动人心的气势与力量不如杜甫，但其用心却与杜诗相似。韩孟诗派多为才子，韩愈本人就是大文人大才子，他们的诗作不甚考虑下层人民生活。韩孟诗派的特点也不在这里。但韩孟诗派中确有注视社会生活的人在，张籍就是其中一位优秀代表。比如他的《征妇怨》，写得情诚意切，哀婉感人：

> 九月匈奴杀边将，
> 汉军全没辽水上。
> 万里无人收白骨，
> 家家城下招魂葬。
> 妇人依倚子与夫，
> 同居贫贱心亦舒。
> 夫死战场子在腹，
> 妾身虽存如昼烛。

王建，字仲初，颍川（今河南许昌）人。大历十年进士，授渭南尉，调昭应县丞，迁大府寺丞、秘书丞等官。后任陕州司马。史书不记年庚。

但张籍的《逢王建有赠》一诗中说"年状皆齐初有髭,鹊山漳水每相随",大约与张籍同年。

王建能诗亦能词,是中唐一位才子。他是韩孟诗派中与张籍交谊最厚的一位,同时也和白居易交好,如同张籍一样。王建最出名的诗歌不在韩孟派内,而是他的百首《宫词》,因为《宫词》作得十分逼真,还险些引发一场风波。但他的诗歌成就不仅宫词而已,他的乐府也很有水平。他写乐府诗,颇不失古意,又能赋予新意,既能体现古乐府清远雅丽的风格,又不乏自己的创造,让其为我所用,反映活生生的现实生活。他的诗风最似张籍,他比张籍或许更有才气。二人诗风相近,诗艺有别。他的许多诗作都能抓住细节,搔到痒处,令人一见便产生强烈共鸣,觉得现实生活就是如此,似乎不这样就不算生活。他的名篇《新嫁娘词》特别能体现这种特色。

三日入厨下,
洗手作羹汤。
未谙姑食性,
先遣小姑尝。

他写《望夫石》,虽是古旧题材,为前人千百遍吟咏过的,他独能另辟路径,又添新意:

望夫处,江悠悠。
化为石,不回头。
山头日日风复雨,
行人归来石应语。

王建所作《宫词》一百首，极写宫中世象，几乎无所不至。内容不免单薄，意象殊多想象。这好像近时青年作家专写古来事迹，也能写得头头是道。他的这种诗风，近则影响元、白，远则直达五代。王建宫词可视作五代词的先声。其中第59首，写宫中嫔妃心态，宛如亲见：

> 御池水色春来好，
> 处处分流白玉渠。
> 密奏君王知入用，
> 唤人相伴洗裙裾。

韩、孟、张、王诗友极多，诗作更多，如卢仝、姚合、雍陶、陈羽、张碧、朱庆馀、张子羽等，但选凤头豹尾，恕不一一记述。

第四节
白居易与元和体

旧时研究唐代诗风变化，有陈、杜、韩、白诗风四变之说。认为陈子昂改变六朝诗风，为第一变；杜甫经安史之乱，反映社会离乱态，为第二变；韩愈提倡道统，写硬派诗歌，为第三变；白居易首倡创作新乐府，主导元和体，为第四变。其实，韩愈对诗歌的贡献没有这么大，他的最重要的贡献表现在古文运动方面。他本人又是一位极有天才的人物，对中唐诗歌自然有不可低估的影响。但论实际成就，他并非白居易敌手。白居易实为唐代超级诗人，虽不能等值于李白、杜甫，尽可以比之于王维。唐代诗人，应以李、杜、王、白居其首席。或以诗艺而言，还应加上李商隐。李、杜、王、白、李，可算唐诗五大家。

白居易对中唐政治文化的走向，不如韩愈认识明确，但他反映现实生活的本领，远比韩愈为大。由此可见人无完人，金无足赤。没有任何一个学派或人物会是永远正确的。更多的情况下，是对中有错、错中有对，或兴盛一时，或影响久远；或二者相兼，或一花独秀。韩、白所处的时代，正是唐王朝走向没落的开端。虽然百足之虫，虽死未僵，但已风雨飘摇，内外交困。韩愈的药方是重振道统，辟佛尊儒；白居易的药方则是不断提出讽谕，努力减少人民苦难。为达到这一目的，他经过几十年官场奋斗、诗场奋斗，终于完成了历史赋予他那个时代的诗歌使命。

1. 白居易在元和体中的地位与作用

元和体旧有两个含义，一个是专指由元、白唱和而成的独特诗风；一个是泛指元和年间各类诗派。这里用的是第一个含义。

元和体的创建不是一日之功，也不是凭空无据。元和体的主导人物自然是白居易。白居易作为中唐最有成就的诗人，也同李杜一样，非常注意吸收前人成果。韩愈、孟郊不入流俗，元、白这里发展传统。李、杜为诗上追屈、宋，次及建安，直通庾、鲍以及江左诸才子。白诗不同于李杜：盛唐既然已经辉煌，中唐就无须绕过佛陀，去拜罗汉。六朝诗自然也要参考，盛唐尤当学习。元白诗的平易之处，非六朝所有，白诗刻意反映民生民苦，则是杜甫后承。元白诗风一面向老杜学习，而且极其推崇杜甫，认为杜甫远胜李白的议论最先即出自元稹之口。又注重借鉴韦应物平和自然的诗风。元、白远慕陶渊明，近习韦苏州，从陶、韦诗风中得益很多。

除去借鉴前人成果，促成元白诗风的还有许多同时代人。比如李绅，此公诗作平庸，本无足道；做官亦平庸，更不足道。但他有一首我国几乎家喻户晓的诗作，却与元白诗特别是白诗风格极其相似，主旨相近。倘说此诗是白居易所作，有人信的，若说此诗会使白居易感动，也不过分。其诗曰："锄禾日当午，汗滴禾下土。谁知盘中餐，粒粒皆辛苦。"

再如张籍、王建、朱庆馀、张仲素、张碧、张祜、刘采春等人的诗作诗风，也和元白体的形成有许多内在外在联系。张籍的歌行，王建的宫词，张碧《农夫》一类的采风，张仲素的闺情诗，都和元白诗极多相通之处。一些诗人与诗作虽不入元白诗派，也受到他们的高度赞扬。如张籍的朋友朱庆馀所写《闺意献张水部》：

洞房昨夜停红烛，
待晓堂前拜舅姑。

妆罢低声问夫婿，

画眉深浅入时无？

倩人元白诗品，犹能摇摇曳曳，顾盼多姿。

元稹最欣赏的女诗人刘采春，本伶工周季崇之妻，既为伶工妻，诗歌多生乐感；又因女子之作，诗风复转细腻。所写离情别绪，"低回秀媚，雅措风流"（元稹语）。但以自然而又富于生活气息而言，刘采春的《啰唝曲》等诗作不如皇甫松的《采莲子》更有魅力。

船动湖光滟滟秋，

贪看年少信船流。

无端隔水抛莲子，

遥被人知半日羞。

皇甫松，散文家皇甫湜之子，诗风清雅，别是玉兰花一枝。

即使元稹大不喜欢，并且被他压抑、排挤的张祜，其实也和元白诗作目光流转，暗地传情。

元白诗吸收前人成果，特别是与时人相互借鉴，是他们取得成功的重要原因，但也使得他们的诗歌不如盛唐诗作那样有立体感。毕竟李、杜前面有500年厚遇，元、白就没有这么好的福分了。

元和体在中唐诗苑造成极大影响，但这样评价都不算褒扬。实在元白体的最大影响还在民间，它原本不是宫廷旧物，它的旺盛的生命力只有接触人生，接触现实，接触三教九流，接触美好的大自然，才更能充分显示出来。

元、白唱和的内容广泛，收集在元、白各自的《长庆集》中的各类诗作，几乎无不包容。但最有影响、最具魅力的还是他们的新乐府歌辞。这些新乐府歌辞既能迅速反映人们现实生活中的种种问题，又便于书今写古，更便于吟唱。应该说，能唱的诗远比只能朗诵的诗要传播得快。一首诗，若只能朗诵，好比只有一支翅膀，加上歌唱，变成两支翅膀。元白期间，天下人无不唱和元白诗，不能说不是他们取得空前荣誉的原因。这样的荣誉，连李、杜、王、孟、高、岑都是没有过的。此无他，就是因为元白诗更通俗，更便于吟唱，从而更易传播。

元和体的主将自然是白居易，副将是元稹。

元稹是个大才子，白诗所有，元诗多有。白居易有《卖炭翁》，元稹有《田家词》；白居易有《长恨歌》，元稹有《连昌宫词》。加上二人唱和之作极多，不但诗风一致，而且喜好相近。白居易的诗影响奇大，元稹的诗影响也不小，他的诗不仅传播四方，而且深入朝廷，宫中呼为"元才子"，连皇帝老官都亲自过问。但元稹终究不能和白居易平起平坐，这是因为：

第一，元、白人品有优劣。白居易一生正直，在朝能言，出外能政。他不避权贵，敢于发表自己的见解，关心民间疾苦，与他们有相通的感情，"座中泣下谁最多，江州司马青衫湿"。元稹也写民间疾苦，但人格低劣。青年时也曾有过一段敢作敢为的历史，但总体评价，则没有一个完整的人格。他排挤张祜，有为虎作伥之嫌，不但不能比白居易，更不能比韩昌黎。白居易与樊宗师是好朋友，以诗而论，两个人似有天壤之别，但不因此伤害友情。当时人物，如贾岛、张籍，均个性很强，不易合作，白居易偏能见一个喜欢一个，而且都有浓厚友情。元稹一生没有几个诗友，尤其没有几个朋友，白居易之外，不知道他和谁能长期合作。元稹一生轻浮，据说《会真记》中有他的影子。他人似张生，对"崔莺莺"始乱之、终弃之，还强辞夺理，讲一篇道理出来，这类作风，徒增旁人厌恶。他曾做过宰相，也曾巴结太监；还曾阻挠裴度用兵削取藩镇割据的计划。因为人品如此低下，元稹一生不过才子而已。他是一位能诗能文的风流才子，虽然也曾写过内容严肃的新乐府，也曾做过刺史做过宰相，但摇来摆去，不像正人君子。

第二，元稹不及白居易的创作时间长，也不及白居易对诗坛的影响大。

中唐最著名的诗人唱和，先是元、白，后是刘、白。元稹死得早，他死后，白居易便和刘禹锡继续他们之间的诗人酬唱。元、白唱和有创业之功，刘、白唱和有完美之意。前者取得影响较之后者应当容易，但刘、白唱和不比元、白唱和逊色，因为刘、白不但诗歌水平相垺，而且为人处世也相去无多。

第三，元稹不及白居易的贡献大。白居易的贡献大，并非他比元稹更有天才，而是他能全身心投入创作。白居易着迷于诗，和孟郊、贾岛一样，几乎达到走火入魔的程度。不过他走的路子正，不偏激，不怪癖，又有较良好的人际关系。因为他对诗歌创作有这样深的感情，肯下这样大的功夫，所以他一生作诗很多，却绝少败笔。这和元稹不同，元稹不免恃才卖才，二人诗风相似，细细考究起来，就看出元诗疵点太多。他为人轻浮，诗的追求也低。

那么为什么元、白还会成为极好的朋友，而且有那么多成绩斐然的唱和呢？

历史表明，人品并非人生的唯一因素。而且元、白的相交，主要不在其事而在其诗。以诗而言，两个人的心是相通的；元诗平易，白诗更平易；元诗宜于歌唱，白诗也好入曲；元诗写宫廷情话、人间情话，白诗对此也有极大兴趣，虽然言情与言情也有不同，毕竟相同大于相异。以此言之，元、白二人不但诗歌同道，两人之间的真情实意、深情厚谊也无可怀疑。元稹于元和十年贬通州，同年 8 月，白居易又贬江州司马，二人境遇相同，心境凄凉，元稹曾作《闻乐天授江州司马》，诗情如火，感人肺腑，若非情同骨肉，不能作此诗篇：

残灯无焰影幢幢，

此夕闻君谪九江。

垂死病中惊坐起，

暗风吹雨入寒窗。

元稹为中唐诗中大家，他的诗各体咸备，长短皆宜，与白居易同创元和体，功不可没。

或可说，是元和体造就了白居易；

或可说，是白居易主导了元和体。

2. 白居易的生平

白居易（772～846年），字乐天，晚年号香山居士。原籍下邽（今陕西渭南县境），生于河南新郑。居易早慧，又肯用功，或说18岁时，曾在长安路谒顾况，诗名鹊起。28岁中进士，累官校书郎、翰林学士、左拾遗。比之李白、杜甫仕途顺利。李、杜非官场中人，白居易则能官能政亦能诗。他为人耿直，居官尽责，直言敢谏。对于时政，屡次上疏，极言其弊。当时宪宗在朝，对他的意见，也颇能采纳。元和四年，南方大旱，宪宗下诏减轻农民负担，但具体措施不详。白居易专此建言，要求将江、淮两地的赋税尽行免去，被宪宗采纳。又建议出宫女，也被采纳。他做左拾遗数年，确确实实尽了责任。而且直言无惧，大有古贤者之风。有时他的意见和皇帝相左，竟然敢于当面批评皇帝，说"陛下错了"。皇帝不高兴，他也不十分在意。但也因此，左拾遗任满时，只得转调，不获升迁。后来因此得罪权贵，被放出朝，终至谪为江州司马，其时45岁。但他官运不恶。49岁拜尚书司门员外郎，50岁加朝散大夫，又转上柱国，成为朝中要臣。经过这一番波折，一方面，他历经浮沉，不免处事趋于谨慎，意志有所消沉，更多精力转于诗歌、禅、道；另一方面，时上时下，其间还任过杭州刺史、苏州刺史等有职有权的地方官，且均有政声。在杭州还亲自领导治理西湖工程，以益农事，后人称其所建堤坝为白堤。白堤、苏堤（宋苏东坡修）成为西湖名胜，也成为文学才子做地方官的两段佳话。白居易晚年，身体不好，68岁时患风症，已成残疾。但直到71岁时才以尚书致仕，75岁去世，赠尚书右仆射，谥为"文"。

白居易不同于李白、杜甫，不但阅历不同，风格不同，文化选择方式不同，个体心理类型也有很大区别。

首先，白居易是一位颇有行政能力的官员，这一点就和李白大不一样。李白的壮志与幻想是谁也比不过的，但他能作诗不能做官，这一点他自己固然永远也不会承认，却是千真万确的事实。唐玄宗说他不是"廊庙之材"，并非没有道理。杜甫居官也敢言能谏，但比之白居易，仍嫌理想太多，实际不足。

其次，白居易是一位有明确文学追求的诗人，他的文学主张，可以看作有唐一代最著名的文学理论之一。李白、杜甫的理论表现主要在于诗歌创作经验。杜甫还算实事求是，李白耽于幻想，难免言行不尽一致。白居易的文学主张是自觉的，他的文学理论，集中到一点，就是"文章合为时而著，歌诗合为事而作"。所以郑振铎先生说他是"彻头彻尾抱着人生的艺术主张的"。他的这个观点不但作用于自己的实际创作，而且影响了他的时代，"五四"新文学运动以后的相当时间内，也是最受欢迎的古代文学理念。

再次，他年轻时锐意求学，中年时锐意为官，后来受到挫折，又曾近佛近道，尤其向往佛学。但他与李白、杜甫、王维不一样，毕竟时代不同了，他的文化品位没有达到盛唐几位大师那么高的文化追求。他近佛，但不能在诗歌中充分反映佛的文化意境，这一点不如王维；近道，又不能在诗歌创作中反映出道教的文化精神，则更不如李白。纵然他比杜甫更具行政才能，对于儒学的历史作用，却又看得不甚明白，不但不如杜甫那样对儒学一往情深，也缺乏韩愈那种以儒学继承人自命的勇气和精神。他一生所爱，其实专在他的诗歌。后人评价白居易，称之为"诗魔"，很是恰如其分。他爱诗如命，既天性早慧，又刻苦过人；既有理论，又多实践。这种风格，一直到他晚年，都不曾改变的，而且愈到晚年，此情愈切。即使已经风瘫，犹然伏枕作诗不辍；虽佳人宝马，都能放弃，唯有诗歌，一时也离不得。他生前亲手写定同样内容的诗集五本，每本皆收有诗文3784篇。而且将这五本诗集分于五处，一本藏于庐山东林寺，一本藏于苏州南禅寺，一本藏于洛阳圣善寺，一本交给他信任的侄儿，一本交给他疼爱的外孙，其用心之良苦，史所罕见。大约只有贾岛对自己的诗作才有这般痴迷，却没有这样有条不紊的精心安排。或许可以这样说，李白近道，王维近佛，杜甫近儒，白居易终生只管痛爱其诗。因为白居易有这样独特于前人的自觉追求，他的诗名才如此广大。但也因此，使得他的诗歌，从历史的悠远地方遥遥看去，不如李、杜、王、孟、高、岑的诗歌来得立体浑然。

3. 白居易的诗作与艺术特色

白居易一生诗作编入《白氏长庆集》，后世虽有散佚，损失不多。他的诗流传至今的有3000多首，堪称唐代诗人之冠。他自己将这些诗分为讽喻、感伤、闲适和杂律四个部分，对其中的讽喻诗最为重视，最有自信。

白居易诗才卓越，无体不能，这一点是可以和李白杜甫媲美的。他的诗又有自己的独特风格，简而言之，白诗的艺术特征，可称之为"三最"。

（1）白诗最典型的风格是"铺陈绘事，平易近人"。

铺绘陈事是白诗的创作手法，平易近人则是白诗的典型风格。或者说，没有铺绘陈事，很难平易近人。元稹为白集作序，说："二十年间，官署、寺院、驿站墙壁上没有不书写元白诗的，王公、妾妇、牧童、马卒也没有不吟唱元白诗的。至于手抄本摹写本在市上贩卖，或者用它们换茶换酒的，更是比比皆是。我在平水草市看到村里学童都在学诗，就问他们学的是什么，学童们齐声回答：先生教我们元白诗。"这样的影响，没有平易近人的风格是办不到的。据说白居易作诗，每每请一位老大妈来听，听得懂，留下；听不懂，改写，直到听懂为止。这传闻颇有些杜撰嫌疑，但白诗平易，确实不错。

白诗平易但不平庸，貌似顺流而出，却有诗意诗味。他的名句"野火烧不尽，春风吹又生""日出江花红胜火，春来江水绿如蓝"，都能作到明白如话而意境自在。他有一篇《闻夜砧》，内容固然深沉凄苦，同样做到字字明白，诗境不俗：

谁家思妇秋捣帛，
月苦风凄砧杵悲。
八月九日正长夜，
千声万声无了时。
应到天明头尽白，
一声添得一茎丝。

（2）白诗最重要的成就是他的"讽喻诗"。

讽喻是唐人旧话，变成现在语言，就是写实手法与写实作品。白居易本人最看重这部分诗作，以为他的其他作品都是"不足为多"的，唯有这部分诗，才是他的压卷之作。白居易这个评价有他的道理。白的讽喻诗继承杜诗传统，而且题材尤其广泛。加之语言比之杜诗又特别通俗易懂，写实色彩愈加浓烈，这类诗作题材几乎无所不在，诸如广为流传的《上阳人》

《杜陵叟》《盐商妇》《重赋》《轻肥》《歌舞》《卖花》种种。这些诗大部分皆为《新乐府》，也有的收入《秦中吟》。这些虽历千年而久诵不衰的讽喻诗作，正是白诗的主要精华所在。此处收他的《歌舞》一首，以飨读者：

秦城岁云暮，
大雪满皇州。
雪中退朝者，
朱紫尽公侯。
贵有风雪兴，
富无饥寒忧。
所营唯第宅，
所务在追游。
朱轮车马客，
红烛歌舞楼。
欢畅促密坐，
醉暖脱重裘。
秋官为主人，
廷尉居上头。
日中为乐饮，
夜半不能休。
岂知阌乡狱，
中有冻死囚。

（3）白诗中最广为传播的则是他的《长恨歌》《琵琶行》。

白居易对此也十分清楚,只不过他有自己的评价就是。他说:"自长安到江南三四千里路,大凡乡校、佛寺、旅店、行舟之中,往往题写我的诗句,士民、僧徒、孀妇、处女口里,每每吟咏我的诗句,时俗所及,正是杂律诗和《长恨歌》一类雕篆之戏,不足为多的诗。"

但文学艺术有它自己的传播规律。当她未曾面世的时候,她只是作者的一片情思,而一经面世,便成为社会的公有财富,至于她是否被人理解、受人欢迎,能够传递和反馈到什么样的信息,就不是作者可以左右的了。况且说,毕竟历史的发展既需要反映社会现实的写实之作,也需要以给人审美享乐为主的艺术品。高山大川是一种美境,奇花异草又是一种美境。不但要叱咤风云的秦始皇,还要捧心颦眉的浣纱女。从现时情况看,越是繁荣昌盛的时代,人们对于"寓教于乐"或者"有乐无教"的文学作品还更为喜欢。毕竟人类的生存,需要欢乐的时候远比需要庄严的时候为多。

白公一代诗宗,人愈远,诗愈行。

第五节
韩、白诗派之外的重要诗人刘禹锡、柳宗元与李贺

刘禹锡、柳宗元、李贺是中唐诗坛上的三颗耀眼明星。他们的诗歌质量并不比韦、韩、白、元逊色，但影响不及韩、白。这是因为韩、白二人是中唐诗派的代表人物，而刘、柳、李主要是单兵作战。这和他们的生活命运有关，也和他们的独特经历及个性有关。

刘禹锡，有人将他划入元白一派；李贺，则有人将他列入韩孟诗派；柳宗元则上承王、孟、储、韦，是唐代山水田园诗歌最重要最有成就的作家之一。他们的诗作都有极鲜明的个性，他们的为人也都能特立独行。他们是可以与中唐韩、孟、元、白诗派并立的大人物，如果说他们最终没能确立自己的诗派，那也只是因为历史老人出现某种误会罢了。

1. 诗中豪杰刘禹锡

刘禹锡（772～842年），字梦得，洛阳人，是一位具有多方面才能的人物。他是大诗人，也是重要的散文家；是唐代文人词的主要作者，也是唐代名列前茅的哲学家、思想家。不仅如此，他还是一位改革家和卓有贡献的地方长官。他于贞元九年进士，年仅21岁。他才学满腹，年轻有为，关心时政，要求变革。德宗去世，顺宗继位，他参加王叔文改革集团，形成当时政坛上的一股清新活力。但顺宗未曾亲政，已然中风，王叔文的改

革又缺少必要的基础，加上他们年轻气盛，理由充分，准备不足，很快顺宗被逼退位，贞元改革归于失败。王叔文被逼自尽，他和柳宗元等8人被贬边远地区，各任司马之职，史称八司马。刘禹锡自是八司马中的翘楚，而且不畏艰险，不改初衷。直到公元815年，他被召回京师，因为游玄都观时他的一首诗而再次被贬。等到14年后再次诏回，已经是公元828年了。此时，不但宪宗已经亡故，连穆宗也去世了，他本人业已54岁，然而豪气依然不减当年，重游玄都观，又赋诗一首，还加一个序言在诗的前面。

百亩庭中半是苔，

桃花净尽菜花开。

种桃道士归何处？

前度刘郎今又来。

14年光阴，还是这般神气，可谓英雄无岁。

刘禹锡一生为官，近似白居易。他曾做过多年刺史，所到之处，总能革除旧弊，确立新风。他曾任苏州刺史，苏州人将他与韦应物、白居易合称"三贤"。可见他是一位很得民心的地方官。晚年虽然没有实权了，依旧壮心不已。作诗说："马思边草拳毛动，雕盼青云睡眼开。"

他思想深刻，又能接触实际，加上对于佛学、儒学都有研究，写过很有水平的哲学文献。他的《天论》《因论》都是研究中国古代思想史不可或缺的资料。

他的诗既有文传，又有人传。所谓文传，是说他读书广博，熟悉《诗经》《尚书》、百家之言；所谓人传，是说他曾师事中唐著名诗僧皎然，并得到皎然、灵澈两位高僧指点。他虽然和韩、白为同时代人，小韩愈4岁，与白居易同年，长柳宗元1岁，但他的诗不受韩、白影响。韩孟诗派声势浩大，不能让他走向怪僻奇崛；元白诗风传播久远，也不能诱他肆意铺张陈事。他的诗风贵在凝炼而不凝重，通达而不通俗。他的诗反映社会生活广泛，因为他生活阅历丰富，对人民的疾苦和劳动者的才华都有很深体会。他的这类诗歌数量不小，置于中国古代诗歌丛中，具有别样奇香异丽。如他的《浪淘沙词》《采菱行》《畲田行》《武昌老人说笛歌》等，都是这类诗歌的代表性作品。

他的诗歌题材广泛，既善写景，也能写人；既善抒情，也善记事。妙在情景交融，自然舒展，意象凝约，不生枝蔓。偶发一点议论，意在画龙点睛，绝不浪费笔墨，却能取得以少胜多的效果。他最为传诵的名作如《金陵五题》，尤其其中的《石头城》一诗，获得多少盛誉！他自己对这首诗也是很自负的。诗云：

> 山围故国周遭在，
> 潮打空城寂寞回。
> 淮水东边旧时月，
> 夜深还过女墙来。

他是唐代最早一批尝试文人词的作者，文人词意境高雅，颇合刘禹锡诗风。他作诗善于向民歌学习，经着意加工，翻为妙曲。如他的《竹枝词》《杨柳枝词》，莫不如此。后人或将这些作品列入唐人词中，但在刘禹锡看来，恐怕还是一种新诗。这里引他《竹枝词》中的一首，词的比喻奇妙，大有民歌情态。

> 杨柳青青江水平，
> 闻郎江上踏歌声。

东边日出西边雨，

道是无晴却有晴。

刘禹锡的诗歌，影响日深月远，到了宋代，达到高潮。不但他的诗作成为宋人争相取纳的宝库，他的诗风也得到充分肯定。

2. 山水大家柳宗元

柳宗元，（773–819），字子原，河东（今山西永济县人）。

柳宗元是唐文学史上一位奇才。他的诗好，文章更好，他是唐代古文运动的主将之一。

柳宗元与韩愈、刘禹锡、白居易为同时代人，他与刘禹锡同年进士，又同是王叔文改革集团的重要成员，结果改革失败，又与刘禹锡等一同遭贬，发配永州任永州司马。永州边荒之地，名为司马，实如囚徒。但他壮志不已，刻苦为文，成为唐代古文运动的骁将。他的文章堪称中国古代散文史上的丰碑，有唐一代，唯韩愈可与之并驾齐驱。他不但善于为文，而且有非常难得的政治见解，又是一位哲学家思想家，且人品非常高尚，成为一代文章巨匠，绝非偶然。柳宗元后来作柳州刺史，同样政绩斐然，他病死柳州任上，当地人民对他非常怀念，为之立庙祭祀，奉为神明。

柳宗元少年得志，比韩愈早走上仕途，而且曾一度辉煌，也是韩愈所不能比拟的。那时候，韩愈还在为没人赏识而着急哩。但他一生不顺。王叔文变革集团一败，他就被贬永州，永州乃荒凉边塞之地，使他远离了唐代文化中心，失去成为古文运动主帅的客观条件。就他本人性格而言，他也没有韩愈那种好为人师的精神，比较起来，他更喜欢和别人平等谈心。有人说，他之所以这样，是因为被贬谪他乡、心情抑郁的结果，其实不尽然。韩愈也曾被贬，但好为人师的精神始终如一。过去研究历史，对人物性格关注不够，把这方面的荣誉都无偿送给小说家了。人的性格可能会在某种程度上决定人的前途，至少决定人们在选择前途时的行为方式。柳宗元的性格特点，是做的比说的更多，也更好，而且并不因此而产生特殊感觉。

柳宗元的主要贡献在于他的创作实绩。他的诗歌成就之高，堪称卓然大家。他的散文比他的诗歌更有成就。与韩愈相比，也在伯仲之间。他的散文主张，和韩愈大同小异。他不像韩公那样认定佛教是外来之物，一点益处没有，于国于民全是祸害。他非但没有这样强烈的主张，而且对佛学仿佛也有研究和信任。他女儿身体不好，求医不成，就去求佛，希望得到佛的帮助。但他的理想依然是儒家的，他的观念更是儒家的，他最推崇的依然是"尧舜孔子之道"，坚决主张"立仁义，裨教化"，"唯以中正信义为志，以兴尧舜孔之道"。但他比韩愈更具现实精神，或者换句话说，他对古文化运动的主张在主旨上和韩愈并无二致，只是更其扎实、深沉，因为他是一个对社会底层和民间疾苦有更多了解与深切同情的人。

他的散文，几乎无所不能。就其总体水平而言，与韩愈旗鼓相当，具体领域，则二人各有长短。可以这样说，柳宗元是以自己的实际创作支持和推动了唐代古文运动的发展。虽然他并非主帅，但无论时人还是后人都把他和韩愈并举，看作唐代古文运动中两位杰出代表。后世儒学人物虽然多有抑柳扬韩情绪，但柳文的成就是贬抑不住的，韩柳恰如李杜，自有文章传千古，不管他人论短长。

柳宗元的诗歌，继承陶渊明传统，又加上自己的潜心创造，实为唐代山水大家。他是唐代五大山水田园诗人之一。俗称王、孟、储、韦、柳。他的山水诗水平很高，可以直追王、孟，胜过储、韦。宋代大诗人苏东坡评价柳宗元山水诗，认为他的诗应在"陶渊明下，韦苏州上"。这话大体公允，也不尽然。陶诗主要特点是清淡悠闲，虽不着意为之，但意蕴深厚；柳诗虽善写山水并不专心致意于山水，而是一边写景、一边寄托自己的不平之气,但他并非心胸狭窄的人,也不像王维那样,一面想做官、一面又希求舒适安逸,处在官、隐之间两面都想讨好。柳宗元的山水诗歌,虽写山川景色,不忘人世沧桑,固然活得辛苦,但那种孜孜以求的赤子之心令人尊敬。

柳诗擅长炼词造句,恰如其文。他的诗不以风格流畅著称,这一点仿佛不如王、孟。但他字句考究,恰似五彩飞虹,点点都成颜色。风格远于流畅,近乎冷峻,虽是山川小景,写来别有精神。他的《江雪》一诗,可得绝唱美誉,虽然只是一首五绝小诗,却能意境幽深,诗容警策。

千山鸟飞绝,
万径人踪灭。
孤舟蓑笠翁,
独钓寒江雪。

又有《渔翁》一诗,不但情景交融,而且图画清新,佳音在耳。虽不故作声张,已然情高意远。

渔翁夜傍西岩宿,
晓汲清湘燃楚竹。
烟销日出不见人,
欸乃一声山水绿。
回看天际下中流,
岩上无心云相逐。

柳宗元古体、今体皆长,而且因为他诗才八斗,个性鲜明,无论使用何体,都会印上他独特诗风的浓烈色彩。但柳诗雄深雅健,不免和者盖寡,加上他不如刘禹锡那样性情豪放，什么挫折、打击全不在话下。他性格刚直，但偏于内向，许多苦闷无法宣泄，发而为诗，不免情感凄楚，伤心语重。特别遇有亲人相别，倍觉烟寒云瘦，苦人心肠。他的《别舍弟宗一》，可作这种心情的真实写照。

零落残魂倍黯然，
双垂别泪越江边。
一身去国六千里，
万死投荒十二年。
桂岭瘴来云似墨，
洞庭春尽水如天。
欲知此后相思梦，
长在荆门郢树烟。

3. 奇人"鬼才"李贺

李贺（790～816年），字长吉，福昌（今河南宜阳）人。

李贺是一个奇人，又是一位天才。他的才能全部表现在诗歌创作上，而且专心致意，用功过人，使他的天才得到充分发挥。他的诗在整个唐代都是风格非常独特、水平堪称顶级的，在整个中国古代文学史上，也是不多见的人物。单以他诗的瑰丽诡异、色彩奇绝而言，怕只有屈原的作品才能和他相提并论。

但李贺一生不幸。他早慧，少年便有诗名。韩愈、皇甫湜见到他的诗，不相信他小小年纪有这般才干，便当面去考试他。他略作沉吟，便写下一篇《高轩过》，韩愈、皇甫湜二人大惊，亦大喜。韩愈本是极其爱才的人，又名重当代，经他揄扬，李贺诗名大噪。但李贺的不幸仿佛是他命中注定的，因为他父亲名晋肃，晋肃的"晋"字与进士的"进"字同音，于是元稹一流人就认为他不能考取进士。韩愈为此，专门写了一篇《讳辩》，依然于事无补。李贺入仕无门，加上作诗太苦，27岁时，便青春夭折，永别人世。

李贺的一生是一个奇异的矛盾结合体。

一方面，他出身贵胄，是唐王室宗亲，而且他也以此为莫大荣幸，自称陇右人氏。不言籍贯，只言郡望，正是他不能忘记贵族出身的典型表现。但他的家庭早已败落，到了他这一代，常常连温饱都不能保证。他以一个贵族公子的身份，却没有温暖生活，所以他的诗歌既有贵族气派，又有现实风格。

一方面，他的想象力极其丰富浪漫，能思他人所不能思，言别人所不能言，从而给他的诗歌涂上一层神秘莫测的光环。另一方面，他又不能冲破旧文化传统的束缚，内心世界十分敏感且又十分脆弱。因为内心世界十分敏感，使他对外面的任何刺激都会作出强烈反应；因为内心世界十分脆弱，又使他无力对压抑他的文化传统予以挑战。虽然名公韩愈曾为他竭力开脱，为他考取功名扫清道路，但他本人却依然不敢大胆应试。

一方面，他才高八斗，对自己的作品充满自信，对外间种种压抑，内心充满抗拒。另一方面，他又缺少必要的社会经历与生活经验，他一生时间几乎不是用来吟诗，就是用来读书。每每骑一弱马，带一书童，沿荒郊野地，自去寻赏。但有诗句，便书写纸上，放入囊中。因为他没有更多的社会生活，所以他的诗歌往往有一种诡异的色彩。最擅长描写的不是明媚的春光，灿烂的夏日，而是秋风雪夜，鬼泣神哭。

一方面，他极擅读书，虽然所留诗作不多，但诗中用典很多，涉及各类书籍极广，上至屈骚，次及魏晋，囊括六朝，不忘唐贤，古今南北，他都能从中汲取营养。另一方面，他又身体极差，不能承受这样繁重的脑力劳动。

一方面，他的诗歌常与鬼魂为伍；另一方面，他又不像李白，满脑子神仙理想，动不动就御风飞行八万里，纵横世界一千年。他没有这样的精神，好像也不喜欢这样的幻想。他写《梦天》，虽想象超群绝俗，却没有半点神仙痕迹，倒好似现代人乘坐宇宙飞船回首地球一般。这样看来，他虽然好言鬼事，却是一位绝少宗教色彩而比较近于儒学理想的青年才子。

因为李贺一生充满矛盾，所以他的诗作即在这矛盾的挣扎困扰、处处不平之中发出奇异诡谲的音响，后人称他鬼才，缘由在此。

李贺处在韩、白诗派之间，但更近于韩孟诗派。实在李贺诗的奇光异彩，也并非只是他个人天才的结果。若没有韩孟诗派的大胆探索、惊人创作，或者没有中唐诗派的纷争离合，群芳斗艳，也不会有李贺诗歌的杰出成就。

李贺的诗作，水平极高。相对而言，他不擅律体。他的诗集里没有一首七律，五律有些，不算精华。他最擅长的还是古体诗与乐府诗。他不写新乐府，好像不屑做这件事，也不必做这件事。他诗歌的最大特色，是他的构思与语言。构思已经奇妙无比，语言更其变化多端。如前面提到的《梦天》，极写人在天上回首人寰景致，堪称古诗中之绝品。

老兔寒蟾泣天色，
云楼半开壁斜白。
玉轮轧露湿团光，
鸾珮相逢桂香陌。
黄尘清水三山下，
更变千年如走马。
遥望齐州九点烟，
一泓海水杯中泻。

李贺诗歌因为构思奇异，常常打破常规。他的代表性作品《李凭箜篌引》《雁门太守行》《金铜仙人辞汉歌》《老夫采玉歌》等，起首便成高格，无须交待背景，便径入高潮。不待气力稍衰，已经戛然而止。仿佛老北京人听京剧，不要两头，只留"戏核"，李贺的诗就是"戏核"。凭你千条诗路，只要最佳选择。这一点不要说元白一派诗人不曾做到，就是韩孟一派的诗人也绝少可以做到。韩孟追求怪险奇崛，常多人为痕迹，李贺奇思异想，仿佛妙笔天成，直如浓霞艳霭，虽然千变万化，只是天作之合。例如他的《李凭箜篌引》，这特色就十分鲜明。

> 吴丝蜀桐张高秋，
> 空山凝云颓不流。
> 江娥啼竹素女愁，
> 李凭中国弹箜篌。
> 昆山玉碎凤凰叫，
> 芙蓉泣露香兰笑。
> 十二门前融冷光，
> 二十三丝动紫皇。
> 女娲炼石补天处，
> 石破天惊逗秋雨。
> 梦入神山教神妪，
> 老鱼跳波瘦蛟舞。
> 吴质不眠倚桂树，
> 露脚斜飞湿寒兔。

李贺的近体诗也很有特点，虽不作七律，好像律体妨碍他手脚，偶作五律，也是一流水平。他的七绝成色更美，虽然一样不失鬼才本色，仿佛更能直抒胸臆。他有《南园》13首，首首都是李贺风格。第六首云：

> 寻章摘句老雕虫，
> 晓月当帘挂玉弓。
> 不见年年辽海上，
> 文章何处哭秋风。

李贺特立独行于世，终至无可奈何。据说在他弥留之际，母亲伤心欲绝，他忽然神志清醒过来，郑重对他母亲说，上天选好白玉楼，要召孩儿为楼作记去了。

李贺的悲剧，固然有他本人性格上的原因，更有深层次的文化原因，也有他所处时代的原因。李贺是一位站在中晚唐交接线上的诗人，正如杜甫是站在盛中唐交接线上的诗人一样。不过，杜甫所看到的是一大批追随者，而李贺看到的却是一些和他命运相似或者比他更其命途多舛的后来人。也许李贺并不曾思考这一切，但这正是他虽然具有极高的诗歌创作才能却终于没有成为唐代超级文学巨星的历史原因。

中唐诗坛上，除去刘、柳、李三大诗人外，还有一些颇有影响的诗僧和女诗人。诗僧如皎然、无可，女诗人如李冶、薛涛及后来的鱼玄机等，都享名一时，未可小觑。薛涛所制松花小笺，时称薛涛笺，其才情技艺，可见一斑。

第五章 晚唐诗人

晚唐是唐王朝走向灭亡的历史阶段，此时一切均成烦躁，生活犹多痛苦。黄巢正在起义，武宗又曾灭佛，割据日益严重，宫廷内部也是一片混乱，大唐王朝的气数尽了。昔日的昌盛、强大、繁荣和富足，已一去不复返。反映在文学领域，同样弥漫着一种哀伤、忧怨、愤怒、放纵而又无可奈何花落去的文化情绪。但晚唐文学犹有创造，晚唐诗人也别有特色，他们是一些为大唐乐章谱下最后一段乐曲的不幸的歌人。

第一节
晚唐诗坛概览

如果说，初唐文学是一个充满生机的新人新作鱼跃而出的文学时代，那么，盛唐就是一个万花盛开、无比繁荣的文学时代。到了中唐，昌盛时期已经过去，诗派开始自觉，诗人开始分流。人们虽然已经不满足甚至无法真正信赖当时的社会，但毕竟还有中兴的希望。他们为着实现中兴，开出种种药方，或主张变革，或主张恢复道统，或暴露民间疾苦，或用诗歌抒发自己的种种情绪与要求。内部不免见解不一，外部不免异论纷呈。虽然没有盛唐无所不能的辉煌气象，却自有一股不屈不挠凛然不可侵犯的正义之心。韩、孟、元、白竞相发展，古文运动形成大潮，传奇作品走向成熟，道统观念重整旗鼓。但是这一切，仿佛转瞬时间，已然消失殆尽。诗人至晚唐，好像全然没有了昔日那种勃勃生气，也没有了那种执着不可动摇的追求精神。诗歌到晚唐，已经成为散兵游勇，仿佛个个都要游走江湖或退隐山林。如果说，初唐文学时代是宫廷诗人与社会诗人争胜的时代，那么，盛唐文学时代就是整个诗苑向着大唐王朝全面开放的时代；中唐文学时代则是诗流纷呈、各抒己见的时代；而晚唐文学时代已经兵不成阵，虽有众多诗人，也有几位极富才华的大诗人，不幸风衰日落、孤掌难鸣了。初唐诗坛讲的是新人效应，盛唐诗坛讲的是整体效应，中唐诗坛讲的是流派效应，晚唐时代则只剩下诗人效应了。这个时候，诗的繁荣已成回响，古文运动也因为韩、柳去世，声势消沉，传奇文学的创作也进入低谷，好像一切都像大唐王朝一样，即将山穷水尽。

但也不尽然。唐代文化固然已经衰落，唐代文学还远未走到尽头。诗的全盛时期固然已将成为过去，词的美好未来则刚刚开始。韩、柳文章固然一时无两，皮（日休）、陆（龟蒙）小品文另有一派锋芒。元、白、韩、孟固是一代雄杰，晚唐诗坛还有杜牧、李商隐、温庭筠这样的大诗人。他们的作品虽不免印上时代走向衰亡的符号，但他们的杰出创作成就，又显示了晚唐诗人娴熟的创作才能和中国传统文化固有的种种特色。

应该说，无论大唐王朝也好，无论盛唐文化也好，既然他们没有找到一条可以持续繁荣的道路，他们的衰亡就是不可避免的。大唐王朝王气已尽，盛唐文化即将成为历史，以杜、李、温为代表的晚唐文学则以晚霞般的色彩给唐代文学划上了一个令后人相对满意的句号。

或许可以这样说，杜牧是唐代诗苑最后一位英雄，李商隐是唐代诗苑最有成就的反思者，温庭筠则是唐代诗坛的转向人，因为他不仅是一个著名的诗人，更是一位著名的词人。

杜、李、温之外，晚唐还有许多诗人，也有不少名作，但他们囿于时代局限，难有大的作为。一般说来，他们社会地位低下，社会影响有限，但他们又渴望能产生先人般的影响，不甘心国家与文化的没落，于是有人发愤作诗，如姚合、马戴、方干；有人以才艺自许，如李涉；有人感慨百端，如秦韬玉；有人忙于党争，如令狐楚；有人愤世嫉俗，如曹邺、刘驾；有人耽酒寻欢，如张孜；有人专作古诗却能面对人生，如于濆；有人喜欢在诗中弄巧，大写回文诗、双声诗、人名诗，如皮日休、陆龟蒙；有人同情仆婢，别作诗言，如李昌符；有人瞩意农桑，同情农人疾苦如聂夷中、杜荀鹤；有人为诗激愤，用语老辣，如章碣；有人一生为着功名劳碌奔忙，如曹松；有人怀古论今，心事无尽，如崔道融；有人情游八极，自称"野心已被云留住"，如陈抟；有人一生感伤失意，如罗隐；有人脂粉气浓，香奁风烈，如韩偓；有人好作别愁离绪，如崔涂；也有人继续中唐遗音，如许浑、钱珝；还有人不但能诗，而且能词，又善作长篇巨制，如韦庄；加上农民军首领黄巢，道士吕岩，和尚贯休，隐士唐求，其余还有来鹄、郑谷、张泌、郑遨、罗邺、胡曾、黄滔、张蠙、曹唐、孟宾于、卢汝弼等，但觉西风吹来，云英漫舞，一时不能尽数。

  从这些人的价值追求看，也大大有异于他们的前辈。初唐诗人，只欲成名，希望太平盛世不要丢弃自己；盛唐人只要创造，凭借文化优势，写作大好诗篇，意在得到国家的重用，要作就作栋梁材。安史乱后，世风日下，人民苦难深重，于是开始以自己的诗作文章反映生活，发表意见，意在佐助朝廷，中兴国家。到了晚唐，杜牧虽有英雄豪气，但已英雄末路，难免与红粉佳人为伍。杜牧、李商隐之后，希望朝廷重用的幻想已不存在，希望国家中兴的欲望也大半破灭了。以此看来，初唐诗人朝气勃发；盛唐诗人目光远大；中唐诗人正义在胸；晚唐诗人则一大半只关心身边琐事，喜欢游戏文章，以至隐身江湖，投身红粉，这并非唐代诗人退化———蟹不如一蟹，实在是时代兴亡，自有其本身规律。晚唐诗人中，无志的便消沉，醉眼不看天下事；有志的便愤世嫉俗，嘲讽以至谩骂；无情的便归隐，隐于山野丛林之间；有情的便放荡，但将喜怒哀乐，注于嬉笑怒骂之间。和前人相比，他们是太不关心国家大事，而过于关心自己了。他们的诗歌，总体说来，只善于从小处着眼，从细微处着手，不爱高山大川，偏爱象牙宝塔。

这些诗人的结局，也是千差万别。或有归隐长寿者；或有投靠起义军者；或有不知所终者；或有终身寄托于幕僚者；或有老死江湖者；或有流入新朝者。其作风，以散漫、放浪者为主；其诗风，以柔媚、火辣者相间；其人物，个性独特、行为放任；其情感，不免愤恨丛生，哀怨混杂。然而，江河毕竟东流去，只留下几位文士，几篇诗章，几则小品，几首艳词。悲夫，晚唐诗苑！

然而，并非缺少名作。如秦韬玉的《贫女》：

蓬门未识绮罗香，
拟托良媒益自伤。
谁爱风流高格调，
共怜时世俭梳妆。
敢将十指夸针巧，
不把双眉斗画长。
苦恨年年压金线，
为他人作嫁衣裳。

又如聂夷中的《咏田家》：

二月卖新丝，
五月粜新谷。
医得眼前疮，
剜却心头肉。

> 我愿君王心，
>
> 化作光明烛。
>
> 不照绮罗筵，
>
> 只照逃亡屋。

这类好诗，在晚唐一代，绝不缺乏。

第二节
晚唐三位诗坛代表：杜牧、李商隐与温庭筠

1. "兵家"诗人杜牧

杜牧（803~约852年），字牧之，京兆万年（今陕西西安）人。世家出身。

杜牧是一位奇士。他能文能武能诗能政，又喜风流、善交际，不仅诗人而已。

杜牧风流，非前辈诸先生可比。李白也曾纳妓，韩愈也有艳闻，诗圣杜甫犹不能免俗。但大体系君子之游，未事声张者也。杜牧风流，不但有表现，而且有声势，声名卓著，令人"紧张"。史书说他"美容姿，好歌舞，风情颇张，不能自遏"。他做御史的时候，有一位李司徒在家闲居，家中蓄一歌妓，被人目为艺中第一。但他每宴朝士于家，不请杜牧。非不欲请，实在不敢请他，怕他不能"自遏"，然而，最终还是败在杜牧风流旗下。杜牧在湖州时，看到一位俏女子，不过十多岁的样子，他就和人家相约，"十年后吾来典郡当纳之"，[①] 并赠以金币为信物。待到14年后，他真的不忘旧言，可是从前女子，已是两个孩子的母亲，他感慨之余，题诗一首：

---

① 辛文房：《唐才子传》，中州古籍出版社，1987年版，第286页。

自恨寻芳去较迟,

不须惆怅怨芳时。

如今风摆花狼藉,

绿叶成荫子满枝。

    杜牧是一位奇士,奇就奇在他疏狂却能为政。他太和二年中进士,既做过地方官吏,也做过朝官。地方官做过黄州、池州、睦州、湖州等州的刺史,朝官做过司勋员外郎、中书舍人等高级官吏。

    疏狂风流且能为官,不但能官而且能文。他的《阿房宫赋》,写得笔力遒劲,风驰电掣,有理有据,能言能问,而且铺陈华丽,音韵跌宕,深得赋家本色。唐人本不以赋为能,也不以骈体文为其文学主调。但王勃的《滕王阁序》、骆宾王的《讨武曌檄》和杜牧这篇《阿房宫赋》,可称唐代骈体中三大奇文,而且篇篇都有很高的文学价值。这样的奇文,只能出自唐代,也只能出自王、骆、杜这样饱学多才、风华茂盛的文人学士之手。比较起来,杜牧这一篇,更能切中时弊,不尚空谈。

    杜牧不仅能文能政,还是一位兵学专家。他为《孙子》十三篇作注,成为兵学名注之一,直到今天,仍有影响。杜牧言兵,并非偶然。他所处的时代,大唐帝国内外交困,藩镇割据势力顽固不化,而且分裂势头愈演愈烈。杜牧是位才子,才子感觉自然敏锐;他又是一位久经历练的地方官,地方官对于社会现实自应多有体会;加之他又绝非一位只会吟诗读书的学士,对于政局自有他一定的看法;而且他生性爽快,风流倜傥,观古察今,感想良多,故发而为诗,别有声色。

    杜牧诗如其人。能刚能柔,柔中有刚,刚而不烈,不失俊美豪杰之气,仿佛《三国演义》上的周公瑾,是一位诗坛儒将,神姿顾盼,笔笔生辉。

    杜牧最优秀的诗歌还是他的咏史诗。他能从历史,而且往往就从去之不远的历史中找准视点，一针见血。比如他的《过华清宫绝句》三首，极写唐玄宗与杨贵妃的故事，但选择准确，用墨不多，却能做到诗境优美，寓意显然。这里选了第二首：

　　　　新丰绿树起黄埃，
　　　　数骑渔阳探使回。
　　　　霓裳一曲千峰上，
　　　　舞破中原始下来。

杜牧的咏史之作常能因地而发。他作宣州团练判官时，曾作一首七律，因为篇幅较之七绝长些，容量增大，写来不但意趣鲜明，而且诗意更浓。诗色呈五彩，写景又写史，写史先写人，写人重写情，写情又不忘写景。通观全篇，古今山川，人情物理，浑然一色，却又话语无多，读之倍觉回味无穷已。这诗题名《题宣州开元寺水阁，阁下宛溪，夹溪居人》：

　　　　六朝文物草连空，
　　　　天淡云闲今古同。
　　　　鸟去鸟来山色里，
　　　　人歌人哭水声中。
　　　　深秋帘幕千家雨，
　　　　落日楼台一笛风。
　　　　惆怅无因见范蠡，
　　　　参差烟树五湖东。

杜牧诗歌精华多在咏史之作，但他并非只擅长咏史，他的一些写景诗作也很有特色。如《山行》《秋夕》种种，历来脍炙人口。其《秋夕》诗云：

> 银烛秋光冷画屏，
> 轻罗小扇扑流萤。
> 天阶夜色凉如水，
> 坐看牵牛织女星。

杜牧生于晚唐时期，他虽然比白居易小30余岁，因为盛年故世，所以两个人去世时间相去不远。杜牧生活在这样的时代，不免对诗歌理论发生兴趣。他推崇杜甫、韩愈，反对白居易式的平易通俗，主张"不今不古"，独立风骚。但他毕竟属于晚唐这个时代，他的诗歌虽然能切中时弊，却提不出改变这时弊的办法。他也曾写过《感怀诗一首》，长篇大作，有老杜《北征》之意。怎奈大唐王朝已江河日下，诗的内容固然郑重严肃，却嫌诗味不浓，比之老杜《北征》，不似吟咏，更似呐喊。

杜牧一生不曾春风得意，满腔抱负，难以实现。加上风流情多，更易沉沦。去世时年仅50岁，可叹也夫。他留给后人的诗人形象，既有"停车坐爱枫林晚，霜叶红于二月花"，也有"十年一觉扬州梦，赢得青楼薄幸名"。唯不知是杜牧薄幸于唐文化，还是唐文化薄幸于他。

杜牧祖父杜佑，庶子荀鹤，皆为唐代名人。

2. 晚唐大诗人李商隐

李商隐不但是晚唐大诗人，在整个中国文学史上也是大诗人。单以他的才艺而论，他不比李、杜、王、白这样的超级诗人差。以他的诗作而言，虽然在诗的文化内涵与气象上不如李、杜，但在技巧娴熟、应用自如方面，并不输于他们。李商隐是一位全面发展的人才。不但诗歌有巨大成就，骈体文也称唐人独步，几乎没有能和他抗衡的人物。时人虽将他与温庭筠、段成式合称三十六体，但温、段二人不能达到他那么鹤然自立又精美绝伦地写骈文的艺术修养高度。他的散文虽然数量不多，但质量很高，他写的《李贺小传》，生动传神又笔墨简洁地介绍了李贺的一生主要事迹与特色，深得文章三昧。李商隐的七律，只有杜甫可以和他相提并论，二人各有所长，平分秋色。他的七绝，独步晚唐，和李白、王昌龄等七绝圣手处在同一个档次。他的五律可称唐诗中的上乘佳品，堪与王维放对；他的五言绝句，数量虽少，质量优良，早已享誉诗苑。他的古体诗似不如今体诗名气更大，但同样具备一流水准，个中佳作可与老杜为伍。

李商隐才高八斗，独步晚唐，但却命途多舛，终生不幸。

李商隐（813～858年），字义山，号玉谿生，怀州河内（今河南泌阳）人。幼年丧父，家道中落，自称"四海无可归之地，九族无可倚之亲"。但他聪慧过人，16岁即能作诗为文，并且得到同样能诗能文又身居高位的令狐楚的赏识。令狐楚深爱其才，把他安置到自己府中，让他和自己的儿子一起读书学习，还把自己作四六文的本领倾囊传授给他。李商隐年纪轻轻便遇伯乐，而且是当代重臣，应该说是一生之大幸。殊不知，祸兮福所倚，福兮祸所伏，他的终生不幸却也因此而埋下祸根。

李商隐的不幸，发端于他娶王茂元之女为妻。王茂元之所以嫁女给他，其实也是出于爱才之心。糟糕的是，当时朝臣之间党争激烈，令狐楚属于牛党，王茂元属于李党，[1] 牛李相争，水火不容。李商隐既得令狐楚厚遇，便应入牛党，势与李党不两立，在牛党眼里，才算知恩图报，有节有义。但他竟然不顾"恩情"，而入王茂元幕，娶王茂元女，简直就是大逆不道。从此以后，他便深深地陷入党争的旋涡之中，一生都不曾解脱。

---

[1] 牛党、李党因两党首领牛僧孺、李德裕而得名。

李商隐不但是一位才子，而且有很大的抱负。他对儒、道、佛三家文化都有所受，但骨子里还是一位极富才气的儒生。儒家的理想正是他的理想。而晚唐的现实，又使他产生"欲回天地"的雄心。他一生尊崇汉高祖、唐太宗，也推崇张良与诸葛亮。他的诗风虽然深沉清丽，含蓄婉转，而自比张良、孔明的意思也能在字里行间看得意态分明。

他一生忠于爱情，对妻子一往情深，他的名篇《夜雨寄北》既有柔情似水，又能情贞如玉，故能笔下情意，娓娓动人：

君问归期未有期，
巴山夜雨涨秋池。
何当共剪西窗烛，
却话巴山夜雨时。

李商隐倘若生在盛唐，几乎一位超人。但他偏偏生在晚唐环境下，又处在牛李两党软磨硬斗的时代，加上他受儒学影响极深，三者归一，使他终生郁郁不乐。他从十六七岁入令狐楚幕，又入王茂元幕，再入郑王幕，直到入柳仲郢幕，30 年幕僚生活，使他瞻念前途，一片茫然。他的这些主人，今天这个贬谪，明天那个死亡，而他昔日的恩公之子、同窗好友，却青云直上，成为宰相，但对他绝不原谅。于是他哀怨，他愤懑，他感伤，他浮想联翩。他向人倾诉，他求人谅解，他给人解释，他承认过错，但是，没用。儒家传统文化束缚了他，他的"冤家"对头又不能原谅他。而且还要不断诅咒他，刺激他，小看他，羞辱他。这一切，使得这位才华横溢的诗人变得心情沉重，永无欢乐。反映在他的诗里，就有一种凄清欲绝的风格，正如他在《楚吟》诗中所写：

山上离宫宫上楼，

楼前宫畔暮江流。

楚天长短黄昏雨，

宋玉无愁亦自愁。

但这一切，确又玉成了他。他的诗歌能取得那样大的成绩，不能说和他的这种经历没有关系。他的诗歌专能在别人似乎已经无诗可作的地方再生枝节，重起旋律，而且取得超越前人的成就。他诗歌中的这种杜鹃啼血式的哀音，这种天鹅临终前的吟唱，这种鸿雁丧偶般的悲歌，这种凤凰涅槃时的长鸣，具有一种感人肺腑的力量，然而却又来得那么完美警艳，令人惊叹莫名。有人说正是大唐王朝走向衰朽时的独特环境造就了李商隐。笔者想说的是，我们宁可不要李商隐，也一定要彻底消除那种罪恶的环境。

而正是这样的环境和李商隐独特的个性，使得他的诗意异常朦胧隐晦，好像一切都在模棱两可、不可确定之间，那些美妙的诗句不过是些奇异的符号，而这些符号偏偏又具有浓丽的色彩。他的诗常常离不开梦境。而他的梦无边无际，挥手即来，转瞬又去。他不但夜间有梦，旅途有梦，甚至白日便可做梦。李商隐的梦境，似真似假，似虚似实，似隐似现，似远似近，似喜似悲，似无似有，他的处境代表了他的诗境，他的诗境原本就有强烈的梦的色调。

李商隐的诗，梦多，情诗更多。李诗言情，同样有梦的颜色。他的那些浓艳的情诗——我们姑且称之为情诗，写得情切切意浓浓，挥不去，斩不断，但又似无确指，意态朦胧。于是许多人便说他的言情诗并非真的情诗，不过是美人香草一种比喻罢了，如同屈原作《离骚》使用的手法一样。这似乎也有道理。李君不多情，怎能有这样的作品，但他的多情似乎又并非全是男女之情。更多的——起码相当多的是他忠于皇室、忠于国家、忠于儒家伦常礼法的感情表现。李商隐恰似一位美貌绝伦的贞节妇。因为他美貌绝伦，才尤其动人心弦；因为他无比贞节，才又从那绝伦美艳中生出这无边的凄清与婉哀。在他的情诗艳歌之中，那些《无题》诗作最为有名。

锦瑟无端五十弦，
一弦一柱思华年。
庄生晓梦迷蝴蝶，
望帝春心托杜鹃。
沧海月明珠有泪，
蓝田日暖玉生烟。
此情可待成追忆，
只是当时已惘然。

李商隐诗歌的另一个特点，是他的语言功力非常深厚。他的诗，注重吸收前人成就，但又个性特点鲜明。他擅长用典，因为用典太多，有时不免诗意难解。一些著名诗作，几乎句句是典，没有一定的修养，只可读唐诗，不能读李诗——在用典方面，李诗是唐诗的特殊品种。杜甫说："读书破万卷，下笔如有神。"杜甫也是用典高手，但比之商隐，尚有一别。李诗用典更多，也更成熟。当然这不说明他的诗高于杜甫，但可以说明，作为后来者，能在律诗上与杜甫一争短长，应该是下过更深的功夫。从他读书用典之多之广之深之妙的情形看，李商隐不但善于向前人学习，而且注重向当代人物学习。看来在学习这点上，凡诗文大家，必定同心。他师承借鉴很广，但反映在他诗中最明显的人物还是杜甫、韩愈与李贺。

难得的是，他能把杜、韩、李诗的精华化为己用，取其有益者吸收之，其无益者更改之，其有悖者扬弃之。杜诗沉郁顿挫，李不能为，但他能将杜诗律法，化为意味悠长；韩诗怪涩奇险，他不能学，但他能化韩诗的怪涩奇险为深奥华丽，虽词不相类，而意境相通。以五言诗为例，旧例常2—3式音节组句，如"好雨—知时节，当春—乃发生。"韩诗一改旧俗，偏要3—2式造句，或用1—4式句型。其诗韵虽新奇，诗艺不算成熟。后人婉言韩愈以文为诗，虽为褒语，实近批评。李诗偏能做到既改旧韵，又成新声，虽步韩愈后尘，却能别开生面，隐去韩诗真面目。如他的"烟带龙潭—白，霞分鸟道—红"，实在就是4—1式句型。读者闻之不但不觉其怪，反而似更有余味在其中。他对李贺很有好感，诗中也有李贺诗歌痕迹；虽有痕迹，并不失他缜密浓丽的诗歌本色。此李并非彼李，恰似这鸭头不是那丫头。杜、韩、李之外，白诗也有些影子。据说，白居易晚年病体衰朽，万事皆轻，唯爱诗如命。他激赏商隐诗才，曾感叹百端地对李商隐说："我死之后，能转世作你的儿子就心满意足了。"李诗风格浓丽凄清，与白诗无缘，但他的《骄儿诗》写得平和浅显，情意深长，又似乎与白诗也有曲径通幽处。诗中说："衮师我骄儿，美秀乃无匹。文葆未周晬，固已知六七。四岁知名姓，眼不视梨栗。交朋颇窥观，谓是丹穴物。前朝尚器貌，流品方第一。不然神仙姿，不尔燕鹤骨。安得此相谓，欲慰衰朽质。"不唯明白如话，尤其清新似水。

  李商隐诗歌中最富于进取精神的，是他那些讽喻时政的诗篇。这些诗篇不再意态朦胧如梦如幻，不再花浓雨艳不辨路径。虽然同样诗境优美，却能批评时病、一针见血。宛如杜牧咏古七绝，又比杜诗更多文采。大抵他的《咏史》《隋宫》《齐宫词》《贾生》，都可看作这类诗歌的范作。这里例举《贾生》：

> 宣室求贤访逐臣，
> 贾生才调更无伦。
> 可怜夜半虚前席，

不问苍生问鬼神。

李诗影响深远，至宋"西昆体"成为一派诗宗，这一点也是杜牧比不过李商隐的地方。所谓"李成宗派而杜不成"。

李商隐有首《乐游原》，诗中警句，流传特广：

向晚意不适，
驱车登古原。
夕阳无限好，
只是近黄昏。

或许这是李商隐以他诗人的敏锐心灵对唐王朝黄昏将逝的凄凉景象的一种感喟，喟然一叹，李商隐式的喟然一叹。

温庭筠（812～约870年），本名岐，字飞卿，太原人。

温庭筠自然也是一位大才子，但他和李商隐、杜牧可不一样。杜牧虽然风流倜傥，但能忧国忧民，三分风流，三分兼济，还有三分深沉。李商隐是儒生本色，固然才高八斗，不失儒学本意。好比巨石下面的青藤，任凭千磨万折，只要委曲求全。温庭筠才是真正风流才子。不但风流才子，而且有三分无赖气。先前也曾有心上进，只是管不住自己，后来干脆顺流而下，管他什么修、齐、治、平，天、地、君、亲、师，老子不言天下第一，老子何妨天下第一！甚至连第一第二也不管他，能纵情乐去只管纵情乐去。

温庭筠出身高贵，他是初唐宰相温彦博的裔孙。温彦博是唐初名相。他出身世家，看天下事便有几分贵族公子气。这一点和杜牧相近，和李商隐相异。但他家道中落，到他这里已成破落户子弟。偏他才高气盛，才高使他有过人本领，气盛又使他不容于权贵。

他的艺术才能也是非常全面的，他能诗、能文、能乐、能词。自我评价说："有弦就能弹，有孔就能吹。用不着什么名贵的琴，也不要名贵的笛。"他的文名与李商隐、段成式相埒。因为他们在本家族中均排行十二，人们称他们的文章为三十六体。他的词极有名，不但有名，而且在有唐一代，足称大家。大约只有韦庄、韩偓可以与他一比优长。他的诗才敏捷自如，入考场，赋官韵，只消八次叉手，就可以完成试帖诗，人称"温八吟"，又叫"温八叉"。他才思敏捷，又自由放荡，不把官场规矩放在眼里，也不把儒家传统放在眼里，他似乎认为儒、道、佛都没有什么了不起，只是不曾言之，也不屑言之。他自己屡考进士不中，却能为旁人作弊，结果自己不中，别人能中，这点颇受前人讽刺。但实事求是地讲，该讽刺的不该是温庭筠，而应该是那些埋没了温氏才能的考官与考制。

温庭筠放浪形骸，常出入于里肆妓院之中。他的各类朋友均多，唯独对权贵不敬。一次还因为酒后撒疯，被巡逻的士卒打断了牙齿。但看他以后风流如故，似乎掉几颗牙也不放在心上。他当初受宰相令狐绹赏识，但他自由如闲云野鹤，放荡如花花公子，散漫如山野村夫，荒唐如王公贵胄，令狐绹对其日益反感，以至屡屡压抑他仕途发展。他一生不曾中进士，只做过诸如京城县尉、国子助教一类的小官。晚年更其潦倒，致使后人无法确知他故世的时间。

温庭筠的诗歌多香浓意韵，善脂粉风流。过去史家对他这个缺点，十分反感。旧时代道学先生当行，反对这点，以为不合"温柔敦厚"之古意；现代人也反对，认为不合反映人民疾苦的现实主义精神。其实浓歌艳诗，未可一概否定，即使现代人类，一样既需要航空母舰，也需要时装模特；更何况温庭筠的艳诗，还颇能反映当时破落子弟的生活方式，一味反对，似乎不智。他的这类艳诗，虽有浓丽缜密风格，并不十分难懂。后人责之没有深刻内容，正确，但没有深刻内容的生活也是一种生活。他的一些乐府诗歌最具这类特点。如他的《春愁曲》《春晓曲》，描写旧时女子生活，虽似齐梁旧体，却是晚唐声音。其《春晓曲》全诗如下：

家临长信往来道，
乳燕双双拂烟草。
油壁车轻金犊肥，
流苏晓帐春鸡早。
笼中娇鸟暖犹睡，
帘外落花闲不扫。
衰桃一树近前池，
似惜红颜镜中老。

温庭筠还是写景高手，他的《商山早行》中的名句"鸡声茅店月，人迹板桥霜"，最为后人称道。郑板桥因之而得名，欧阳修称赞这诗的妙处在于写道路辛苦见于言外。诗云：

晨起动征铎，
客行悲故乡。
鸡声茅店月，
人迹板桥霜。
槲叶落山路，
枳花明驿墙。
因思杜陵梦，
凫雁满回塘。

他有一首《烧歌》，颇得今人称许，说它有现实主义之风。其实这诗的价值不仅因为它反对官府肆意征税，反映百姓困苦不堪生活，还因为他写了唐时烧山种田的种种习俗。

他的咏古诗声誉很好，七律《经五丈原》，不但继承传统讽喻之风，而且写得气度非凡，颇得大家风范，与杜甫的《蜀相》相比，亦未遑多让，且另成一段风流。末句诗眼，尤其为识家激赏。

铁马云雕共绝尘，
柳营高压汉宫春。
天清杀气屯关右，
夜半妖星照渭滨。
下国卧龙空寤主，
中原得鹿不由人。
象牙宝帐无言语，
从此谯周是老臣。

温庭筠风流才子，各类诗体，无所不能。但因为他没有杜牧那样情系家国式的深沉，也没有李商隐那样的曲意求成式的束缚，他的咏古，不再如杜牧般的向着唐王朝大声疾呼，也不似李商隐式的为着这王朝的不灭而委委屈屈进一言。他只管目有所见，口有所言，题材尽管严肃，终不失才子身份。

第三节
值得一提的《诗品》及其作者司徒空

晚唐诗人中值得书写的人物还有许多,但比起杜、李、温三位都有相当差距。不过,他们也有很多好诗佳作流传。大体说来,这些晚唐诗人主要是继承前人诗风,虽有个别突破,未有大的成功。值得特别一提的是撰写《诗品》的司徒空。

司徒空(837~908年),字表圣,河中虞乡(今山西永济县附近)人。他33岁时登进士第,累官至中书舍人。光启三年辞官归隐,到他去世的时候,大唐王朝已经灭亡。

司徒空的诗未见多么高明,但他写了一部很有名的《诗品》。该书是中国唐代很重要的理论著作。他将诗歌分成24种类型,而且使用诗的语言说明他们各自的风格。他的这种美学认识,不但对后世诗评产生重大影响,对其他艺术的审美范畴与审美评价也有重大借鉴价值。他的24种诗品风格包括:雄浑,冲淡,纤秾,沉著,高古,典雅,洗练,劲健,绮丽,自然,含蓄,豪放,精神,缜密,疏野,清奇,委曲,实境,悲慨,形容,超诣,飘逸,旷达,流动。比如他写劲健:

行神如空,
行气如虹。

巫峡千寻，
走云连风。
饮真茹强，
蓄素守中。
喻彼行健，
是谓存雄。
天地与立，
神化攸同。
期之以实，
御之以终。

又如他写绮丽：

神存富贵，
始轻黄金。
浓尽必枯，
淡者屡深。
雾余水畔，
红杏在林。
月明华屋，
画桥碧阴。
金尊酒满，
伴客弹琴。
取之自足，
良殚美襟。

他的这种诗评方式也是诗化的，这一点与西方文艺批评有霄壤之别。而且我们现在认识到，用西方文艺理论套中国文学作品的做法弊病很大，如削足适履。例如过去讲作品风格，最喜欢讲浪漫主义与现实主义，其实中国古来的文字作品，未止两种风格，中国作品风格例如唐诗的风格不那么走极端，而更像百花盛开，风格各异。司徒空的《诗品》既反映了这个现实，又昭示了它的发展方向。

司徒空的《诗品》写得诗情画意，他本人的诗可没有这么高的水平。不过，他好像早就明白大唐帝国快完了，所以才有这般兴致，以隐喻空灵的语言给唐代诗歌作一番品评与概括。

附录

唐五代词

五代并非一朝，在文学因果关系上与晚唐更是难解难分。正如隋与初唐的样子，许多晚唐词人也就是五代词人。

　　五代的文学形式，主要成就在于词，但并非没有其他内容。例如诗，晚唐词人全是诗人。他们中的多数人后来皆入五代，诗也就一同进到五代去了。也有些诗词界限不明的作品，如所谓《宫词》，词集也收，诗集也收。中唐王建的《宫词》就属于这种情形，花蕊夫人的一些作品也是这样。

　　唐以传奇闻名，但传奇作者也有不少五代的人。如写《神仙感遇传》的杜光庭，写《玉堂新话》的王仁裕。他们的作品，也很有影响，虽不如唐传奇之盛，并不逊于唐传奇的一般作品。变文也是如此，有些是唐人之作，也有些是五代人之作，唯散文无大建树。这大约和晚唐文化形势及李、温、段等大文化人都专心写骈体文有某些关系。

　　但在当时人的心目中，也许并没有这么清晰的历史界限。从唐人这面看，天下大乱，王朝不存，主要的心理是慎情和惧乱，首先的选择是如何继续生存下去。从五代这一面看，只要急功近利，称王称霸，至于未来如何，也不管它。五代十国，前后不过半个多世纪，真如走马灯一般，"你方唱罢我登场"，追求盛唐时代的大气象大文化是不可能了。但文学的本性是从来不会因为环境的变化而停止自己的活动，顶多只能改变自己的存在形式和发展形态。于是随着人们把主要精力与情感日益集中到生命享乐、男女性娱、个人得失方面上来，词便渐次成为五代时期的主导文学形式。

　　词的意义，自不如诗，它是诗之余。但词在中国文学史上不是无足轻重的。唐诗宋词，两大高峰。而宋词的这扇门恰恰是从晚唐开启，到五代完全打开的。五代词人，声名不算显赫，但他们的历史功绩不容忽视。毕竟是他们而不是苏、辛、柳、周、姜、史等人开辟的词的世界。而且到了李煜那里，词的形式和内容都已然完全成熟。五代是一个黑暗、动乱、丑恶和衰败的时代，但拯救五代的并非别人，而是它们自己。正如唐承于隋，宋也承于周。周世宗已经把中国统一的主要基础打好，宋太祖则在这个基础上扩大成果，更上一层楼。

值得注意的是，隋唐自六朝诗人兴，而五代以花间词人止，恰恰走了一个圆的螺旋，哲人所言否定之否定规则，对于隋唐五代文学史也是适用的。到了五代，这个伟大的文学时代真的结束了，同时，五代词又预示了另一个伟大文学时代的开始。

第一节
词的成因

词的形成，旧时有人认为自李白开始——李白有六首词。但现代文学史家多不同意此说。认为即使李白能词，现在看到的《菩萨蛮》《清平调》等六首署名李白的词也非李白所作。有人则认为这几首词是温庭筠所作。但至少白居易、刘禹锡已经成为作词的能家。他们的《忆江南》一类词作，影响深远，已是词坛正声。白词已有所引，刘的两首和词也很有特色。其一曰：

> 春过也，共惜艳阳年。
> 犹有桃花流水上，
> 无辞竹叶醉樽前，
> 惟待见青天。

刘、白与李白相去不远，但刘、白均长寿，或者可以说唐词就出在盛唐与中唐之交，也未可知。

1. 词是唐诗发展的一个必然结果

古人称词为诗之余，又叫曲子词。这个名称值得研究。为什么要叫诗之余呢？就是因为它原本和诗没有大区分，但又有区别，是诗的进一步改良而已。为什么叫曲子词呢？因为它是一种唱词，所以当它刚刚出现的时候，也有人把它划入乐府诗中，而它形成之后，又有人把某些乐府诗划入它的范围之内。它脱胎于唐诗，是唐诗发展成熟之后的一个变种，又是可合于乐调的歌词，故称诗之余和曲子词。

可以这样说，如果没有成熟的已经得以充分发展的唐今体诗，主要是绝句和律诗，那么，词就难于迅速出现在文坛上。

一则，今体诗未能充分发展的时候，古体诗的第一个历史任务是走向律诗及绝句。

二则，当律诗、绝句已经充分成熟之后，它依然会寻求新的发展。于是打破诗的界限，进入词的领域。

词与诗比，更宜配曲，音调也更委婉多姿。因为绝句、律诗以及古乐府诗的句型、字数都是相等或基本相等的，因此才有五言、七言诗之说。但是由相等字数的句型组成的诗歌，既不利于行腔，也不利于演唱，这道理，其实简单。所以，古时唱《阳关三叠》，非有和声不可。于是诗歌中出现衬字。这些衬字，没有实际意义。没有意义，为什么还必须保留它们？因为它们虽然没有词义，却有曲义。刘大杰先生讲词的兴起，远喻近比，引用过《上留田行》这首古乐府。此诗署名曹丕作，恐未足信。其辞曰：

居世一何不同，上留田。

> 富人食稻与粱，上留田。
> 贫子食糟与糠，上留田。
> 贫贱一何伤，上留田。
> 禄命悬在苍天，上留田。
> 今尔叹惜，将欲谁怨，
> 上留田。

连用6个"上留田"，其实意思不大。这好像现代民歌中，常有"伊儿伊儿哟"之类。"伊儿呀儿哟"没有什么实际意思，但有了它就好唱也好听多了。

诗的句子太齐整，加上衬字或用和声，便更好听。如果把和声和衬句中的虚字换成实字，不也很好吗？词与诗的外形区别，就在于词的句子大多长短不齐，或许作这些"词"的人，心目中依然把它们看成诗的，但又觉得二者已经不同，偏一时还想不出新的名目，就把这些新"诗"姑且呼之为长短句了。

2. 民间的创造

大约无论哪种文学艺术形式，都首先发源于民间，这一条是确定无疑的，无论古今中外，大抵如是。但民间的概念也是一个历史的概念，唐代文化兴盛，得益于一个强大的市民阶层；一个强大的市民阶层，得益于城市文化的发展；城市文化的发展，则得益于社会经济的繁荣；而社会经济的繁荣，又得益于社会的开明和进步，这是一个大文化圈。但社会文明一旦发展起来，又不是一下子可以衰败的，所以故朝虽去，遗老犹存，已经形成的城市阶层，还会在不同的背景和社会心态下发出自己独特的光彩。

唐五代词的创作，首先就得力于市民阶层的努力和创造。但又并非某一个阶层努力的结果，大体说来，又可以分为如下几个具体方面。

一是村歌野调。所谓村歌野调，其实是民歌正声。这不仅表现于唐，就是现代中国人无人不晓的《东方红》，其实也是自陕北民歌中演化出来的。民歌中的好东西多到数不胜数，很多大文学家，都是从向民歌学习而取得大成就的。唐代大诗人里，闭眼不看民歌的人可说虽有无多，而虚心借鉴民歌手法又演为新声的，则大有人在。特别著名的诗人如李白、刘禹锡、白居易、柳宗元，都是如此。民歌资源丰富，几乎永不枯竭，就是唐诗已经走过高峰之后，民歌创作依然蓬勃发展。唐代诗歌，还是文人主导的诗歌时代，到了明清，民歌比之文人诗更有特色。

二是行业民歌。很多行业，特别是需要集体操作的行业，非有民歌不能取得满意效果。如北方的夯歌，大江大河中的拉纤歌、水手歌，俗称劳动号子。劳动号子千变万化，魅力无穷。而且唐时经济繁荣，行业很多，即使并非集体性劳动项目，也有行业民歌存在。行业民歌是民歌创造的重要方面军，反映在唐诗唐词中，更多的是年轻女子在湖中采菱时所唱。这倒不是因为只有女子才唱民歌，更不是唯有美丽的湖中才有民歌，而是说，这是文人学士常去的地方，他们对此比较容易了解也容易欣赏就是了。

三是胡乐的推动，所谓胡乐并非贬词，是指由北方少数民族传来的歌曲与音乐。这一点，《隋书·经籍音乐志》等史籍中多有记载。音乐也好，文学也好，非有嫁接才能取得大成就。唐文化不仅儒、道、佛各显神通，而且有少数民族文化参与其中，词所使用的声调，既有中原旧体，也有胡乐新声。

四是民间艺人的加工、创造与传播。民间艺人的说唱艺术，在唐代至少中唐以后，已十分广泛。白居易是看过目莲戏文的，对此《唐摭言》中曾有记载。文中说白居易做苏州刺史时，张祜来拜访他。"才相见，白谓曰：

'久钦藉甚，尝记得右款头诗。'祐愕然曰：'舍人何所谓？'白曰：'鸳鸯钿带抛何处，孔雀罗衫付阿谁，非款头何耶？'张微笑，仰而答之曰：'祐亦尝记得舍人目莲变。'白曰：'何耶？'曰：'上穷碧落下黄泉，两处茫茫皆不见，非目莲变何耶？'遂欢晏竟日。"与白居易有大交情的元稹，则在他的一首诗的小注中，说他"尝于新昌宅听一枝花话，自寅至巳犹未毕词也"。元、白、张所好，反映了当时民间文学的状况，也反映了他们表演的水平。

五是妓院的打磨与传递。妓院并非健康的历史文化现象，却是必然的文化现象。妓院文化，应该得到充分重视。妓院在习俗、文学、艺术、服饰等方面都有自己独到的历史作用，有时作用很大，而且通过妓院文化还能折射出这个时代的方方面面。

妓家对词的影响，可谓大矣。晚唐大诗人李商隐、杜牧、温庭筠，前二人时称"李杜"或"小李杜"，温庭筠和李商隐人称"温李"。他们都爱民歌，但论作词，唯温庭筠一人而已。究其原因，和他们三位的生活经历有关。商隐生活严肃，对于妓家之类，少有接触；杜牧在风流与严肃之间，对于妓家生活十分熟悉，而且他性格中风流因子不少，只是年纪长些，又钟情于政治、军事，于词之类着眼不多。《唐五代词》收他一首"八六子"，但彼时词作一般短小，怕未足信。温庭筠则不同，一好乐，自称"有孔即吹，有弦即弹"；二好风流，歌妓是他相好，妓院是他别墅。他的词写妓家生活十分逼真，没有实际感受焉能为此？温庭筠知妓善乐，因为他有两个优势，使他得以成为有唐一代第一词人。

3. 诗人的贡献

新的文学形式的出现，源头固然出于民间，但没有专门人才加工整理特别是再创造，不能成为真正成熟的艺术品。唐人词的兴起，实在和当时诗人学士的参与有莫大关系。因为有他们的参与，词的地位提高了，品位也提高了。温庭筠的词作固然与妓家有关，但他能写出优美的词作，妓家却不能。只此一端，便知道诗人的创造具有怎样的价值与意义。

4. 当权者的支持与提倡

封建时代，最大的当权者就是皇帝，而且唯皇帝独尊。虽然历史的发展，首先是全体人民的创造，但当权者的努力，也不容忽视。不过，因为封建独裁者的权力特别大，做好事时固然以一当十，做坏事时犹能以一当百。

唐诗的兴旺，首先就有唐太宗、武则天、唐玄宗的功劳在内。词的兴起和成功，也与五代几位皇帝的积极参与和支持有必然联系。

五代皇帝中草莽之夫不少，卖国求荣者也有人在。如石敬瑭之流，状如猪狗，不足挂齿。他们与文学也根本不沾边。但五代也有几位知文知艺的皇帝在，如后唐李存勖、蜀后主王衍，特别是后蜀主孟昶和南唐二主李璟、李煜父子，更是功劳卓著。李氏父子以词闻名于史，是五代词人中顶尖的作家。孟昶则是五代词作中心的东道主。五代时期，水平最高的词人在南唐，影响最大的词人在西蜀。孟昶爱词能词，个中作用，不容小觑。

因为皇帝提倡，周围就容易形成词人的群体效应。词人也罢，诗人也罢，文人也罢，终归不能太穷，再穷也得有酒喝，有饭吃。否则便不能为词为诗为文，只好另谋生路去也。后唐庄宗能戏亦能词，皇帝做得固然不太高明，词作写得却有特点。他的《一叶落》，写初秋景象，风格清朗；《阳台梦》则情致风流，柔情似水：

薄罗衫子金泥缝，
困纤腰怯铢衣重。
笑迎移步小兰丛，
弹金翘玉凤。

> 娇多情脉脉,
> 羞把同心拈弄。
> 梦天云雨却相和,
> 又入阳台梦。

蜀后主王衍、后蜀主孟昶,亦有不少词作,但词风不出五代一般文人词的浮艳风尚,这和他们的生活环境与本人气质都有关系。王衍有一篇《甘州曲》,书写风光女子,文词晓畅,收束简捷,别有一种风韵在。词云:

> 画罗裙,能解束,称腰身。
> 柳眉桃脸不胜春。
> 薄媚足精神,
> 可惜沦落在风尘。

晚唐五代的皇帝,几乎个个胸无大志,偏又喜欢入温柔乡内,还以为做皇帝理应如此。他们对词的重视、支持与提倡,一方面促进了词的兴起与成熟,另一方面,也对五代浮艳柔媚的词风起了推波助澜的作用。

第二节
唐人词

唐人词起于中唐，盛于晚唐。

唐人词有两个特点。一个特点，早期词人，词风兼有诗风，风格疏朗流畅；一个特点，越到晚唐末期，词风愈趋艳丽华美。

这其实和大唐王朝的命运有关。唐的灭亡已成定局，中兴云云皆成梦幻。于是一些有才华的文人便在个人享乐的小圈子里去寻找词的寄托了。

唐代颇有几位词人出现，最有成就的自然是温庭筠。

温庭筠之前，也有几位词家。但他们并不以写词为主，而且颇不类晚唐词风，他们的创作不过是一种过渡。因为是过渡，所以常常兼有诗人气质、民歌味道和词的形式。这些作词的人中，比较有名的包括白居易、刘禹锡、皇甫松、张志和以及段成式等。

白居易、刘禹锡已经介绍过了。皇甫松的词，也属此种风格，所以后人编的诗集也收他，词集也收他。并非编辑者因偏爱而掠美，而是这种作品常在两可之间，界限本不分明。比较起来，还是他那些民歌味道浓郁的词更其生动感人。

皇甫松，字子奇，生卒年无考。它是唐代散文家皇甫湜的儿子，自号"檀栾子"。睦州新安人。一生不曾入仕。他的两首《采莲子》，最能反映这种诗词相兼的风格。其一云：

菡萏香连十顷陂（举棹），

小姑贪戏采莲迟（年少）。

晚来弄水船头湿（举棹），

更脱红裙裹鸭儿（年少）。

张志和（约730～约810年），字子同，曾名龟龄，婺州（今浙江金华）人。少年有为，多才多艺。他十岁即举明经。肃宗时为待诏翰林，后来隐居江湖，自号烟波钓徒。他是一个极有才情的人，能歌、能画、能鼓、能笛，加上隐居山林，青山绿水为邻，蓝天飞鸟作伴，更形成他词的独特品位。大体说来，读张志和词，仿佛读唐代山水诗。他的词疏朗清丽，颇有韦应物山水诗风采。他的词作名篇《渔父》五首，极富这种特色：

西塞山前白鹭飞，

桃花流水鳜鱼肥。

青箬笠，绿蓑衣，

斜风细雨不须归。

词到段成式，兼有诗风的词作成为绝响。

段成式，（？～863年），字柯古，临淄（今山东境内）人。曾经因为他父亲的关系而成为秘书省校书郎，后官至太常少卿。他能诗能文也能词，却一生不曾适应时代的需要。或者换句话说，他永远也没有抓住文学发展的时代热点。诗不能独成一家，文则陷入骈体旧套，词风又与诗风不辨。虽然他和李商隐、温庭筠齐名，他的文学成就却远远不能和那两位学人才子相提并论，他的词也就成为中唐词人的余声。唯《闲中好》一词甚得郑振铎先生欢心。

> 闲中好，尘务不萦心。
>
> 坐对当窗木，看移三面阴。

唐代大词人还得数温庭筠，跟在他后面的有韩偓与韦庄。

温庭筠是一位风流才子，又是一位出身旧世家的贵公子，不过家道中落，没有钱了，但富贵气派还在。这样的作家在中国文学史上颇有一些。所以温庭筠的诗和李商隐比起来，李诗一派莘莘学子气，温诗却是一副浪荡公子相，而且是带有富贵人家余气的浪荡公子相。他的词也是如此，辞藻华丽，颜色高贵。读他的诗词，仿佛欣赏珠光宝翠美人头，虽然华美，但有雅意，不使人心乱。他词的主色为金色，因为金色高贵。以金色为主调，多少有些浓得化解不开的意味，但也因此，温词才十分耐看。

温词对于整个晚唐五代词坛都有大影响，似乎他一人给五代词坛定了调——要写词填词，请照此办理。他是"花间派"的旗帜，由他领衔而及五代各大词人。他的词之所以有这样的影响，因为他的词已经成熟，而且只有成熟的艺术才能有深远影响。所谓成熟，是说他的词风固然与他的诗风相通，但又是两种不同的艺术创造。好像川剧是戏，京剧也是戏，但二者不能放在一起唱的。温词中也有诗词界限不明的个别作品，但其主要作品，都没有合流的余地。

温词艺术水准很高，他的一组《菩萨蛮》，已经达到唐人词的空前艺术境界。整组词都是讲一位青年女子的思亲之情的。以思恋之情作为诗词题材，是最平常的事情，但温庭筠的这组词却成为精美的艺术品。他视角独特，不屑空论，而是将这位女主人公思恋亲人的心情与她的梦境联系起来，时而于梦中，时而于醒时，时而梳妆，时而凝思，时而揽镜自视，时而远眺窗外。但觉慵慵懒懒，又似刻骨铭心，终于梦境如真，转瞬梦醒无绪。作者笔笔写来，字字皆有精神。这一组词，可以单独欣赏，也可以整体揣摸，其中第一首"小山重叠金明灭",最富盛名：

> 小山重叠金明灭,
> 鬓云欲度香腮雪。
> 懒起画蛾眉,
> 弄妆梳洗迟。
> 照花前后镜,
> 花面交相映。
> 新贴绣罗襦,
> 双双金鹧鸪。

这八句词,尽写女主人梦醒春思之态。起句就写"小山"：春闺梦醒,一眼就看到枕屏图案上的小山明明灭灭地映着光华,不觉梦中情思似远又近,似近还远。其意若曰：恋人远去不归,如山水相隔,明灭无时。第二句又写女主人自己的慵懒态。女主人刚刚看了一眼枕屏,心烦,看不下去了。又看自己——可怜自己。但见如云的鬓发散乱于腮边,黑白分明,楚楚可人。偏心上人远去不归,令人无情无致：于是懒懒起来画眉梳妆（第三句）。却又因心绪不佳,画也无绪,妆也无绪,白白用去许多时间（第四句）。至此,词的上半阕结束了。

但女主人毕竟年轻貌美,而且对亲人归来抱有热望,于是一面梳妆,一面对镜：呀！原来自己是这般美丽呀！但见镜里镜外全是美人形象,前后交映（第五、六句）。不觉心中一快,动作也敏捷起来。于是穿上漂亮的贴身短衣,更显漂亮。当她一眼瞥见衣服上绣的双鹧鸪时,禁不住又情思悠悠想起了未归的亲人,于是一段愁思,再上心头。

全词句句以女主人公的眼睛去"看",作者不过跟着女主人公的一双俊目作个记录罢了。这样的笔力,在温词之前,还未曾有过的。

更妙的是,温词写得含蓄,不是一下子可以看得透彻的。不像唐诗,更不像六朝文字。六朝骈文,往往韵深而意浅。温庭筠的词则是字句通俗,颜色富贵,词中意味,极耐咀嚼。

温词的风格,是色艳而不浮,情浓而不媚,极写恋情却没有浮躁不安的感觉,述说风情又能保持婉约含蓄之意。他的词,主调是金色,风格十分华贵。这样的主调,正适合五代词人的追求;正好反映彼时词人虽有才华,又没有更大才华;虽有希望,又没有更大希望;尽管没有更大希望,却又易于沉湎于春情欢乐之中的时代气氛。这种气氛终整个五代,都未曾发生大变化,直到南唐后主被赵匡胤掳到京城,才真的有了改变。温庭筠喜爱和倡导的金色主调,也随之改变了颜色。

温词的选本很多,数量多少不同,但真正属于他的,约有60余首。总的色调相去无多,这一点,也是五代的通病。偶然翻看其中一首,常觉词意绵绵,不忍释手,但真的一首一首读下去,又不免有重复之感,换句说法,就是有点"腻"了。

但温词并非尽写闺中春思景象。他的不少词,都能联系周围景致,做到情景交融。虽然其内容仍不过离情别绪。他有数首《酒泉子》,其三云:

> 楚女不归,楼枕小河春水。
> 月孤明,风又起,杏花稀。
> 玉钗斜簪云鬟重,
> 裙上金缕凤。
> 八行书,千重梦,雁南飞。

温庭筠之外,值得一书的晚唐词人还有韩偓与韦庄。韩词不多,他以诗成名，有《香奁集》传世。闻其名，想其志，知其色，但他的这路风格，无疑对温词和晚唐五代的词风很有影响。晚唐诗人中，有追随李商隐的，但为数不多；也有追随温庭筠的，人数不少。韩偓是其中诗、词兼长的人物。他的诗风华丽，多用辞藻，和五代词人已无多大区别。

韩偓（844~923年），字致尧，小字冬郎，自号玉山樵人。京兆万年（今西安市东南）人。龙纪年间进士，官至中书舍人。后来因为不肯依附朱全忠，而遭贬斥。南下至闽王王审知处，卒。

一身跨两代，又颇有影响的词人，当推韦庄。韦庄不仅以词闻名，他的诗也很有影响。其长诗《秦妇吟》，气度恢弘，音韵跌宕，是晚唐少有的写实作品。后来失传，直到敦煌诗文被发现时，才重见天日。诗的内容复杂，因为有指责黄巢起义的语言，曾被人指为反动。其实，对古诗未必用这种眼光去看。韦庄古体、今体诗都好，写抒情绝句尤具特色，而且他和温庭筠一样，也是一位成熟的词人。但他的词风与温庭筠有别，风格清新畅达，语言明洁疏朗，是唐五代词中独树一帜的词作家。

韦庄（836~910年），字端己，杜陵（今西安市东南）人，出身没落贵族家庭。虽有诗才文才，却几乎终身屡试不第，直到60多岁才得中进士。他中年时期，正逢黄巢起义，于是作《秦妇吟》。诗中对唐王朝的腐败充满怨愤，也对黄巢起义军充满敌意，并因此诗而诗声大振。晚年至四川投奔藩将王建。唐王朝灭亡后，王建称帝，史称前蜀。韦庄做过一段前蜀宰相。他的词作，《花间集》中收48首。他写少女春情，别是一番情致。其《浣溪沙》五首其二云：

    欲上秋千四体慵，
    拟教人送又心忪，
    画堂帘幕月明风。

此夜有情谁不极，
隔墙梨雪又玲珑，
玉容憔悴惹微红。

他的《清平乐·野花芳草》，也写离情别绪，比之温词，感情表现急切而深沉：

野花芳草，
寂寞关山道。
柳吐金丝莺语早，
惆怅香闺暗老。

罗带悔结同心，
独凭朱栏思深。
梦觉半床斜月，
小窗风触鸣琴。

因为韦庄做过蜀相，一些史书将其列作五代词人。

第三节
五代词人

五代时间不长，首尾不过半个多世纪的时间。五代词的发展，可以大致概括为一种风格、两大集团。风格多相似，无非写离情别绪，春云秋雨。两个集团，一个是西蜀集团，包括前蜀后蜀；一个是南唐集团，代表人物即李璟、李煜父子和他们的宰相冯延巳。中原地区也有词人，但人数很少，影响也小，词风不能独立。比较出名的人物和凝，也被挤到西蜀圈子里去了。荆南还有一位孙光宪，命运也大抵如是。

五代词人绝大多数集中于西蜀南唐。西蜀于前，有赵崇祚编选的《花间集》；南唐于后，有冯延巳编选的《阳春集》。这两本专门的词集，都是行家里手所编，研究唐五代词，自是首选资料。

1.《花间集》中诸词人

《花间集》共收18位词人。其中真正属于晚唐的2人：温庭筠、皇甫松；中原1位：和凝；荆南1位：孙光宪；还有张泌，一般认为是南唐人。但郑振铎认为南唐另有词人张泌。那么，如果不算张泌，西蜀词人也有13人。

《花间集》中的词人，词风大抵一致。其领袖人物则是温庭筠。温庭筠死于公元870年，他知道什么前蜀后蜀？但他的词风影响蜀人至深，西蜀词人风格，不出温词规范。

《花间集》既尊崇温词，便特别反对浅显直露，而崇尚词藻华丽，山水明灭，中心只在女人身上。虽如此，却成为五代词主流，而且词在五代，独占风流，西蜀词人，影响更大。时人独喜此风，历史老人也无可奈何。

所谓西蜀词人，其实有前蜀后蜀之别。但风格大抵无异。唯前蜀的韦庄、牛峤等来自晚唐。词中或有晚唐遗音，也未可知。

牛峤，字松卿，一字延峰，生卒年不详。他出身贵胄，是中唐宰相牛僧孺的后人。唐乾符年间进士。历官拾遗、补阙、校书郎。后投奔王建，官至给事中。牛峤词风，不出西蜀词人之右。唯写男女风情，颇有民歌意趣。其《梦江南》二首之一云：

> 红绣被，两两间鸳鸯。
> 不是鸟中偏爱尔，
> 为缘交颈睡南塘，
> 全胜薄情郎。

牛希济，牛峤兄之子，在蜀时为御史中丞，后来投奔南唐。曾作雍州节度副使。《花间集》收他的词11首。他的词虽花间格调，却能写各种情态。其中《生查子》等，郑振铎先生颇为赞赏：

> 春山烟欲收，
> 天淡星稀小。
> 残月脸边明，
> 别泪临清晓。
> 语已多，
> 情未了。

> 回首犹重道。
> 记得绿罗裙,
> 处处怜芳草。

欧阳炯(896～971年),益州华阳(今四川双流)人。他生于晚唐,长在西蜀,已与唐王朝干系不大。他年寿颇高,曾在前蜀作中书舍人,在后蜀作宰相。后从孟昶降宋,又作过左散骑常侍,75岁时去世。他一生官运亨通,但名声不佳。他居蜀时,就和当时词人鹿虔扆、阎选、毛文锡及韩琮被人们呼为"五鬼"。看他们一生降来降去,国虽败亡而官运不改,确有鬼色;词风低下,又近鬼声。这几个人比较起来,韩琮不能入流。阎选、毛文锡词风既低,词艺又差,亦不堪言。欧阳炯的词作得好些。鹿虔扆人品略胜。五代词人,最少节义观念,好比墙头茅草,只顾随风来去,事二朝三朝的都不算少见,也不觉得耻辱。唯鹿虔扆尚存儒风。他曾事后蜀孟昶,为永泰军节度使,加太保,蜀亡,不再入仕。他的词虽为花间情调,但有感慨之音。其《临江仙》云:

> 金锁重门荒苑静,
> 绮窗愁对秋空,
> 翠华一去寂无踪。
> 玉楼歌吹,
> 声断已随风。
>
> 烟月不知人事改,
> 夜阑还照深宫。
> 藕花相向野塘中,

暗伤亡国，
清露泣香红。

欧阳炯善作情词，写少妇心态，尤为得意。他的《更漏子·玉栏干》写夜景春怀，另成套路：

玉栏干，
金甃井，
月照碧梧桐影。
独自个，立多时，
露华浓湿衣。

口一向，
凝情望，
待得不成模样。
虽叵耐，
又寻思，
怎生嗔得伊。

顾敻，生卒时间、表字乡籍均不可考。只知他曾在前蜀做刺史，在后蜀为太尉。他的词，时有深情切语，不免姿态轻狂，略与花间词风有别，但其主旨，依旧花间本色。他有《荷花杯》九首，极写春情少妇，每首独写一种情态，连写"知、愁、狂、羞、归、吟、怜、娇、来九种情态，可说用心良苦。其《诉衷情·永夜抛人何处去》，更是别具精神：

永夜抛人何处去？绝来音。
香阁掩，眉敛，月将沉，
争忍不相寻？怨孤衾。
换我心，为你心，
始知相忆深。

后人评说这词，说它"透骨情语，已开柳七一派"。

和凝（898～955年），字成绩，郓州须昌（今山东平阴、汶上）人。他是《花间集》中唯一一位中原籍作家。一生历仕五朝，也算一个小小的奇遇，但他平生经历甚杂，遇到的事情也多，才思亦复敏捷。虽然是一位不倒翁式的老牌官僚，其词风却比较活泼有趣。描写少女思春情态，字字逼真。这一点和温庭筠颇为不同。温庭筠虽称大手笔，却善写少妇，对少女春情绝少提及。这大约和他风流成性总入妓家有关。好像后来的《金瓶梅》，美人固多，没有处女。和凝的《采桑子》，可不是那样：

蝤蛴领上诃梨子，
绣带双垂。
椒户闲时，
竟学樗蒲赌荔枝。

丛头鞋子红编细，
裙窣金丝。
无事颦眉，
春思翻叫阿母疑。

孙光宪，字孟文，号葆光子，生卒年不详，贵平（今四川仁寿）人。唐时曾为陵州判官，蜀时官至御史中丞。后降宋，为黄州刺史。他的词与温庭筠词颇相似，也有说他是可以与温庭筠平起平坐的词家的，似不妥。但他确有几首好词，突破一般花间情调。其《谒金门·留不得》一词，甚得后人称道：

留不得！留得也应无益。
白纻春衫如雪色，
扬州初去日。

轻别离，甘抛掷，
江上满帆风疾。
却羡彩鸳三十六，
孤鸾还一只。

在一片华美柔丽之中，这首诗可算得上女中情豪，强心劲语。

上述词人外，还有张泌、魏承班、薛昭蕴、尹鹗、毛熙震、李珣，也都是《花间集》中作者。他们也都有一些佳作，但大体相袭温、韦之风，不出欧、孙之外。唯李珣能别开生面，与众不同。

李珣（约855～约930年），字德润，其祖先为波斯人。家居梓州（今四川三台）。因他妹妹是前蜀主王衍的昭仪，他也算一位皇亲国戚。他不但能诗能词，而且对中医中药颇有研究，所著《海药本草》，李时珍都曾引用过的。

李珣的词，也写艳情，也写离情，也写恋情，但不止于此。他的可贵之处，在于能打破情词旧套，抒发秀才胸怀，给人耳目一新之感。他的《渔歌子》

写得很有隐士之风。《渔父》则愈加简捷明快，风格喜人。《渔歌子》其一云：

楚山青，湘水绿。
春风澹荡看不足。
草芊芊，花簇簇，
渔艇棹歌相续。

信浮沉，无管束。
钓回乘月归湾曲。
酒盈樽，云满屋，
不见人间荣辱。

2. 李煜与南唐词人

南唐、西蜀均为五代词人中心，但南唐词的水平高于西蜀。这不仅因为南唐时间晚些，创作机会较多，而且因为南唐出了三位著名的词人。一位是南唐中主李璟，一位是南唐后主李煜，一位是南唐宰相冯延巳。特别是李煜，他的词超越温庭筠以来所有唐五代词人的水平，成为唐五代词坛的一声绝响。

李煜词可以分为前期后期两个阶段。前期是他在南唐做皇帝时的作品，后期是他被俘北上京城后的作品。前后风格大变，几乎判若两人。这显然和他的生活环境、心理状态、政治处境等发生巨大变化有直接关系。李煜作为皇帝，可以说事事有误，而他作为词人，却事事皆宜。

他生于公元937年，是唐中主李璟的第六个儿子。原名从嘉，字重光，号钟隐。因为他是南唐第三位也是最后一位皇帝，故史称李后主。他做皇帝没有多大本领，客观形势对他也不利。彼时，北宋政权已经稳定，对南唐领土觊觎已久。他没有能力组织反抗，也没有胆量组织反抗，又没有力量组织反抗，只好一味求和。对北宋皇帝赵匡胤提出的要求，无一不听，无一不从，让进贡，便进贡；让称臣，就称臣；让自己儿子作人质，马上送儿子去。可谓谨小慎微，战战兢兢，但还是不行。宋朝立意灭唐，他派使者去汴京，使者责问赵匡胤，南唐有什么对不起宋朝的地方，赵匡胤答不出，但赵有自己的哲学："卧榻之侧，岂容他人酣梦？"但他确实毫无抵抗准备。他只知作词、求和、听佛论道，别的事情一概无能。北宋大军入境的消息传来时，他还在听和尚讲解经文哩！宋军兵临城下，他便袒缚出降。这一年他刚好38岁。到了北宋，头脑清醒多了，怀念旧时生活，不觉悲从中来，便寄情于词，词风发生巨大变化。但赵匡胤依然饶不过他。在他42岁那年，正值旧历7月7日，他被赵匡胤用牵机药毒死了。

李煜一生，前期生活条件优裕。南唐本鱼米之乡，他父亲也是著名的大词人，他的夫人又是能歌善舞极解人意的大才女。加上他读书既多，天赋又高。一有山水涵养，二有文化熏陶，三有充裕时间，四有极好天赋。四者合一，使他虽身为皇帝，却能写出清新醇美摇曳多姿的词篇。即使将他的词和温庭筠相比，他也更胜一筹。

他的那篇《一斛珠》，特别受到后人赞赏。冯沅君先生曾有专文介绍，说他写景写人有猛虎搏兔之势：

> 晓妆初过，
> 沉檀轻注些儿个。
> 向人微露丁香颗。
> 一曲清歌，暂引樱桃破。
> 罗袖裛残殷色可，
> 杯深旋被香醪涴。

绣床斜凭娇无那。

烂嚼红茸，笑向檀郎唾。

全篇只写女子娇态。头一句"晓妆初过"，便成欢欣色彩。试想刚刚梳妆罢的一位漂亮女孩儿，心情怎能不好，何况，晨清色调，更添美丽。"沉檀轻注些儿个"，梳妆很美，还要轻注香儿，美人芳气，更具精神。此时，她的心上人正目不转睛"偷"看她哩，于是她嫣然一笑，露一露好看的牙齿："向人微露丁香颗。"这等好心情。梳妆不足，还要檀香，檀香不足，还要倩笑，倩笑不足，还要歌唱；但非一般歌唱，而是"一曲清歌，暂引樱桃破"。樱口微开，愈加可人。短短五句，已经一幅绝好的美人图。

下阕再添精彩。"罗袖裛残殷色可"，吃饭时把袖子不小心弄湿了。"杯深旋被香醪涴"，美人酌酒，妙在有度，再喝可不醉了。那人那心都有一点点累了，歇一歇，如何？"绣床斜凭娇无那"，又是一副佳人姿态，但还不够哩，还要"烂嚼红茸，笑向檀郎唾"。真是漂亮极了。

李煜作词，独成妙法。温庭筠的《菩萨蛮·小山重叠金明灭》词中是女主人用眼向外看；李煜的这首词则是作者展目向里看，不仅看，而且真真切切参与了词中女主人的各种活动，但他把自己和自己参与的活动"省"去了，却又把省去的一切通过女主人公的表现——展示出来。这等艺术功力，寻常怎能企及？

李煜的词，不但有绝唱数首，而且几乎篇篇都成精品。他的一首《菩萨蛮》，写恋人情思，别成一格，婉若宋代著名女词人李清照的某些作品，但又比李清照的作品更多些含蓄安闲，心痒情摇。

花明月暗笼轻雾，
今宵好向郎边去。

> 刬袜步香阶，
> 手提金缕鞋。
>
> 画堂南畔见，
> 一向偎人颤。
> 奴为出来难，
> 教郎恣意怜。

这词有实事可考，是写他与小周后幽会之事的。从古至今，写情男情女偷相会的词曲不少，但写皇帝偷会的，怕是不多。皇帝能作这样情词，实在这皇帝当也可，不当也可。纵然我们并不受用，想到词中人提着金缕鞋、蹑手蹑脚的样子，也会忍不住一笑。

李煜最好的词作，还是他被俘北上之后的作品。在这期间，他的词风变了，由清丽闲雅进入深沉悲怆。虽深沉悲怆，并不滞涩也不激烈，而是以准确的文字，深切的情感，绝妙的比喻，压抑的心绪，写他的亡国之音思乡之愁：

> 帘外雨潺潺，春意阑珊，
> 罗衾不耐五更寒。
> 梦里不知身是客，
> 一晌贪欢。
>
> 独自莫凭栏！无限江山。
> 别时容易见时难。
> 流水落花春去也，

天上人间。

纵然一时入梦,醒来倍觉悲伤。

无言独上西楼,月如钩。
寂寞梧桐深院,锁清秋。
剪不断,理还乱,是离愁。
别是一番滋味,在心头。

本来愁肠将断,却又无人可诉!

如此种种,李煜的内心正如一江春水,万转愁肠,终于写下了他的那首被人们千古传唱的《虞美人》:

春花秋月何时了,
往事知多少!
小楼昨夜又东风,
故国不堪回首月明中。

雕栏玉砌应犹在,
只是朱颜改。
问君能有几多愁,
恰似一江春水向东流。

温庭筠的词最喜欢用"金"色,金色是他词的主色。李后主的词最常用"清"、"月"、"春"、"江"这样的字词,这些字词是绿色的,他的词风恰如早春二月的天气，乍青乍绿，料峭春寒。李后主经历了人生最大的苦难和别离。忍受了最难耐的春夜和最无聊的囚禁生活，但他内心深处的诗情不绝，词思不断，于是这诗情词绪如潺潺流水，汩汩有声，流出囚门，流向无极。李后主是一位不幸的君王，又是一位杰出的词家。值得说明的是，李后主不但是一位大词人，而且是一位很有造诣的书法家，他不但善书，而且善于创新。他作书喜用颤笔，字形扭曲，有寒松霜竹铁节虬枝之态，号称"金错刀"体。他又善写大字，直接用帛沾墨书写，气韵饱满，别具风采，史称"撮襟书"。单以艺论，李煜确是天下奇才。

南唐著名词人中，还有李煜的父亲李璟和他的宰相冯延巳。

李璟（916～961年），本名景通，改名瑶，再改名璟，字伯玉，徐州人。他是南唐第二个皇帝，后人称李中主。周世宗南征时，他没有能力抵抗，便把江北的土地拱手献给柴荣，同时去皇帝称号，向周主称臣。他的性格与作风和他儿子十分相似，可谓有其父必有其子。他的词水平也很高，但流传下来的不多。他的词风虽不若李后主那样清深雅丽，却也脱出一般五代词人的浮艳之区。读李璟词，如见江南春色，自有一般出于言表的好处尽在字里行间。他的《摊破浣溪沙》二首，极富盛名。今选其一：

手卷真珠上玉钩，

依前春恨锁重楼。

风里落花谁是主？思悠悠。

青鸟不传云外信，

丁香空结雨中愁。

回首绿波三楚暮，接天流。

冯延巳（903～960），一名延嗣，字正中，广陵（今江苏扬州）人。南唐中宗时，曾为宰相。他的词水平很高，但人品不好，为人险诈，好作谀词。未作宰相时，一心要做宰相；既作宰相，却又无心政事。他是中国古代一个只要当官、不肯做事的典型。周世宗南征，中主不明军事，只管于宫中贪欢不已。他还奉承中主，说："烈祖打败仗，损失几千人马，就辍食伤心好几天，那不过是田舍翁水平。现在数万人马暴师于外，而主上照样宴乐游戏，才是真英雄呐！"如此胡言乱语，心地阴暗似鬼。但他确实很会填词。他的词比之李璟，当在伯仲之间。比之西蜀诸词人，皆胜一筹。

他的一篇《谒金门》，传播久远：

> 风乍起，吹皱一池春水。
> 闲引鸳鸯香径里，
> 手挼红杏蕊。
>
> 斗鸭栏干独倚，
> 碧玉搔头斜坠。
> 终日望君君不至，
> 举头闻鹊喜。

词中警句"风乍起，吹皱一池春水"，足呈写景风流。

他的《金错刀》，自言于功名、禄位皆无所求，情调旷达，词风潇洒，确是一首很有特色的佳作，不过以其词比其人，句句皆成讽刺。佞人大谈正言，最让君子伤情。偏他能正襟危坐，一副无辜君子状，令人禁不住会想起黑色幽默来。其词云：

双玉斗,百琼壶,
佳人欢饮笑喧呼。
麒麟欲画时难偶,
鸥鹭何猜兴不孤。

歌婉转,醉模糊,
高烧银烛卧流苏。
只销几觉懵腾睡,
身外功名任有无。

南唐国重用这样的宰相,不亡而何?

第四节
民间词

现在我们能够看到的唐五代民间词资料，悉数出于敦煌。其中有诗，有词，有教坊杂曲词。诗且不去管它。只说那些民间词曲，已然令人振奋。这些民间词，不知出于何人，但有一般文人词所没有的浸淫人心的力量。他们率性而言，他们善用比喻，他们没有顾忌，他们贴近生活。他要说爱，便是真爱；或者说，他有爱心，一定直说。比之文人词的含蓄闪烁、不肯明言，还自以为是韵味高深，实在不可同日而语。民间词是唐五代的必要组成部分。不了解它们，就无法真正弄通唐五代词史，也无法弄通中国古代文学史。

民间词同样最重视言情，只是风格有别于文人词。有一首《菩萨蛮》，是讲忠贞情爱的，一串比喻，刻骨铭心：

> 枕前发尽千般愿，
> 要休且待青山烂。
> 水面上秤锤浮，
> 直待黄河彻底枯。
> 白日参辰现，
> 北斗回南面。
> 休即未能休，

且待三更见日头。

讲到负心人的时候，另是一番景象：

天上月，
遥望似一团银。
夜久更阑风渐紧，
为奴吹散月边云，
照见负心人。（以上《梦江南》）

也有人生感叹，如《杨柳枝·春去春来春复春》：

春去春来春复春，
寒暑来频。
月生月尽月还新，
又被老催人。
只是庭前千岁月，
长在长存。
不见堂上百年人，
尽总化为陈。

词中用语，不怕重复，好像越是重复，越觉响亮上口。

民间词题材广泛，不仅谈情说爱而已。也有抒发忠君爱国情义的，如《生查子·三尺龙泉剑》；也有讴歌剑侠八面威风的，如《何满子·平夜秋风凛凛高》；也有写游子乡情的，如《临江仙·岸阔临江底见沙》，等等。比之文人词，似更有涵容力量。另有《别仙子》一词，文人词中未见此词牌。

这首词写一位远游男儿对情人的追忆。笔法细腻，结构精巧，抒心写意，不在文人词下：

> 此时模样，
> 算来是，
> 秋天月。
> 无一事，
> 堪惆怅，
> 须圆阙。
> 穿窗牖，
> 人寂静，
> 满面蟾光如雪。
> 照泪痕何似，
> 两眉双结。
>
> 晓楼钟动，
> 执纤手，
> 看看别。
> 移银烛，
> 偎身泣，
> 声哽噎。
> 家私事，
> 频咐嘱，
> 上马临行说。
> 长思忆，
> 莫负少年时节。